Sra. Hemingway

Sra. Hemingway

NAOMI WOOD

1ª edição

Rio de Janeiro | 2022

EDITORA-EXECUTIVA
Renata Pettengill

SUBGERENTE EDITORIAL
Luiza Miranda

AUXILIARES EDITORIAIS
Beatriz Araújo
Georgia Kallenbach

COPIDESQUE
Gessica Botelho

REVISÃO
Juliana Werneck
Mauro Borges

DESIGN DE CAPA ORIGINAL
Julianna Lee

IMAGENS DE CAPA
Moça na Praia/ Shuttestock
Casal/ Alamy
Nuvens/ Getty Images

DIAGRAMAÇÃO
Beatriz Carvalho

TÍTULO ORIGINAL
Mrs. Hemingway

CIP-BRASIL. CATALOGAÇÃO NA PUBLICAÇÃO
SINDICATO NACIONAL DOS EDITORES DE LIVROS, RJ

W853s

Wood, Naomi, 1983-
Sra. Hemingway / Naomi Wood; tradução Roberto Muggiati. –
1ª ed. – Rio de Janeiro: Bertrand, 2022.

Tradução de: Mrs. Hemingway
ISBN 978-65-5838-078-8

1. Romance inglês. I. Muggiati, Roberto. II. Título.

CDD: 823
21-74418   CDU: 82-31(410.1)

Leandra Felix da Cruz Candido – Bibliotecária – CRB-7/6135

Copyright © Naomi Wood, 2014.

Texto revisado segundo o novo Acordo Ortográfico da Língua Portuguesa.

Todos os direitos reservados. Não é permitida a reprodução total ou parcial desta obra, por quaisquer meios, sem a prévia autorização por escrito da Editora.

Direitos exclusivos de publicação em língua portuguesa somente para o Brasil adquiridos pela:
EDITORA BERTRAND BRASIL LTDA.
Rua Argentina, 171 — 3º andar — São Cristóvão
20921-380 — Rio de Janeiro — RJ
Tel.: (21) 2585-2000
que se reserva a propriedade literária desta tradução.

Seja um leitor preferencial.
Cadastre-se no site www.record.com.br
e receba informações sobre nossos lançamentos
e nossas promoções.

Atendimento e venda direta ao leitor:
sac@record.com.br

Para Katherine

HADLEY

1. ANTIBES, FRANÇA. JUNHO DE 1926.

Tudo agora é feito *à trois*. Café da manhã, depois natação; almoço, seguido de *bridge*; jantar, e no comecinho da noite, drinques. Há sempre três bandejas de café da manhã, três trajes de banho molhados, três mãos de cartas expostas sobre a mesa quando o jogo, abruptamente e sem explicação, termina. Onde quer que vão, Hadley e Ernest estão acompanhados por uma terceira pessoa: essa mulher se enfia entre eles tão facilmente como uma lâmina. Fife: a amante de seu marido.

Hadley e Ernest dormem juntos no grande quarto branco da mansão de veraneio. Fife dorme no andar de baixo, num quarto de solteiro. A casa fica silenciosa e tensa até que algum dos amigos chegue, com sabonetes e provisões, hesitante junto aos mourões da cerca, perguntando-se se não seria melhor deixar os três em paz.

Eles passam o dia refestelando-se em casa — Hadley, Ernest e Fife, embora saibam que estão todos infelizes, nenhum deles está disposto a ser o primeiro a soar o toque de recolher: nem a mulher, nem o marido, nem a amante. Há semanas que estão assim, como dançarinos em um movimento implacável, tentando exaurir um ao outro até cair.

A manhã já esquentou, e a luz fez com que os lençóis brancos ficassem quase azuis. Ernest dorme. Seus cabelos ainda estão repartidos como durante o dia, e há um odor quente e carnal em sua pele, que Hadley até mencionaria para provocá-lo, se estivesse com vontade. Ao redor de seus olhos, percebem-se rugas na forma de raios de sol na pele queimada. Hadley consegue imaginá-lo forçando os olhos no alto do barco, à procura do melhor lugar para lançar a âncora e pescar.

Em Paris, sua beleza já virou notícia, e é chocante como ele consegue se safar de tudo. Até seus amigos homens são cativados por sua graça, chegando a superar as garçonetes em sua afeição por ele. Outros enxergam por trás de tudo isso e veem sua volubilidade: umas vezes mesquinho, outras grosseiro — ele já jogou no chão os óculos de um homem que o esnobou no Bal-Musette. Até os amigos mais íntimos se irritam com ele — o Scott também —, embora sejam mais velhos e bem-sucedidos; isso parece não ter muita importância. Quantos sentimentos adversos ele desperta nos homens. Com as mulheres, é mais fácil — viram a cabeça para vê-lo passar e só deixam de olhar quando ele já se foi. Ela só conhece uma que não cai nos encantos de Ernest.

Hadley está deitada, olhando para o teto. As vigas foram roídas, e ela pode traçar o avanço dos carunchos pela madeira. Os lustres balançam como se fossem muito pesados, embora não passem de papel e cavilhas. Os vidros de perfume de outra pessoa reluzem sobre a penteadeira. A luz banha as venezianas. Vai fazer calor de novo hoje.

Hadley só queria estar na velha e fria Paris, no apartamento deles, com o cheiro de pombo assando no fogo de carvão e do *pissoir* entre os lances de escada. Voltar à cozinha apertada e ao banheiro com manchas de mofo nas paredes. O costumeiro almoço do casal, feito de ovos cozidos, em uma mesa tão pequena que seus joelhos batem um no outro. Foi nessa mesa que Hadley confirmou suas suspeitas do caso. "Acho que Ernest e Fife gostam muito um do outro", disse a irmã de Fife. Isso foi tudo que ela precisou dizer.

Sim, Hadley preferiria estar em Paris ou St. Louis agora, nessas cidades que abrigam seus céus com tons cinza e nuvens de granizo cadavérico — qualquer lugar menos aqui, à luz violeta da gloriosa Antibes. À noite, frutas caem na grama, provocando um baque suave, e, de manhã, ela encontra as laranjas rachadas e tomadas por formigas. O cheiro pela casa é de frutas maduras. E, mesmo tão cedo, os insetos já começaram a aparecer.

Hadley levanta-se e vai até a janela. Quando apoia a testa contra a vidraça, consegue ver o quarto da amante de Ernest. As venezianas de Fife estão fechadas. O filho, Bumby, também dorme no andar de baixo, agora que se recuperou das crises de tosse convulsa — coqueluche —, motivo pelo qual vieram para essa casa para começo de conversa. Sara Murphy não queria Bumby perto de seus filhos, por receio de que a infecção se alastrasse. Os Fitzgerald foram bondosos quando ofereceram sua mansão de veraneio para a quarentena — eles não precisavam fazer isso. Mas quando Hadley anda pelos quartos, tocando em todas aquelas coisas glamorosas, tem uma sensação horrível de ver seu casamento terminar nos cômodos alugados da casa de outra família.

Hoje à noite, porém, é o fim da quarentena. Os Murphy os convidaram para a mansão deles, Villa America, e será a primeira vez nas férias que o infeliz trio estará na companhia de amigos. Para Hadley, a festa causa, ao mesmo tempo, excitação e temor: alguma coisa que ninguém mais viu aconteceu lá, como se alguém tivesse feito xixi no colchão e não assumisse a mancha que rapidamente perde sua temperatura no meio dos lençóis.

Hadley volta para a cama. O lençol está muito apertado ao redor de Ernest; ela tenta esticá-lo para que ele ache que ela ainda não saiu, mas o tecido de algodão está em um bolo na mão dele. Ela então beija sua orelha e sussurra:

— Você roubou as cobertas.

Ernest não responde, mas a encaixa junto de si. Em Paris, ele gosta de acordar cedo e já estar no estúdio às nove. Mas em Antibes esses abraços acontecem muitas vezes ao dia, como se Ernest e Hadley estivessem no início do relacionamento de novo, mesmo quando ambos sabem que este verão pode ser o fim de tudo. Deitada junto ao marido, ela se pergunta como foi que o perdeu — talvez essa não seja a palavra adequada, uma vez que ela não o perdeu, não ainda. É como se Fife e Hadley estivessem esperando na fila do último assento de um ônibus.

— Vamos nadar.

— Está muito cedo, Hash.

Os olhos de Ernest ainda estão fechados, embora exista um tremor nas pálpebras. Ela se pergunta se ele estaria sopesando as duas agora que acordou. Será a mulher? Ou a amante? Amante, ou mulher? Os murmúrios do cérebro começaram.

Hadley joga as pernas para o lado da cama. A luz do sol ameaça invadir o quarto com uma puxada do cordão da cortina. Ela se sente grande demais para esse calor. O peso do bebê parece ter alargado seus quadris; fica tão difícil se mexer. Seus cabelos, também, parecem pesados.

— Estou cansada desse lugar — diz Hadley, passando a mão em torno do pescoço úmido. — Você não sente falta da chuva e dos céus cinzentos? Da grama verde? De qualquer coisa?

— Que horas são?

— Oito.

Ernest apalpa seus ombros.

— Não.

— Por que não?

— Eu não consigo.

A voz dela empaca na última palavra. Hadley vai até a penteadeira e percebe os olhos tristonhos de Ernest a acompanhando. Diante do espelho, seus mamilos enrijecem sob a camisola. Uma luz cor de osso enche o quarto quando as persianas balançam. Ele puxa o lençol sobre a cabeça e parece tão pequeno debaixo das cobertas. Muitas vezes Hadley não sabe o que fazer com ele, se o classifica como uma criança ou como um homem. É a pessoa mais inteligente que ela conhece, mas, às vezes, seu instinto faz com que o trate como um filho.

O banheiro está mais fresco. A banheira com os pés em formato de garra é convidativa: ela gostaria de entrar e tomar um banho frio. Joga água na nuca e lava o rosto. Sua pele está com sardas do sol, e seus cabelos ficaram mais ruivos. Enquanto se seca com uma toalha, relembra o último verão na Espanha. Eles assistiram ao encierro e foram dar uma mergulho na piscina. Depois Ernest a enxugou com uma toalha, começando pelos tornozelos, entre as pernas, indo até os seios. A mãe de Hadley teria detestado tal espetáculo público. "Carícias são reservadas para o quarto", teria dito, o que só aumentou a excitação, pois Ernest havia secado delicadamente todo e cada centímetro de sua mulher.

Quando voltaram a Paris naquele verão, Fife os esperava. Hadley estava segura — ou quase segura — de que nada havia acontecido entre os dois até o final daquele ano. No inverno. Ou talvez na primavera. Jinny não especificara muito bem a linha cronológica. Se pelo menos Ernest tivesse o juízo de não jogar tudo fora. Hadley sorri para si mesma; está parecendo uma daquelas donas de casa suspirantes dos contos de revista que ela jamais admitiria a Ernest que gosta de ler.

No quarto, joga para ele sua roupa de banho, que havia endurecido durante a noite.

— Vamos, Ernest. — E um braço se estende para pegar a roupa.

— Vamos antes que fique quente demais.

Ernest finalmente se levanta e, sem um pio, enfia-se na roupa de banho. Sua bunda é a única parte branca que lhe restou; dói ver como ele é bonito. Hadley enfia toalhas numa bolsa de praia, junto com um livro (um romance de e. e. cummings que está tentando, sem sucesso, ler) e seus óculos escuros, e observa enquanto Ernest veste as roupas que usou no dia anterior.

Ele apanha uma maçã da despensa e a segura na palma da mão.

Fora da casa, perto dos vasos de terracota com lavanda, o maiô de Fife pende do varal. Oscilando, aguardando as pernas, os braços e aquela cabeça dela, que se move suavemente em afirmação. Os

Hemingway passam pelo quarto dela com suas blusas e bonés de marinheiro e shorts brancos, andando silenciosamente sobre os cascalhos para não a acordar. Parece, ao Sr. e à Sra. Hemingway, que são eles que estão tendo um caso.

2. PARIS. FRANÇA. 1925-26.

Foi uma carta que enfim os entregou.

Desde o início, Hadley e Fife foram correspondentes assíduas. Tratavam-se por apelidos afetuosos e compartilhavam os menores problemas que enfrentavam como mulheres norte-americanas em Paris. Fife escrevia, dirigindo-se a Hadley como *mon enfant*, sobre como a faziam trabalhar demais na *Vogue*, ou sobre um flerte tedioso, ou sobre como ficara bêbada — e ainda estava — enquanto batucava as teclas da máquina de escrever sobre o piano de meia cauda, em seu apartamento na rue Picot. As cartas de Fife eram sempre esplendidamente engraçadas. Hadley às vezes tinha dificuldades para encontrar a maneira certa de escrever uma resposta. Ela estava acostumada a reproduzir sua fala em sua escrita.

A produção das cartas de Fife era sempre evidente. Marcas de gim pela página, ou um borrão de rímel perto da data, ou as letras se acavalavam porque, como Fife contou-lhe no "PS", um homem se sentara nas teclas do piano e a fizera datilografar errado em sua máquina de escrever Royal. Quando Hadley lia as cartas, imaginava a amiga, magra e linda, tomando vermute enrolada no quimono que gostava de usar, perfeitamente enorme sobre o corpo sem curvas da menina.

Fife estava usando chinchila quando Hadley a conheceu numa festa. A pelugem do casaco deslizara rapidamente fazendo cócegas no nariz de Hadley, enquanto a garota de aparência rica enchia a taça de Martini.

— Opa — disse ela, abaixando a penugem do casaco e exibindo um largo sorriso para Hadley. — Desculpe. Essa coisa atrapalha *mesmo*. — Fife usava chinchila, e sua irmã Jinny, vison.

Evidentemente eram mulheres de posse, embora Hadley tivesse visto em suas mãos que as irmãs não eram casadas. Quando foram apresentados, Ernest falou alguma malícia sobre como gostaria de sair com uma das irmãs usando o casaco da outra. O animal de sua preferência ficou para a adivinhação de todos.

Depois da festa, Hadley perguntou ao marido o que ele achava daquela mulher, Pauline, que todo mundo chamava de Fife.

— Bem, ela não é nenhuma *beldade sulista*. — E tinha razão. Cabelos pretos curtos, magrela e baixa, mas de olhos notáveis. Escuros, adoráveis e um tanto ousados, nenhuma sombra de dúvida em relação a si mesma. Foi disso que ela imediatamente gostou em Fife: a sua segurança, quase masculina.

Fife começou a procurar os Hemingway naquele outono, depois que tinham se encontrado no Dôme e no Select. Certa vez, quando toparam com ela no clube, convidaram-na para terminar a noite no apartamento deles. Depois daquela noite, Fife começou a aparecer com frequência, como se tivesse criado gosto pela pobreza boêmia do casal. O apartamento, apesar de despojado, ela achou *positivamente ambrosíaco*. Hadley não sabia ao certo o que isso significava, e com que grau de ironia a mulher fizera aquele comentário.

Foi divertido no começo: os três acordados até tarde todas as noites, falando de livros, comida e dos autores de que gostavam mais por suas personalidades que por sua prosa. Fife sempre saía cedo, dizendo:

— Vocês homens precisam de um tempo sozinhos.

Era uma prática muito moderna essa, de se referir a si mesmo como um garoto, ou um homem, ou um camarada. Hadley não gostava daquilo.

Quando Fife saía, o apartamento sempre parecia vazio. Hadley não se sentia capaz de concatenar observações espirituosas sobre seu círculo social, e Ernest parecia desanimado. Em vez de conversar como faziam normalmente, Hadley começou a ir para a cama cedo. E Ernest ficava acordado até tarde, trabalhando num manuscrito, bebendo sozinho.

Então Fife parou de ir embora cedo. Uma noite ficou até tarde ("Só se vocês camaradas não se importarem de me aturar"), e na noite seguinte ficou até mais tarde ainda. O apartamento ressoava com as gargalhadas da mulher, cujo som era tão esplendoroso que Hadley tinha dificuldade em se fazer ouvir.

Às vezes, quando já era tarde e eles haviam ficado conversando, Ernest descia e a colocava num táxi. Hadley se perguntava sobre o que eles falavam, Ernest e Fife, enquanto se demoravam na esquina, bem juntos, os rostos próximos para se protegerem do frio, a pele da chinchila roçando no pescoço dele.

De repente, sempre que Hadley entrava num cômodo, Fife estava lá, muitas vezes fazendo algo espantosamente útil: pendurando roupas no varal, brincando com Bumby ou, para a fúria de Hadley, um dia, mudando a roupa de cama sem pedir licença, como se a cama do casal lhe dissesse respeito. E Fife estava lá, quando Hadley teve uma forte gripe naquele novembro: alimentando-a com caldos, fazendo-lhe compressas e mantendo-a aquecida e acamada, enquanto entretinha Ernest na sala ao lado.

Quando foram esquiar naquele dezembro, Fife os acompanhou. Acomodaram-na sem muitas dificuldades, como se houvesse um espaço na cama já à sua espera. Ernest trabalhava pela manhã, e Hadley e Fife liam juntas à lareira ou brincavam com Bumby. À noite, os três jogavam *bridge*. Hadley sempre perdia, mas geralmente bebia xerez demais para se importar. Quando Ernest voltou a Paris naquele janeiro, a negócios, antes de ir para Nova York, ela sabia que Fife e ele se encontravam. Fife escreveu, chamando-a de *estimável* e dizendo que ficaria do lado de Ernest mesmo durante suas tarefas mais monótonas. Hadley tentou fixar seus pensamentos no esqui e na neve.

Ela voltou a Paris quando a floração da primavera escorria em rios poeirentos pelas sarjetas, e o ar estava tão cheio de sementes que feria seus olhos. Hadley achava que as coisas ficariam normais. Afinal, não havia nenhuma prova: nenhum beijo descoberto, nenhum perfume no casaco dele, nenhuma carta de amor. Não ouvira sequer rumores. Era apenas um flerte, e Fife discorria tão consistentemente sobre seus amores que Hadley disse a si mesma que estava apenas com ciúmes.

Talvez ela devesse ter enxergado algo mais nas cartas da amiga. Nelas, havia a noção de direito daquela mulher rica: de merecer um objeto particular somente em virtude de desejá-lo, fosse uma bicicleta, um vestido Schiaparelli ou o marido de outra mulher. Fife encantava os outros com grande facilidade — e isso fazia com que Hadley se sentisse sem graça. Hadley começou a esquecer de responder. "Hadley, *mon amour*", escreveu Fife naquela primavera, perguntando por que as cartas da outra haviam se tornado escassas, e tão abruptamente.

"Fique longe do meu marido", Hadley queria escrever, ou até dizer, mas não o fez.

A carta que os entregou não era maior do que um bilhete.

Ernest a colocara num de seus cadernos de rascunho, junto com o restante de sua correspondência. Desde o incidente com a mala, Ernest sabia que Hadley não olharia naquela gaveta. Quando viu pela primeira vez, ela sequer reconheceu a letra da amiga: Fife sempre usava a máquina de escrever emprestada pela *Vogue*. Mas a nota era grande e rabiscada, escrita com audácia. Ela instantaneamente soube o que significava, sem nem precisar ler a carta: porque estava endereçada somente a Ernest. Quando Fife escrevia, era sempre para Hadley ou Sr. e Sra. Hemingway; as cartas nunca eram para ele apenas.

Cher Ernest,
Não achou que o Seb estava FORMIDÁVEL no clube?
Devo admitir que eu o acho INTEIRAMENTE agradável.

Fife

Como ele teria amado sentir Fife atiçando tão cruamente o seu ciúme. Ele sempre gostou de saber que era desejado. Seria aquela carta uma prova de que estavam tendo um caso? Ou estaria ela lendo algo que não estava escrito?

Ernest a chamou da sala de estar:

— Hash?

A mão dela tremeu ao pôr de volta a carta de Fife no caderno e fechar a gaveta. Na sala de estar, Ernest estava banhado pela luz do lampião a gás, a testa franzida, que significava que estava extremamente concentrado. Usava luvas com dedos de fora enquanto escrevia: eles não podiam se dar ao luxo de mais aquecimento antes que Ernest recebesse por seus artigos. Ela sentou-se diante dele, na única outra cadeira que tinham. Podia perguntar para ele. Ela podia perguntar diretamente se havia algo acontecendo entre Fife e ele.

Em vez disso, lá fora, a noite caiu sobre Paris. Ernest trabalhou, olhando para ela de vez em quando, lançando-lhe um sorriso, perdido em seu mundo de palavras. E Hadley ficou se perguntando como eles puderam chegar a este ponto: dois pais infelizes, com a possibilidade de uma amante entre eles.

3. ANTIBES, FRANÇA. JUNHO DE 1926.

Mesmo às nove horas, a areia chamusca, e seus pés queimam se ficam muito tempo sobre a pedra. Estão sozinhos: nem um guarda-sol ou um piquenique ou um colar de pérolas à vista.

Ernest e Hadley mergulham na água e vão para a balsa, a cerca de uns noventa metros da praia.

— Vamos apostar corrida — diz Ernest, e quando chega antes dela, oferece um braço para erguê-la ao deque. Mas, quando Hadley estende a mão, ele retrai o braço e ela cai de novo no mar afundando com a boca cheia de água salgada. Joga água no marido, que ri e mergulha. Submersos, ele a puxa pelo tornozelo. Enquanto lutam, estão cercados por bolhas. As pernas, uma contra a outra, como navalhas. Por fim, usando a cabeça dele como alavanca, ela o empurra para baixo e sobe em busca de ar.

Ernest emerge, ofegante e sorrindo tão fortemente que suas bochechas ficam enrugadas. Ela lhe oferece a boca salgada e sente os pinicos de seu bigode molhado contra os lábios. Os dois ficam da mesma altura na água.

Nadam para a margem, onde as árvores sombreiam o mar. Ernest vai para as pedras, enquanto Hadley fica batendo as pernas na água verde e quente. Aperfeiçoaram um mergulho na semana passada.

— Aqui está bom?

— Chegue mais perto.

Hadley fixa o olhar no horizonte. Antibes é dividida ao meio, como um ovo: metade céu, metade mar. Ela não gostou muito desse jogo, mas brinca junto com Ernest. Os preparativos dele podem ser ouvidos na batida de seus pés contra as pedras. O nervosismo dele a deixa ainda mais nervosa.

— Pronta?

— Sim.

E ele também diz "pronto", para que Hadley saiba que ele vai pular.

Ernest mergulha; ela escuta seu corpo passando por cima dela, sobre a cabeça e caindo bem ao seu lado.

— Muito bem! — exclama, quando ele emerge, exultante. Ela ama como Ernest reage aos seus elogios. Existe algo de felino no prazer do marido, como se as palavras de Hadley fossem um carinho atrás das orelhas.

— Eu não toquei em você, toquei?

— Não. Passou a uns três centímetros, mais ou menos.

— É a sua vez — diz ele, num tom travesso.

Ela sorri.

— Você sempre tenta, não é?

Ele não insiste.

— Vamos voltar pra balsa?

Hadley sai antes dele, jogando suas pernas para baixo do pontão, de modo que seus pés se apoiem nas cracas debaixo da madeira. Ela achata as partes moles com os dedos dos pés. O sol está mais quente em sua cabeça. A balsa afunda uns centímetros com o peso deles, agora de pé e gotejando. Ele a puxa para si, em outro desses abraços de Antibes.

— Ernest?

Ele não diz nada.

Em Paris eles sempre foram mais brincalhões, a fim de que Ernest pudesse observar os ângulos dos cotovelos, joelhos e pescoços para suas histórias. Faziam tudo certo, seguindo os mínimos detalhes, para que ele pudesse descrever em suas cenas. Depois de um primeiro rascunho, voltavam à posição inicial de novo, só para acabar fracassando e rindo da impossibilidade do que ele havia escrito:

braços esmagados, pernas mortas, um pé dormente rompendo linhas imaginadas. Às vezes Hadley achava bobagem ele fazer tudo aquilo para escrever uma passagem que depois seria excluída. Mas esse, ele insiste, é o seu método.

Ernest não está escrevendo em Antibes; isso, por si só, é perigoso. Sua imaginação não funciona bem quando não está focada; tende a divagar, a buscar excitação onde não deveria. Ela desejava que ele fosse arrebatado agora por um novo romance ou conto; que ignorasse Fife — ignorasse até Hadley, pelo amor de Deus, se a escrita fosse um antídoto contra aquela mulher.

Hadley deita-se na balsa e coloca a cabeça sobre a parte macia da coxa de Ernest, onde os pelos foram desbastados pela aspereza das calças. Em sua panturrilha direita, uma cicatriz se abre como um fogo de artifício: um ferimento de morteiro da guerra. Ele não fala sobre o momento em si, apenas do que se seguiu: como, no hospital, os médicos colocaram uma tigela ao lado de sua cama, onde colocavam as porcas, os pinos, parafusos e pregos removidos de sua perna; como ele deixava seus visitantes favoritos levarem para casa um pedaço de estilhaço, uma espécie de amuleto. Seu maior feito, dizia, não foi esquecer a enfermeira por quem se apaixonara, mas persuadir os médicos a não amputarem sua perna.

Às vezes ainda o acorda no meio da noite: o medo de estar na iminência de ser enterrado na lama, sangrando numa trincheira na Itália. Ernest desperta suando frio: apavorado. Hadley vai buscar água, que ele bebe com as mãos trêmulas. Ela odeia que essas noites de terror o deixem tão mal por vários dias.

Distraidamente, ela estava percorrendo com o dedo sua cicatriz, mas ele tirou sua mão dali.

— Céus, ontem eu fiquei bêbado — diz ele, afastando o olhar e franzindo os olhos para a praia. E então enrola uma mecha do cabelo de Hadley no dedo.

— Estou começando a sentir os efeitos — responde ela. Seu maiô começou a secar com o calor. Ela está atordoada pelo álcool da noite anterior e cansada de nadar.

Ernest traça uma linha da testa dela até o queixo e boceja. Está com um traje de banho com duas listras que atravessam o peito. Talvez Fife o tenha encorajado na compra. Hadley acha o maiô um pouco berrante, mas provavelmente seria aprovado pela *Vogue*.

Ele puxa as alças para baixo e rola o traje até a cintura.

— Ernest — diz ela —, alguém vai ver!

Ele ri e acaricia seu queixo.

— Não tem ninguém aqui, docinho. Você devia fazer o mesmo.

Ela cutuca as costelas dele sem usar força; afinal, já tinha ouvido falar de mulheres que tomavam banho de sol seminuas nos telhados de Paris, no verão. Mas mulheres com carreira na poesia, mulheres com namoradas, não mulheres frugais como ela, que veio do meio--oeste e cuida das contas da casa.

Balançando na balsa com o sol em seu rosto, Hadley sente uma fúria súbita por querer tê-lo exclusivamente para si. É o seu marido: ela é sua mulher. Enrosca um braço ao redor do pescoço de Ernest e alcança sua boca.

— Eu te amo — declara, com certa violência. Sim, ela faria qualquer coisa para salvar seu casamento: até mesmo convidar a amante do marido para passar férias com eles. — Você sabe disso?

— Eu sei — diz ele, estranhamente, como se fingisse ser um personagem de uma de suas histórias, e não seu marido, Ernest Hemingway. As palavras vazias a deixam hesitante. Então, ela não se pergunta mais se o está perdendo, e sim se já não o perdeu.

Uma dor invade seu crânio, talvez do álcool da noite anterior. A balsa a embala em um sono perturbado.

4. PARIS, FRANÇA.
ABRIL DE 1926.

Hadley deixou a irmã de Fife entrar no apartamento. Observou enquanto Jinny fazia o caminho por entre os brinquedos de Bumby, espalhados pelo chão, levando algum tempo para achar um lugar onde se sentar. Jinny parecia muito menos à vontade nesse ambiente *ambrosíaco* do que a irmã. Finalmente sentou-se perto da janela; uma torre de campanário de Monte Parnaso aparecendo atrás de seu ombro.

Hadley se sentiu constrangida pelo odor de carne que vinha da cozinha. Muitas vezes, Ernest ia ao Jardim de Luxemburgo e, quando o gendarme virava as costas, escolhia o pombo mais gordo, o estrangulava lá mesmo no parque e o contrabandeava no carrinho de Bumby. Certa vez, ele trouxe uma ave para casa ainda viva. Uma baforada do cheiro veio do fogão. E ela estava cansada de pombo assado naquele inverno.

Não havia espaço para um sofá nessa sala, apenas para duas poltronas puídas: uma de Ernest, outra de Hadley. Não havia uma terceira cadeira.

O chapéu cloche estava tão justo à cabeça que pouco se via dos olhos de Jinny, exceto um tremeluzir debaixo da sombra da aba. Ela estava com o casaco de vison sobre o qual Ernest comentara quando conheceu as duas irmãs na festa. Jinny continuava mordendo os lábios; ela provavelmente sabia por que tinha sido convidada a entrar.

Fife, Jinny e Hadley haviam acabado de voltar de uma viagem de carro a Chartres. Desde a descoberta da carta secreta de Fife a Ernest no mês passado, Hadley nada dissera a ninguém. Agora que Jinny estava sozinha, ela decidiu extrair a verdade.

— Onde o Ernest está? — perguntou Jinny. Ela inclinou-se para a frente, e seus joelhos acompanharam o movimento, ficando sobre os oxfords altos que usava; as mãos pousadas no colo.

— Imagino que ainda esteja no estúdio. Deve voltar dentro de uma hora, por aí. — A luz começava a sumir, e o apartamento ficava ainda mais sombrio do que de costume. A poeira da serraria de baixo do apartamento cobria as coisas, como uma fina camada de pelo. Hadley havia muito tinha desistido de impedi-la de entrar na casa. — Desculpe, está tão frio aqui; Ernest deve estar economizando no combustível. — Acendeu a lareira e aqueceu os dedos perto das chamas. — Nós gostamos muito de conhecer você e sua irmã nesse ano — começou ela, seguindo o roteiro que havia ensaiado no caminho de volta de Chartres a Paris, no Citroën lata de sardinha de Jinny. — É estranho pensar que houve um tempo em que não nos conhecíamos. Mas durante anos éramos apenas Ernest e eu... e então Bumby apareceu. Eu não consigo imaginar a vida sem vocês, garotas. — Parecia que Jinny ia falar alguma coisa, mas Hadley continuou. — Ficamos boas amigas, sua irmã e eu. Ela e Ernest também.

Na janela, os tetos escalonados de Paris iam até onde a vista alcançava. Pombos — o jantar — empoleirados nos beirais. Não seria melhor não saber nada? Persistir na ignorância? Mas era como se a descoberta daquela carta tivesse amplificado seus sentidos. Hadley começara a perceber trocas de olhares no mercado e a ouvir bisbilhotices atrás das estantes, pessoas falando dos Hemingway nas festas. Era o que mais odiava: sentir-se como a única pessoa desinformada em relação ao estado de seu próprio casamento.

Jinny ainda não havia tirado o casaco de vison. Hadley serviu duas xícaras de chá e colocou-as sobre a mesa. Quando se sentou, seus joelhos chocaram-se com os de Jinny.

— Fife estava estranha no carro quando saímos de Chartres.

— Estranha, como?

— Ela quase não falou nada.

— É verdade, acho que não. — Jinny não tirava os olhos do chá.

— E assim ficou a viagem inteira. Falando e falando, e depois silêncio por horas.

— Minha irmã sempre teve essas variações bruscas de humor.

— Não foi isso.

Não foi tanto a carta, mas o comportamento de Fife na catedral de Chartres que fez com que Hadley decidisse perguntar. Na igreja, ela viu Fife rezando. Mesmo de longe, conseguia ver como os nós brancos de seus dedos estavam erguidos acima de sua cabeça. Fife estava desesperada por alguma coisa, estava claro, pois as mãos não relaxaram em nenhum dos momentos em que ficou sentada ali. Pelo que estaria rezando? O que faltava a essa mulher, de algum modo, senão um marido? Quais seriam as palavras da prece senão "Por favor, Deus, faça com que ele seja meu?" Então as mãos de Fife se soltaram, e ela olhou diretamente para Hadley. Um olhar não muito imaculado.

A luz do lado de fora estava forte depois do escuro da catedral. De algum modo, Fife as forçara àquilo. Agora Jinny e ela saíam da igreja. Fife ficou sentada na entrada, fumando, com seu casaco de homem disforme e os olhos agressivamente eufóricos.

— É melhor eu ir andando — disse Jinny, ficando de pé rapidamente e derrubando o chá. — Céus, desculpe. Deixe-me pegar um pano.

— Está tudo bem.

— Por favor.

Mas quando Hadley voltou, Jinny já estava enxugando o chão com seu próprio lenço cor de caramelo.

— Esses humores de Fife... — arriscou Hadley, com mãos e joelhos no chão feito uma faxineira, enquanto enxugava o chá derramado. — Têm alguma coisa a ver com o Ernest, de certa forma?

Jinny apoiou seu peso delgado nos calcanhares. Deu um sorriso sem graça.

— Acho que Ernest e Fife gostam muito um do outro, sim.

Disse a frase lentamente e em voz baixa, como se estivesse de novo dentro da catedral.

Hadley levantou-se e torceu o lenço com chá na pia. Notou que sua aliança estava gordurosa enquanto torcia o lenço para novamente enxugar.

— Sei que isso não faz sentido — continuou Jinny, juntando-se a ela na cozinha —, mas a Fife gosta muito de você. Assim como eu. O que aconteceu... — Jinny olhou ao redor do cômodo, como se estivesse tentando encontrar uma forma de que isto soasse menos absurdo. — Foi acidental. Ela não queria que acontecesse. Acho que o Ernest causa esse efeito nas mulheres. Ela simplesmente... não conseguiu resistir.

●————————●

Hadley esperava com o jantar pronto e uma garrafa de vinho quando Ernest chegou a casa naquela noite. Durante a refeição, ele foi muito meigo e curioso em relação à viagem e sobre como ela havia desfrutado da companhia das irmãs Pfeiffer em Chartres. Bumby brincava a seus pés, parecendo empolgado por ter tanto *maman* quanto *papa* finalmente em casa de novo. No fim da noite, depois de colocarem o filho na cama, Hadley lhe contou o que descobrira.

Ernest ficou envergonhado, e depois zangado por ela ter puxado o assunto. Hadley sabia que essa seria a reação do marido: que tentaria de certo modo culpá-la; como se, ao traduzir aquilo em palavras, ela houvesse se tornado a arquiteta do caso deles.

— O que você queria que eu fizesse? — perguntou-lhe. — Ficasse calada? — Ela retirou os pratos da mesa, lavou-os na cozinha e voltou para a sala. — Ótimo — disse, sentindo um golpe na têmpora (e gostando daquilo). — Com a condição de que você conserte essa confusão, eu não falo mais nisso. Mas você precisa prometer que vai resolver isso.

Ernest prometeu. E o silêncio se instaurou entre eles.

5. ANTIBES, FRANÇA.
JUNHO DE 1926.

O dia está chegando ao auge do calor. A balsa vai o mais longe que consegue, antes que as correntes a puxem de volta para a praia. Na margem, os insetos estão mais ruidosos, zumbindo num crescente, como se estivessem sendo lentamente comprimidos. As sombras das árvores se esparramam sobre a água feito vinagre no azeite.

Hadley está pegando sol no pontão e Ernest, praticando seus mergulhos quando escutam um longo apito vindo da praia. Uma banhista se aproxima. Embora a figura esteja muito longe para ter um rosto, Hadley sabe que é Fife. Uma série de ondas segue a nadadora e suas braçadas fortes. Os Hemingway acompanham seu progresso constante.

Fife sobe na balsa e sorri. Espera recobrar o fôlego e, então, diz, com um traço de falso sotaque britânico:

— Olá, camaradas. Vocês dois acordaram cedo. — Ela sacode a cabeça para tirar a água de seus cabelos curtos. É sagaz e vigorosa. — Um lojista em Juan disse que está atipicamente quente. Atipicamente, ele disse, *ce n'est pas de saison*. Ou ele quis dizer que está "fora da temporada"? Eu não sei. Ele falou que essas não são as temperaturas de junho.

Hadley estava quase indo embora — sua pele é clara e queima facilmente —, mas agora deveria ficar como acompanhante do marido. Os três ficam sentados na balsa, os pés na água. O marido exibe aquela cara feia que Hadley não conhecia antes de chegarem a Antibes. Ela então percebe um olhar angustiante da amante sobre o peito de Ernest. Ele está bronzeado e atraente.

— Parece que eu nem dormi à noite — diz Fife, voltando os olhos para Hadley. Na véspera eles haviam bebido e conversado até tarde, fofocando sobre seus amigos em comum com uma crueldade que sabiam ser dirigida a si mesmos. Zelda, Scott, Sara, Gerald; qualquer um.

— Todos nós bebemos muito — responde Hadley. — Não sei por que acordei tão cedo.

— Minha mulher assumiu a missão de me privar de sono.

Ela observa seus pés pálidos no mar e retruca:

— Oito da manhã não chega a ser a alvorada.

— Nunca fui de acordar cedo — diz Fife, remexendo uns laçarotes nos ombros de seu maiô. — A Jinny que é assim.

A luz incide sobre as ondas, que fazem um vácuo agradável ao baterem sob a balsa. Ernest sai da beirada e deita-se no fundo do deque. Hadley o observa — sabe que, dentro de minutos, ele estará quase caindo no sono. Que facilidade seu marido tem de se ausentar desse estranho mundo fabricado por ele mesmo! Embora ela tenha de admitir que toda essa confusão também é culpa dela. Afinal, foi ela quem convidou Fife.

Eterna correspondente da *Vogue*, Fife tagarela sobre um par de luvas de couro brancas que comprou no dia anterior, em Juan-les-Pins.

— Não custam mais do que uma fatia de pão, por isso acho que vou comprá-las. Vou ligar pro lojista e pedir que separe para mim. Detesto perder uma oportunidade dessas.

As duas frequentemente encaram Ernest por tanto tempo quanto podem, antes que uma seja apanhada pela outra. A impressão que dá é que, se pudessem, lamberiam todo o sal de sua pele.

Fife fica de pé, estende o braço acima da cabeça, as pontas dos dedos se tocando — Hadley vê a sombra sem curvas atrás de si — e mergulha. Só há uma pequena mancha de espuma onde ela rompeu a água.

— Sabe, eu aposto que você consegue mergulhar, Hash — diz ela, ao subir no deque. A água do mar escorre mansamente pela parte interna de suas pernas. — Você só tem que tentar.

Fife senta-se tão perto que Hadley consegue sentir o *maillot* contra sua pele, a lã um pouco áspera. Apesar do calor, Fife está arrepiada. Hadley nota que, quando ela se curva, é como se não tivesse seios. Como Ernest pode amá-la, essa criança-menino?

— Eu não quero. Tenho medo.

— De quê?

— De quebrar alguma coisa. Minhas costas. Meu pescoço.

— Isso não vai acontecer. Eu prometo.

Sua queda lhe vem à memória. Lembra-se de ver o faz-tudo acenar para ela do jardim, em St. Louis; depois o barulho da cadeira batendo no chão assim que perdeu o equilíbrio, as mãos tentando segurar, sem sucesso, o fecho da janela. E então o terror de cair, seu maxilar chocando-se contra a parede de tijolos, o gosto de sangue na boca. Hadley tinha seis anos. Foi transportada durante meses num carrinho de criança, para manter a coluna imobilizada, mas sentia como se tivesse passado a vida toda nele. Sua vida inteira no tédio esmagador de St. Louis! E certa noite, numa festa em Chicago, Ernest apareceu, inesperado, sem convite, e o mundo se escancarou diante de suas riquezas.

— Eu só nunca aprendi.

— Todo mundo consegue mergulhar, sua boba.

— Minhas costas. Sempre me preocupei com isso.

— Tudo o que você tem que fazer é levantar os braços, dobrar os joelhos, mirar um ponto e ir de cabeça.

Fife entra na água num ângulo perfeito e emerge, molhada e adorável. Hadley agradece que os olhos de Ernest estejam fechados.

— Tenta.

A última coisa que Hadley quer fazer é mergulhar. Sente seu corpo pesado em comparação ao de Fife, magra como uma fita. Pode sentir a queda: seu maxilar dilacerado, o gosto de ferrugem da língua cortada. Desvairadamente imagina o mergulho quebrando suas costas, e Ernest e Fife empurrando-a por Antibes num carrinho de bebê.

— Vai, Hash — diz Ernest, e as duas mulheres se viram, achando que ele estava dormindo. Ele protege os olhos com uma das mãos para que elas não vejam sua expressão. — Dá uma chance.

Mais do que não querer mergulhar, ela não queria ser superada. Se já vai ser derrotada na festa de noite, ela bem que podia fazer uma tentativa decente agora. A praia brilha à sua frente. Fife está a seu lado. Hadley agarra a borda da balsa com os dedões. Tudo em que consegue pensar é cada pino se descolando de sua espinha, como pérolas se soltando de um dos colares de Sara. A balsa continua sacolejando, e ela receia ser arremessada antes de estar preparada.

Fife ergue as mãos de Hadley acima da cabeça.

— Braços para cima. Mais alto. Assim, Hash. Agora pense que — as mãos de Fife seguem suas palavras — sua cabeça, sua barriga, seus quadris e suas pernas estão alinhados aos seus braços.

Seu toque é repulsivo e delicado, e Hadley se pergunta como Ernest pode suportá-lo sobre sua pele. Para escapar, ela pula.

A barriga de Hadley atinge a água primeiro, num salto de barriga perfeito, mas pelo menos ela não quebrou nada. Fica um pouco debaixo da água, onde é silencioso e quente, e onde Ernest e Fife deixam de existir. Seus cabelos se espalham em torno dela, como se voltassem a ser longos, e não mais ao estilo banal de melindrosa, que Ernest gosta e ela detesta. Fica imóvel um tempo sob o mar — suspensa, distendida, vazia.

Quando emerge em busca de ar, o sal que irritava seus olhos embaça os contornos do casal. Hadley pisca, e a visão se torna mais nítida: ambos sorriem e olham para ela com um brilho de encorajamento. A memória do carrinho de bebê vem à tona mais uma vez. Ernest e Fife sorriem tolamente, feito pais orgulhosos.

Hadley sobe na balsa e fica de pé ao lado de Ernest, com o corpo escorrendo água. Ela o beija e o surpreende com a língua. Provavelmente, ele sempre quis que ela fosse um pouco mais ousada.

— Nada mal — diz ele.

— O mergulho? Ou o beijo?

— Os dois — Ele sorri, olhando para ela.

De soslaio, Hadley vê Fife desviar o olhar para a praia.

— Estou com fome.

— Você não tomou café da manhã? — pergunta Fife, ainda olhando para o outro lado.

— Coma algo mais tarde — diz Ernest, e suas mãos percorrem a coluna de Hadley, como se ele também estivesse recordando o ferimento dela. — Logo, logo eu volto com você.

Ninguém fala por algum tempo. Ficam sentados ali, os três, como se à espera de um acontecimento. A distância, as árvores na margem parecem se retrair, como a cor de uma velha fotografia. Fife então se levanta e mergulha. E mais uma vez, perfeito. Tão logo volta à balsa, suas pernas compridas a levam novamente para o mar.

Ela mergulha repetidas vezes, desfrutando de sua destreza, mas Hadley sabe que a exibição é desmedida. O que Fife não pode ouvir, ou não nota, é que Ernest solta um suspiro cada vez mais alto toda vez que a balsa sacoleja. Ele quer dormir um pouco para curar a ressaca — pensa Hadley —, e vai achar esse gracioso espetáculo enlouquecedor.

Maldosamente, porque sabe que ele não quer ficar sozinho com Fife, Hadley diz que está com dor de cabeça e que vai nadar de volta. Às vezes, ela vê Ernest esboçar um sorriso falso, como se não estivesse totalmente seguro de sua amante, se gosta ou não de ficar sozinho em sua companhia.

— E o almoço? — indaga Fife, a água escorrendo e formando uma poça em volta das unhas pintadas dos pés. — Não vamos comer na cidade?

— Podem ir sem mim. — Hadley sorri para Ernest. — Vejo você em casa.

Ela desce a escadinha e começa a nadar em direção à praia.

— Vai à festa hoje à noite? — Fife grita da plataforma.

Hadley se vira, jogando água, e responde:

— Claro! Fim da quarentena! Viva! — Acena e lança para eles seu melhor sorriso.

No caminho, ela olha para o mar: a balsa é um ponto marrom, imóvel. Força os olhos, tentando diferenciar as duas figuras no deque. Talvez tenham ido nadar. Talvez tenham subido até a margem para fazer amor e sentir o rico calor do sol na pele um do outro. Hadley é capaz de sentir a ânsia de Fife por Ernest tão intensamente como se fosse em seu próprio corpo.

Quando escreveu a Fife convidando-a para vir, estava apostando em transferir as pressões de Paris para Antibes. Achava que as férias extinguiriam a fixação de um pelo outro. Mas tudo acabou se transformando em um entediante jogo de remar contra a maré. As pernas dos dois continuam batendo debaixo da água, enquanto suas cabeças acenam e sorriem na superfície. E Hadley não levara em conta quantas vezes Fife usaria roupa de banho. Não, ela não tinha pensado nisso.

6. ANTIBES, FRANÇA. MAIO DE 1926.

Como se fosse nada demais, Hadley enviou o convite a Fife um dia: como se convidar a amante para passar férias com o casal fosse o mesmo que encomendar um vestido de um catálogo.

Todo esse tempo sozinhos poderia influenciar a cabeça de qualquer um. A quarentena só era quebrada ocasionalmente, pelas visitas do bando da Villa America: Scott e Zelda, Gerald e Sara, que traziam ovos, manteiga e barras de sabonete provençal. Scott às vezes trazia flores, o que sempre fazia Hadley sorrir, e eles então conversavam, por cima dos mourões da cerca, sobre a melhora de Bumby.

Sara sempre ficava na retaguarda do grupo. Tinha um medo tremendo de germes; seus olhos dardejavam Hadley, como se a coqueluche pudesse saltar de suas roupas feito uma pulga. Assim que Sara soube da doença de Bumby, não houve dúvida quanto ao banimento da família da Villa America. O exílio somente assinalava o fato de que a Sra. Murphy recebera Hadley não com desdém, mas com algo próximo à indiferença. Embora Sara pagasse as contas dos médicos e mandasse seu chofer trazer mantimentos regularmente, Hadley sempre achou que ela a tratava com certa frieza. Caso Fife tivesse filhos, Hadley tinha certeza de que o tratamento seria diferente. Fife não teria de lidar com esse banimento.

No fim de suas visitas, o grupo entregava a cesta de mantimentos e, então, como um cardume que vai observar o que se passa do outro lado do lago, voltava para a Villa America, a pele com reflexos pratas e as escamas dos peixes brilhando com a luz do sol de meio-dia. Scott sempre era o mais feliz, gritando adeuses felizes pelo caminho de cascalho, já embriagado antes do meio-dia. Hadley costumava ficar olhando até que desaparecessem de sua vista: imaginando as conversas requintadas na Villa America, onde as pessoas se vestiam formalmente para o jantar e, depois, nem sempre se despiam na própria cama.

O grupo vinha aliviar a quarentena num intervalo de poucos dias, mas não era como ter alguém com quem falar. O restante do tempo, Hadley ficava sozinha. Cuidava de Bumby e queimava eucalipto para seu peito, quando ele estava acamado. Regava as rosas do jardim e esperava pela próxima visita da Villa. Tentou com afinco ler o romance de cummings, mas não conseguiu entendê-lo. As respostas de Ernest chegavam num ritmo lento. Ele estava tão ocupado escrevendo em Madri que ela não queria perturbá-lo. Se tudo corria bem, ele precisava se dedicar todo o tempo que desse, porque quem sabia quando as coisas voltariam a melhorar? Ernest precisava escrever, e eles precisavam do dinheiro. Eram dias em que todos os pensamentos de Hadley giravam em torno da mesma coisa: a questão de sua amiga, de seu marido e da amante dele.

Por trás do convite, teve um raciocínio confuso. Hadley vira, em Paris, como o trio o deixara constrangido: desconcertado quanto ao que deveria fazer. Os longos dias de abril na companhia da mulher e da amante faziam com que Ernest voltasse correndo para os braços dela à noite, como se finalmente enxergasse os méritos da esposa comparados com a fascinação vazia da amante. Fife era rica, descontraída e urbana, mas Ernest queria uma mulher, não uma figurante. Depois da revelação de Jinny, Hadley pedira a ele que resolvesse aquele problema — mas isso significou tão somente uma moratória em relação a falar no assunto, e Hadley tinha certeza de que o romance entre Fife e seu marido simplesmente continuava.

Por isso, achou que talvez a convivência do trio pudesse romper o caso, de modo que a pressão entre os três os reduzisse de novo a dois. Em Antibes, não existiriam as pequenas aventuras privadas entre Fife e ele na Pont Neuf. Nem as caminhadas íntimas ao longo do Sena com a mulher para observar as barcaças e os barcos de pesca. Não, eles seriam um trio de novo, o tempo todo, e ela confiara que a presença de Fife em Antibes fosse romper o eixo desse triângulo.

Naquela manhã, com frieza nos pensamentos, após duas semanas de confinamento da coqueluche, Hadley escreveu para a amante do marido e a convidou para ir a Antibes. "Não seria divertido", escreveu, "se passássemos as férias em Juan neste verão, todos nós — *un, deux, trois?*"

E quando pousou a caneta sobre a mesa, Hadley chegou até a se sentir triunfante. Escreveu o endereço de Fife na frente do envelope, e a cola amargou sua língua. Naquela tarde, deixou a carta com Scott, quando ele chegou para entregar comida e telegramas através da grade. Em troca, ela passou-lhe a nota para Fife, endereçada ao seu elegante endereço parisiense. Scott lançou-lhe um olhar estranho por cima da coqueteleira de Martini que carregava, como se perguntasse se aquilo era uma boa ideia.

E assim Fife foi com suas listras de Riviera, seu chapéu de marinheiro, sua conversa de *camaradas* e de que tudo era *ambrosíaco* ou *indecente,* suas luvas de pelica. Tentaram não falar sobre Ernest, Paris, Jinny nem Chartres. Em vez disso, tomaram sol, desfrutaram de uma boa comida e brincaram com Bumby. Na passagem de maio para junho, as duas mulheres esperaram pela chegada de Ernest.

7. ANTIBES, FRANÇA.
JUNHO DE 1926.

A luz do meio-dia cobre Antibes. Hoje não há sombras; tudo, até as paredes, até mesmo os azulejos do banheiro, está quente ao toque. Até o mais cinzento dos galhos de oliveira brilha sob a luz do sol.

A empregada fechou as venezianas, e o interior da casa está escuro no pico do dia. Do alto, em seu quarto, Hadley consegue ouvir os insetos zumbindo nas roseiras e nas árvores frutíferas, como se todas as suas engrenagens girassem em movimento contínuo.

Ela joga a bolsa de praia sobre a cadeira e tira o maiô. Havia se aborrecido na balsa e agora se sente burra por ter deixado seus ciúmes interferirem no passeio. Coloca um roupão, lava o maiô e fica se perguntando o que estariam fazendo agora.

Hadley vai para o lado de fora e pendura o maiô no varal. Quando volta para dentro, é como se a casa estivesse imersa em tinta. Lentamente, as coisas vão tomando suas formas. Ela chama Marie, a empregada, mas não tem resposta. Talvez Bumby e ela estejam no quintal, ou em Juan, celebrando o fim da quarentena. A casa está silenciosa; há uma sensação de que tudo ali existe há séculos. Ela chama Marie mais uma vez. Nada.

Hadley prepara seu almoço na cozinha: uma salada de folhas, tomates, presunto enrolado e azeitonas. O aparador francês é muito elegante, assim como os longos balcões com cestas de cebolas roxas e alho com cascas soltas. Sempre admirou coisas caras, mas, ao contrário de Ernest, nunca as cobiçou para si mesma. Ela sabe que seu apartamento de Paris é tão vazio que todas as outras mulheres expatriadas devem rir dela, mas, até esta primavera, nunca se importou muito com o que pudessem pensar a seu respeito. Eles têm levado uma vida humilde, mas não sem a promessa de que a situação possa melhorar. E isso era tudo de que ela precisava. Na verdade, sempre se considerou afortunada, uma vez que era ela, entre todas, aquela que podia se chamar Sra. Hemingway.

Hadley come sozinha à mesa redonda acima da qual os livros estão na estante. O primeiro livro de contos de Ernest, *Em nosso tempo*, está ao lado do novo romance de Scott, *O Grande Gatsby*. Ela se lembra de um dos contos de Ernest. As imagens estão ainda tão frescas e vivas que vêm à tona como se fossem suas próprias memórias — os peixes quebrando a superfície de um lago, e, no mergulho de volta, soando como pólvora atingindo a água. Hadley podia visualizar aquele conto inteiro: o barco na baía, o namorado e a namorada pescando trutas ao corrico, a velha serraria que agora eram apenas destroços. E então chega aquele momento em que o namorado conta à namorada que o romance já não tem mais graça — nada daquilo é divertido, diz ele a ela, desesperado; não vai dar certo entre os dois. Hadley começa a pensar em quanto da história seria sobre eles mesmos. Afinal, o conto se chamava "O fim de algo".

E agora Ernest havia terminado seu romance de estreia, conhecido somente pelo grupo como *O sol*. O romance em que todos os seus amigos aparecem: desde os turistas ingleses em Pamplona até os valentões que dormem ao relento do lado de fora de sua casa. Aos poucos, este ano, Hadley viu seu nome cortado das páginas — não há espaço para ela entre as vadias embriagadas, os ricos, as bichas e os *bons viveurs*. Todas as pessoas em *O sol* falam suspeitosamente como Fife — sempre com uma resposta sagaz na ponta da língua, sempre prontas para outra taça de champanhe. Será que nunca ficavam de ressaca?

Negar-lhe um lugar no romance: uma punição pelo dia em que ela colocou três ou quatro contos de Ernest e seu primeiro romance numa maleta de couro. Ela fez questão de botar as cópias em papel-

-carbono logo por cima, para que ele pudesse corrigi-las também. Ernest ficava maluco sem trabalhar em alguma coisa criativa.

Na Gare de Lyon, Hadley deixou as malas na cabine e saiu para tomar um pouco de água. Depois, quando forçada a recontar a história, admitiu que havia comprado um maço de cigarros, mas só tinha fumado um antes de subir a bordo. De volta ao vagão, soltou os grampos dos cabelos e sentiu diminuir a tensão sobre o couro cabeludo. Imaginou o trem chegando à plataforma em Lausanne, Ernest cada vez mais perto e então ela saltando para beijá-lo. Em retrospectiva, ela já saboreava a ideia do reencontro.

Não completamente desperta de seu devaneio, Hadley estendeu a mão para pegar a maleta no bagageiro, mas suas mãos só sentiram ar. Imaginou que tivesse se movido na viagem, mas também não havia nada na outra extremidade. Hadley subiu na cama do lado oposto para ficar no mesmo nível da prateleira de bagagem. Apenas espaço vazio. Um pequeno terror a assolou. O romance. Os contos. Tudo o que Ernest havia escrito a vida toda. Certamente houve algum engano com os outros passageiros; a maleta talvez tenha sido posta em outra cabine.

Nos outros vagões, rostos redondos a encaravam. Ninguém ofereceu ajuda. Hadley foi até as cabines vizinhas. Cada rosto era uma lacuna. *Je ne l'ai pas vue.* Não sabia se falava inglês ou francês. Estranhamente, pensou como todos ali se pareciam não com os chiques e sofisticados de seu círculo em Paris, mas com camponeses incapazes de entender a perda de um romance para alguém como Ernest.

A preocupação embrulhou-lhe o estômago. O trem partiria em cinco minutos ou menos. Falou em inglês com o guarda do trem:

— A maleta de trabalho do meu marido desapareceu! Está tudo dentro dela. Por favor, me ajude!

O guarda do trem pediu ao carregador que verificasse os vagões. Uma mulher que vendia mantas e garrafinhas de conhaque subiu a bordo para ajudar. O grande relógio da estação mostrava que faltavam poucos minutos para a partida. O guarda correu até a bilheteria. Hadley estava sozinha em seu vagão, temerosa, andando de um lado para o outro.

Um aviso de que o trem para Lausanne ia partir quando ela ouviu o grito final: "Todos a bordo!" A mulher que vendia conhaque falava com outro vendedor e apontava para o vagão de Hadley. Um homem empurrava um carrinho, deixando para trás um cheiro enjoativo de bolinhos doces fritos. O guarda veio até a janela e fez que não com a cabeça:

— Não encontramos a maleta, madame.

Hadley sentou-se, sem fôlego.

— A senhora quer ficar? — O apito do trem soou. — Senhora, tem que decidir agora se vai ficar ou ir. O trem... está dando partida.

Seus jovens olhos azuis não se desviaram dos dela.

— Não, eu vou — respondeu.

O apito final soou. Romance. Contos. Papéis-carbono. Tudo. Ela fez o serviço completo.

E lá estava Ernest na manhã seguinte: de pé, justo como ela havia imaginado, na luz branca e fria, em frente às toras empilhadas na plataforma para o inverno. Quando o trem se aproximou, ela viu Ernest percorrendo os vagões com os olhos. Desceu do trem; ficou parada e de mãos vazias. No momento em que a viu e percebeu que Hadley não andava em sua direção, seu rosto ficou pálido. Ela desejou que Ernest ficasse zangado. Quis que ele talvez gritasse com ela. Em vez disso, ele fez as malas e pegou o trem de volta para Paris. Quando retornou a Lausanne, sem a maleta, disse que não queria falar. Tudo estava acabado. Nada havia a ser feito. Tudo fora perdido.

Hadley arranca uma pétala morta de um vaso. As rosas estão fenecendo, e a pétala se desfaz em suas mãos. Ela termina a refeição e lava a louça na grande pia de pedra.

Sobe as escadas de mármore. A pedra é exposta na escadaria central; é sempre o local mais fresco da casa. As figueiras estão perfeitamente alinhadas à janela do andar de cima. Ernest contou-lhe que as borboletas, no auge do verão, embriagam-se com o leite do figo e voam loucamente pelos arredores, embebedadas pela fruta. Não muito diferente da estranha família hospedada naquela casa.

No quarto, Hadley tira o roupão para cochilar com a pele nos lençóis. Vem à sua cabeça que talvez o romance de Ernest não seja um sucesso estrondoso. Talvez ele não encontre a fama e a fortuna pelas quais anseia. Mas ela imagina-o tão famoso quanto Scott.

Os lustres vão e vêm acima da cama, por causa da brisa. Pela primeira vez no dia, quando seus olhos se fecham, não sente a luz quente do sol pressionando suas pálpebras. Está escuro e silencioso aqui. Consegue ouvir a própria respiração enquanto espera cair no sono.

Eles vão dormir quando o dia chega ao pico do calor: Ernest chama isso de a hora de matar o tempo. Dias antes, pegaram no sono juntos, enquanto ouviam Bumby brincar no jardim de rosas. Uma hora depois, Hadley acordou, sentindo-se observada.

O quarto estava vazio, mas quando ela levantou a cabeça, viu Fife, a menos de trinta centímetros, com seus olhos escuros a observá-los. Ela sorria do mesmo jeito que em Chartres, e Hadley se perguntou se não estaria prestes a se rastejar para junto deles, na cama. *Eram três na cama e a pequenina disse...* Segundos ou minutos se passaram, e então Fife esgueirou-se para fora do quarto.

Seus pés não fizeram nenhum som, mas Hadley escutou um barulho na cortina de brocado e tentou gravar o som: para lembrar a si mesma que a visão não havia sido um sonho.

Naquela noite, nenhuma delas mencionou nada. Comeram carne de porco com sálvia. Fife elogiou exageradamente Hadley por seus dotes culinários, o que não passava de uma maneira de insultá-la.

— Eu não tenho um pingo de conhecimento de cozinha — disse Fife, lançando um olhar para Ernest, já sob os efeitos de seu terceiro Martini. — Você é muito boa nisso, Hash — finalizou, gesticulando com a palma das mãos sobre a mesa perfeitamente posta.

Depois do jantar jogaram *bridge,* e Hadley perdeu. Mas quando o Sr. e a Sra. Hemingway fizeram amor naquela noite, Hadley fez questão de gritar o mais alto que conseguia. Na manhã seguinte, diante de um café da manhã com xerez e torradas, a amante de Ernest estava mais quieta do que de costume.

8. ANTIBES, FRANÇA. JUNHO DE 1926.

Ernest acorda mais ou menos uma hora depois. Deixou a roupa de banho amontoada ao lado da cama; seu corpo está úmido e frio.

— Ernest, você cheira como se vivesse numa concha.

— Sou um mexilhão que veio te ver.

Ela ri.

— O mexilhão é o ser vivo menos inteligente do universo! Você não pode ser um mexilhão, Ernest, não com esse seu cérebro gigante.

Ele está beijando-a, leva a mão para os seus seios.

A luz adentra o quarto pela veneziana. A faixa de um quimono pende lustrosa e verde atrás da cama, e livros se empilham sobre as mesinhas de cabeceira. Um grande armário chinês é laqueado com dragões. Às vezes ela se pergunta por que diabos gostaria de estar em outro lugar a não ser ali, naquele quarto, naquela tarde, longe da luz ofuscante da praia. A roupa de cama é fresca; Ernest está aqui.

Ele começa a fungar em seu pescoço, no lugar onde sabe que ela acha torturante.

— Pare com isso, Ernest. Eu não consigo... Por favor!

— O que é, Hash? Docinho? O que está dizendo? Quer que eu continue, é isso?

— Por favor, para! — diz ela, mas não consegue falar de tanto que está rindo.

Ernest continua beijando seu pescoço.

— Me conte dos mexilhões e eu paro de beijar você assim — disse ele —, e de ficar fungando e lambendo você assim.

— É um bivalve! — gritou. Ela agarra os pulsos de Ernest para afastá-lo.

— Um bivalve? O que isso quer dizer? O dobro de potência?

Ele a prende pelas mãos sobre o colchão.

— Você está me matando!

— Sou um pequeno mexilhão agarrado no seu pescoço. O que quer dizer bivalve?

— Quer dizer que não tem nem uma consciência sequer!

Hadley tenta manobrar um joelho no meio das pernas dele, para que saiba que está em território perigoso. Mas ele rola para longe dela.

— E como ele come?

— Ele suga as coisas da água.

Ele faz um biquinho e chupa um pedaço da pele dela.

— Assim?

Ela está quase sem ar.

— Os mexilhões sugam como um sifão.

— E o que eles bebem?

— Eles não bebem.

— Nem champanhe?

— Nem champanhe.

— Uma vida sem champanhe!

— Eles não têm *cérebro*, não imaginam uma vida sem champanhe.

— Sem imaginação e sem champanhe. Eu não perderia meu tempo com eles. — Ernest rola para longe dela e se apoia em um dos braços.

É engraçado como Hadley sempre fica decepcionada quando ele faz o que ela pede.

— Então você seria o primeiro bivalve suicida já visto. Vai ser estudado em todos os laboratórios dos Estados Unidos por seu caráter complexo nunca antes observado no mundo dos mexilhões.

— Aposto que ficar no mar o tempo todo seria formidável. Sempre gelado e fresco, nada mais a pensar fora água e a próxima refeição, além de encontrar uma bela molusca para chupar; resumo da ópera.

A respiração dela se acalma enquanto ficam deitados juntos. Ele olha para o rosto dela.

— Se eu colocasse um espelho no seu nariz, seu rosto ficaria exatamente igual, Hash. Ele é precisamente simétrico. Uma maravilha da ciência.

— Grande como um prato polonês, é o que minha mãe dizia.

— Sua mãe era uma vagabunda de primeira.

— E ela não ganhou nenhum prêmio.

— É por isso que as mães morrem. Para que a gente continue vivendo — disse ele, um tanto criticamente, uma vez que sua mãe estava viva e com saúde. — Mas você está muito, muito corada. — E afasta os cabelos do rosto dela.

— Você também estaria assim depois de ser *torturado* daquele jeito.

— Eu falei por causa do sol.

— Eu devia ter saído mais cedo. Você ficou muito tempo no sol?

— Não muito.

— Dá pra ver as marcas das alças. Você está com uma bela cor.

— Você também.

— Estou igual a um tomate podre. Queria ser menos clara. Queria conseguir ficar bronzeada que nem você, Nesto.

— Você não me chama assim há um tempinho.

Ela pressiona o braço com a ponta do dedo e observa a marca branca ficar vermelha de novo. Hadley relembra: o olhar para Fife e Ernest, paternais e levemente ameaçadores enquanto a observam da balsa. A imagem é tão vívida que rapidamente seu humor piora.

Outra vez Ernest rola para cima dela, e a pressão lhe tira o ar. Ele a beija, mas ela é incapaz de tirar da cabeça a imagem dos dois na balsa. Fife, magra como um trilho, dando em cima de seu marido. E ele, cedendo a seus encantos. Os dois se beijando no deque ou fodendo debaixo das árvores, enquanto ela almoçava sozinha e pensava no episódio da maleta e em toda a culpa que ainda carrega por causa daquilo. Por causa de tudo. Não.

Hadley manobra o corpo e sai de debaixo dele.

— Ah, Hash, que isso. — Ele não parece um dia mais velho do que em seus 26 anos.

— Não, Nesto. Você não pode ter as duas.

Foi como se uma bomba explodisse no quarto. A primeira vez, desde a discussão em Paris, que o assunto é mencionado explicitamente.

Hadley vai até o espelho e se enrola no robe. Escova os cabelos com golpes firmes. Se ele não fosse apenas um menino às vezes, se pudesse ao menos compreender o que está fazendo. No reflexo, Ernest olha para ela com descrença e leve reprovação: como se as acusações feitas contra ele fossem profanas e cansativas.

— Você parece não ter feito nada sobre essa... essa situação. Desculpe mencionar isso, mas eu preciso.

— Por quê?

— Porque é impossível continuar desse jeito.

— Não fui eu quem a convidou.

— Não precisa me lembrar disso.

Vários outros golpes da escova, as cerdas vivas sobre o couro cabeludo.

— Não sei por que você tinha de trazê-la para cá. Eu teria...

Uma porta se fecha no andar de baixo. A voz de Fife, cantante e suave, sobe pelos degraus de mármore.

— Camaradas!

Hadley coloca a escova sobre a penteadeira. Pode sentir a pálpebra esquerda do olho começar com um leve tique, seguida pela direita. "Céus", pensa, ela precisa de férias.

— Estão aí? — A voz da amante viaja degraus acima.

Hadley abre a porta e grita pela cortina.

— Estamos aqui em cima.

— Uma partida de *bridge?*

E, sem saber por que, Hadley grita:

— Descemos em cinco minutos!

— O que você está fazendo? — diz Ernest, incrédulo.

— Nós — retruca Hadley, enquanto coloca um vestido — vamos jogar uma ou duas partidas de *bridge*. Falamos sobre isso depois.

Fife já está embaralhando as cartas, sua pequena cabeça emoldurada pelo jardim de rosas. Um cigarro pende de seus lábios, e Hadley não consegue entender como ela aguenta fumar no calor. Fife está com uma chemise de marinheiro e shorts brancos. A roupa é praticamente um uniforme em Antibes. Suas pernas esguias estão adoráveis e bronzeadas. Os caminhos do pente ainda são visíveis em seus cabelos.

— Deu uma boa nadada? — pergunta Hadley.

— Foi ótimo, mas está muito quente.

Ela se pergunta se a mulher acabou de fazer sexo com seu marido. Fife dá as cartas, separando-as em três pilhas bem arrumadas.

Quando Ernest vai para a mesa, está só de shorts; o peito nu e os ombros largos fazem as mulheres sorrirem. Apesar de tudo, elas compartilham um olhar. Fife revira seus grandes olhos e Hadley faz que não com a cabeça, como se a vaidade daquele homem fosse um segredo que elas compartilhassem.

— Olá, senhoras. Não precisam se levantar.

— Por acaso você pensou em vestir uma camisa, Ernest? — pergunta Fife.

— Por que negar a vocês o prazer? — provocou ele. Ernest olha para Hadley, seus olhos desafiadores como se dissessem "se você for em frente e falar do assunto, eu também vou".

Bumby sai da casa; suas perninhas gorduchas correndo até eles, seguido pela empregada.

— *Excusez-moi, Madame Hemingway. Viens, Bumby!*

Os joelhos escuros de terra do menino de quando ele estava brincando no jardim.

— *Ça va aller.*

Marie volta para a casa e Bumby sobe no joelho do pai, envolvendo-lhe o pescoço num abraço. Ernest funga o filho e beija suas bochechas gordas. Quando descobriram a gravidez, Ernest tinha 23 anos. "Jovem demais", disse ele, "jovem demais para filhos". Aquilo o deixou em um estado de espírito sombrio durante semanas — onde arrumaria tempo para escrever e ir às corridas de bicicleta e virar a noite na rua com um bebê em casa?

Mas agora ele dá uma fungada e vira o filho, para que Bumby fique de frente para o grupo. A camiseta de Bumby está um pouco pequena para ele, que fica sentado com a barriga de fora, erguendo o olhar para os adultos que, sem que ele saiba, estão aprontando uma confusão geral para seu mundo. Hadley sente-se mal por ele; mesmo que não possa entender o que está acontecendo, vai ser uma testemunha do momento.

— Menino querido — diz ela, agitando seus cabelos —, como você está se sentindo?

Seu nariz ainda está um pouco vermelho do resfriado que veio com a coqueluche.

— *Bien* — responde. Hadley esfrega o peito do filho.

— Você esteve no mato, não é mesmo?

Bumby assente com a cabeça e coloca o polegar na boca.

— Eu costumava fazer isso quando era criança — exclamou Fife, e os dois olham para ela, como se houvessem esquecido que Pauline Pfeiffer estava sentada à mesa.

— Você ganha o jogo para mim enquanto eu vou buscar uma coisa na casa? — Ernest coloca Bumby no colo dela.

Minutos depois ele volta com uma bandeja e copos.

— Gim-tônicas — diz ele. — Como eu poderia esquecer?

Drinques agora, cada vez mais cedo. Às três, Ernest está pronto para tomar um *spritzer* ou um *gin fizz*. Hadley bebe o gim-tônica numa golada só. Ernest a olha surpreso e, ela percebe, com deleite. Hadley manda Bumby de volta à casa para que não atrapalhe o jogo. Subitamente ela sente um pleno desejo de ganhar, de acabar com Fife em todos os sentidos.

9. ANTIBES, FRANÇA. JUNHO DE 1926.

O *bridge* terminou, como sempre naqueles dias, com um deles empurrando a cadeira para trás e indo para casa com uma chateação que nem se importavam de esconder. Desta vez foi Hadley: incapaz de observar, quando os dois eram parceiros, como liam implicitamente as jogadas um do outro, a facilidade com que apostavam que ela se afogaria na torrente de cartas. Ernest a seguiu até em casa, tentando amansá-la. Mas a fúria — quente e forte e tão raramente sentida — toma conta dela enquanto sobe as escadas até o quarto.

— Foi você quem a convidou para cá! — fustiga Ernest.

— E me arrependo do dia em que fiz isso!

— Pois bem, ela está aqui agora. Não podemos expulsá-la.

— Não podemos, mas parece que você também não consegue parar de correr atrás dela! — Hadley bate a porta do quarto. — Quanto *tempo* você tinha de ficar na balsa? E quanto *tempo* passou jogando tênis com ela ontem? Eu sou a sua mulher! Não ela! Você precisa que eu fique te lembrando disso?

— Eu nem queria ela aqui.

— Eu a convidei porque estava me sentindo sozinha. Porque nenhum dos seus amigos nem entrava na nossa casa! Ela era a única que já havia tido coqueluche.

— Que besteira. Eu não sei por que você fez isso, Hash. Não faz o menor dos sentidos.

A cabeça de Hadley vagueia porque ele está certo: não fazia sentido algum. Convidar a amante para Antibes, onde eles poderiam ter começado a remendar as coisas? Que estratagema tolo acabou sendo: reconstituir dois tornando-se três de novo!

Ernest senta-se perto dos travesseiros; seus dedos pressionando as pálpebras, um joelho encostado no peito.

— Foi *você* que estragou as férias — diz ele, com os olhos fechados. — Justo quando eu tento me afastar dela, você a convida para vir a Antibes!

— Ah, como você é *bonzinho*, Ernest! Como você é *corajoso!* Que homem corajoso, tentando se afastar, em vez de se livrar completamente dela! — A vontade de Hadley é jogar a escova de cabelos na cabeça dele. — Você não a queria aqui porque você a ama. Porque ficou complicado demais! — Ele não responde. — Seja homem, pelo amor de Deus. Talvez tenha sido por isso que eu a chamei, para que você me conte por que se apaixonou por ela. Daí você pode me largar e ir viver com ela, e assim todos nós continuamos com as nossas vidinhas miseráveis! *Você ama essa mulher?*

Existe uma majestade entre eles, depois que essas palavras terríveis são ditas. Entreolham-se tensamente, mas ninguém fala. A escova de cabelos ainda está na mão de Hadley. A luz da tarde banha as venezianas. No andar de baixo, a janela bate pesarosamente.

Ernest olha para o teto. Diz:

— Meu Deus, eu sou infeliz, você sabe disso. — Como se fosse uma resposta para a pergunta dela.

— Pois eu também. Mas a diferença entre nós dois é que você gosta de ser infeliz.

— Eu detesto — diz ele, seus olhos suavemente pousados nos dela. — Eu detesto isso.

— Mentiroso. Você tem prazer na infelicidade. Para você, não passa de material para escrever. Você fez o seu inferno e agora quer viver nele. E está me forçando a viver nele também. Quero voltar para casa. — Sua voz fica mais suave. — Com você. E com Bumby. Para Paris. E quero beber Tavel, comer no café que frequentamos e caminhar à margem do rio. — Ela pousa a escova de cabelos na penteadeira. Não atira coisas. Jamais o faria. Não sobre ele, não sobre o seu querido Ernest. — Só que eu não sei se você ainda quer isso. Pelo menos não sei se ainda quer fazer isso *comigo*.

— É claro que eu quero.

— Mas você também quer a Fife.

Hadley senta-se à penteadeira repleta de frascos de perfume de cristal lapidado. Eles desprendem um aroma antigo em torno de suas rolhas. A superfície vítrea brilha.

— Estamos agindo feito monstros — diz ela. — Está sendo um verão dos infernos.

Hadley gostaria de dormir, assim poderia esquecer com que facilidade deixou que essa mulher roubasse seu marido. No ano passado, ela permitiu que se cortejassem com o apetite de dois adolescentes. Por que não agiu com mais firmeza? Por que não *fez* alguma coisa antes?

— Não posso mais continuar assim.

— Não podemos ficar como estamos? — Mas, pelo tom oco da voz de Ernest, ele mesmo sabe, e ela também, que ele não disse de coração.

— Você tem de decidir. — Hadley escuta a si própria ao pronunciar essas palavras e se observa no espelho, como faria uma mulher traída num filme, embriagada e lacrimosa. — Se você quer ficar com Fife, então ótimo. Eu sei que ela está muito apaixonada por você. Não sei se você está apaixonado por ela ou se está apenas envaidecido. Mas, até amanhã, eu quero saber se é ela ou eu. Nenhum de nós, e eu a incluo nessa afirmação, pode suportar isso por muito tempo.

Ernest não faz nada; em seguida, acena com a cabeça. Hadley senta-se ao lado dele na cama. Ouve o seu suspiro. Bruscamente, ele a leva até seus braços. Um daqueles abraços de Antibes. O cheiro e o calor daquele homem: são magníficos. Ela sente como se o coração estivesse se partindo.

— Não — diz ela, e desvencilha-se do abraço e sai, para que ele não veja suas lágrimas.

Debaixo da sacada, os campos de lavanda balançam à brisa do mar. Abelhas se amontoam em torno dos brotos: zumbem tão forte e se mexem tão pouco que nem parece que estão voando. Um grande vespão surge do vaso de terracota — Hadley precisa dizer a Bumby para nunca tocar num desses. Um friso sem cabeça da deusa Vitória projeta-se atrás da mesa. À frente da escultura, as cartas continuam postas, ainda em três pilhas separadas. Uma mão está aberta; as outras duas estão fechadas. Hadley verifica a mão de Fife. Um ás. Então ela não estava blefando.

Ela pendura a roupa de banho de Ernest no varal. A de Fife está lá, preta, comprida e básica. Presos à linha, todos os três maiôs arqueiam obscenamente entre as pernas, gotejando água no chão de cerâmica. Hadley ouve Fife cantando no andar de cima, aprontando-se para a festa que vai acontecer à noite, na Villa America.

10. CHIGAGO, ILLINOIS. OUTUBRO DE 1920.

Hadley se espremeu para passar por entre um grupo de homens e seguiu até o piano. O vestido de sarja azul estava um tanto apertado, e ela enrubesceu ao sentir os olhares deles em seu traseiro. Depois de meses cuidando da mãe, vendo enquanto a doença de Bright cavava buracos em seu rosto, ela achou que merecia ser o centro das atenções por uma noite ou mais. Já não era a enfermeira da mãe. Havia bebida, homens, e Hadley queria ficar muito bêbada. Mas ainda ruborizava um pouco quando olhavam para ela; a barra do vestido quase não cobria os joelhos.

Ela não conseguia encontrar a amiga com quem viera. O coquetel estava um pouco forte, mas tinha que beber até alguém convidá-la para dançar. Talvez fosse destilado de milho, uma bebida de qualidade inferior, e ela se perguntava onde teriam comprado aquilo. A Proibição não significava nada para aquele pessoal.

Hadley tentou ficar menos fascinada pelos casais que dançavam na pista improvisada entre os sofás. Não tinha sequer o vocabulário para nomear os passos e sentiu-se velha o bastante para ficar somente olhando, abobalhada. Atrás do piano, uma voz de homem dirigiu-se a ela, mas ela não conseguiu entender o que havia dito.

— Perdão? — falou, virando-se.

— Eu disse: posso lhe oferecer um drinque?

Hadley agitou sua taça.

— Já estou servida, obrigada.

— Não fomos apresentados.

O homem contornou o piano. Ela ofereceu-lhe a mão.

— Hadley.

— Seu nome de batismo?

— Sim, é o sobrenome de minha avó.

— Eu me chamo Ernest.

— Um Ernest honesto?

Ele se retraiu. Foi tolice ela ter dito aquilo.

— Odeio o meu nome.

— Não devia. Qual é a segunda parte?

— Hemingway.

— Ernest Hemingway. É um nome de homem.

Os dançarinos haviam se dispersado, e um jovem de casaca procurava outro disco. Era quase meia-noite, mas Hadley não se sentia nem um pouco cansada, mesmo após a longa viagem de trem de St. Louis. A sala estava tão quente que as janelas embaçaram, e parte dos homens havia afrouxado as gravatas-borboleta. Até algumas mulheres estavam fumando. Um disco mais lento começou a tocar, e um casal se pôs a dançar. Alguma coisa no jeito como enlaçavam um ao outro, terna, mas não intensamente, sugeria que eram amigos, e não amantes.

— Aquele homem — disse Hadley. — Ele não está de sapato.

— O passo sem meia. Uma especialidade do meio-oeste. — Observaram o casal por mais alguns momentos. — Você sempre pode julgar um homem por seus sapatos — disse ele.

— Ele não está com nenhum.

— Justamente.

Foram até a cristaleira onde ficavam as bebidas. A certa altura ela perdeu o equilíbrio e Ernest a amparou pela cintura.

— Talvez você não deva tomar outro — disse, com um sorriso.

Ela ouvira que as pessoas costumavam escapar para a cobertura nessas festas. Perguntava-se se Ernest Hemingway a convidaria para subir: ele parecia forte como um açougueiro. Ficou a pensar por que um homem desse tipo falaria com uma mulher como ela.

— Qual é a sua idade? — perguntou.

— Isso foi ousado.

— Acho que você é mais novo que eu, só isso. Estava tentando adivinhar a diferença.

— Tenho 21.

— Ah! Você parece mais velho.

— Todo mundo diz isso.

— Mas *21?* Vinte e cinco seria frustrante. Vinte e um é um ultraje. Você deve ter acabado de sair da faculdade.

Ernest deu de ombros e serviu-lhe um gim com limão na borda do copo. Em seguida, mergulhou uma azeitona verde.

— Aqui não tem coqueteleira?

— Gim é melhor puro.

— Você é um homem de Princeton?

— Não, eu servi na Itália.

— Viu muita ação?

— Fui ferido na perna antes que pudesse ver muita coisa.

— Que triste.

— Nem tanto. Eu me apaixonei por uma enfermeira em Milão. Chamava-se Agnes. Isso foi pior.

Hadley riu e tentou não demonstrar interesse demais. A beleza dele só parecia sublinhar quão gélida ela havia se sentido nos últimos anos. Mas naquela noite estava inquieta e ousada. Se era esta a sensação, então queria ficar bêbada quase o tempo todo.

— E seu coração ainda está em Milão, Sr. Hemingway?

— Não mais, graças a Deus. Por favor — disse —, me chame de Ernest.

— O que você faz agora?

— Sou escritor. — Seus olhos momentaneamente seguiram uma garota bonita ao longo do corredor, antes de pousarem de novo sobre ela. — Bem, estou tentando ser.

— E o que você escreve?

— Contos, esboços. Principalmente artigos. Sou jornalista de dia.

— Gosta disso? Ganhar a vida assim?

— Simplesmente me impede de escrever o que eu realmente quero escrever.

— E o que seria isso?

— Um romance. Algo forte. Sem nenhuma gordura.

Ela riu.

— Gostaria de ler algo que você escreveu.

— Você escreve? É por isso?

— De forma alguma. — Hadley nunca dissera isso antes, mas achava que este estranho seria o primeiro ouvinte perfeito. — Mas por muito tempo eu quis ser pianista. Esforcei-me muito para isso. Praticava todos os dias. Às vezes eu me deitava no tapete por quinze minutos a cada hora, de tão cansada que ficava. Há um custo a se pagar para escrever, cantar, tocar. Acho que eu só não era forte o suficiente para pagá-lo.

Ernest sorriu para ela.

— Ninguém nunca chega e diz: não existe nenhum método. Escrever é um território sem lei.

Alguém gritou o nome dela, mas Hadley não queria se afastar dele.

— Alguém está te chamando. — Ele estava de pé ao lado dela. Era quase impossível que estivesse interessado nela, mas parecia estar.

— Minha mãe morreu há dois meses. — Hadley não fazia a menor ideia de por que falou aquilo.

— Ah. — E o sorriso dele desapareceu. — Eu sinto muito.

— Não, me desculpe. É que... eu cuidei dela nesses últimos meses. E não tenho saído muito por causa disso. — As lágrimas quase chegaram a escorrer, mas ela não permitiu. — Sinto-me um pouco deslocada. Tenho a impressão de que você precisaria tirar a poeira de mim.

— Eu tiraria a poeira de você.

Hadley sorriu para seu gim, tomada por felicidade.

— Vocês eram muito chegadas?

— Não. Ela era obcecada por política e pelo sufrágio feminino. Não tinha muito tempo para mim.

— Você não é uma mulher moderna, então?

— Sou moderna, mas talvez de um jeito tradicional. Isso faz sentido? — Ernest fez que sim com a cabeça. Hadley pigarreou e terminou o gim. — Nossa conversa acabou um tanto sombria. A culpa é minha. O que eu quis dizer é que é agradável estar com amigos. Foi um alívio quando mamãe morreu. Sei que isso soa terrível. Mas a casa, ficar dentro de casa o tempo todo, estava me matando.

— Hadley! — O disco parou. Sua amiga a chamou. — Venha tocar!

— Ah, não, não.

— Vai lá, Hash. Posso chamá-la assim? — Ernest a pegou pelo cotovelo e conduziu-a até o piano. — Toda a festa está pedindo! — Ernest botou o copo de Hadley sobre o piano, junto com todos os outros copos já na metade e manchados de batom. Abaixou-se até o ouvido dela. — Minha mãe é musicista. Ela iria gostar de conhecer você. — E sorriu. — Toque o que lhe vier à cabeça.

— Eu só conheço música clássica — disse ela, sentindo-se meio atordoada. Apressou-se a puxar o vestido para baixo quando se sentou na banqueta. Tentou pensar numa canção que não esfriasse os ânimos. Acabou escolhendo Bach, uma sonata. A composição parecia ter deixado as pessoas tristes, mas de uma maneira romântica em vez de melancólica.

Ao tocar, pensou que todas as ocasiões mais felizes de sua vida foram ao som de música. Muitas vezes, quando a mãe tirava um cochilo e sua boca amarelada se abria por causa da penosa respiração, Hadley dava uma caminhada por St. Louis, com os olhos na calçada, ouvindo as mulheres de sua idade falarem sobre homens, trabalho doméstico, um novo par de luvas. Quando chegava a casa, enfiava uma toalha na boca para que a mãe não ouvisse o choro aos soluços solitário no banheiro. Então, às tardes, ela tocava piano e, por uns instantes, toda aquela tristeza passava.

Talvez ela tivesse interpretado o papel da enfermeira com mais fervor mórbido do que imaginava. Não era apenas sua mãe que a impedia de sair — ela poderia ter escapado à noite. Algo nela havia desistido — anos atrás, na verdade. Desistira de amigos e de danças. Os únicos homens com os quais falava naquela época eram seu cunhado e o rapaz da mercearia da esquina, que a olhava com pena por cima das pálidas montanhas de laranjas. Ela pensava no significado daquela palavra. *Solteirona*. E se, aos 28, podia ser chamada pelo termo.

Hadley aproximou-se do fim da sonata. Ernest não ficara transfixado com suas mãos no teclado ou hipnotizado com seu modo de tocar, nada disso. Pelo contrário, pareceu surpreso quando ela fechou a tampa do piano.

— Alguém coloque outro disco — pediu Hadley. — Isso é muito triste para uma festa.

Mas então a sala explodiu em aplausos, e ela sentiu-se feliz. Tinha se saído bem.

Quando a festa terminou, Ernest acompanhou-a até a saída. A chuva tornara as ruas escorregadias e as folhas amarelas tinham sido esmagadas na calçada pelo pisotear das botas. Ernest ficou parado timidamente, com as mãos nos bolsos.

— Bela capa a sua — disse ela, puxando-o pelo colarinho.

Ernest pareceu um tanto acanhado.

— As mulheres falam isso.

— É um sucesso, não? Você parece... — Ela riu, pensando na palavra "ducal".

— Posso acompanhá-la até em casa?

— Você poderia, mas já fez isso. Vou ficar aqui hoje à noite.

Ele a enlaçou com um braço e a beijou. Foi mais casto do que ela havia imaginado, apenas a pressão de seu lábio sobre o dela.

— Quanto tempo vai ficar em Chicago?

— Três semanas.

— Temos três semanas então.

Fizeram promessas de se ver de novo depois que ele voltasse para casa. Ela escreveu-lhe uma carta, dizendo que tê-lo conhecido parecia uma libertação: como uma fuga da prisão. Decidiu que abandonaria o meio-oeste. Ia livrar-se — de St. Louis e do fantasma da mãe —, com ou sem Ernest Hemingway.

11. ANTIBES, FRANÇA.
JUNHO DE 1926.

Misericordiosamente o calor do dia se perdeu no anoitecer. Os últimos raios de luz vêm do sol que desce por trás das árvores e acaba nos ladrilhos de terracota, no formato das janelas da casa.

— Eu me lembro dele — diz Ernest, ao vê-la com o vestido que usara na festa de Chicago. O tecido repuxa na altura de sua cintura, mas ainda cai bem. — Tinha esquecido como é bonito.

Conscientes do ultimato dado por ela, estão sendo gentis um com o outro.

— Nunca havia mostrado meus joelhos antes. E meus cabelos eram compridos, lembra?

Ele ajeita as abotoaduras junto à janela.

— Eu me lembro.

— Eu odiei quando cortei, em Nova Iorque. Me sentia quase um garoto. Mas você gostou. E sei quanto seu pai teria detestado, o que ajudou. — Vai até a penteadeira. — Ele odiava cabelos curtos.

— Hadley puxa os cabelos para trás, escovando-os com três golpes firmes de cada lado. — Sua mãe nunca falou nada a respeito. Sempre teve mais tato do que achávamos — diz Hadley. — Ela escolhe as batalhas dela, igual a você.

Ernest olha para ela, intrigado, mas nada comenta.

Os brincos se fecham em seus lóbulos e ela os afrouxa para que não apertem. Aplica blush e delineador, sem exagerar, como as amigas em Paris a haviam ensinado. No espelho, parece ótima, mas ainda não consegue fugir da imagem que tem de si mesma, de uma bela camponesa que deveria sentir-se grata por frequentar a casa dos aristocratas da aldeia durante alguns preciosos anos. Ainda existe grande valor em Ernest, mas é este verão, ele fez todo mundo tão vil. E percebe esse efeito em si e em Fife: com que rapidez resvalaram para a petulância ou leviandade. Rímel projeta-se de seus cílios. Talvez seja a primeira vez que usa maquiagem nessas férias.

Hadley inspeciona seu reflexo. Gostaria que os ossos do peito fossem mais salientes, ou que as maçãs do rosto fossem proeminentes. Imagina que, depois do divórcio, provavelmente pararia de comer, e seus amigos em Paris sacudiriam a cabeça, em reprovação, e comentariam entre si que ela está *preocupantemente magra*. Como ela gostaria disso, de ter essa inquietação.

— O que quis dizer quando falou que eu escolho as minhas batalhas? — Ernest pergunta do banheiro.

— Por que você não gritou quando eu perdi a maleta?

Ele volta para o quarto.

— É disso que você quer falar? Agora?

— Sim.

Ele dá um suspiro.

— Achei que o pior tinha acontecido. Achei que talvez você tivesse se apaixonado por outro, ou que não me amava mais, ou que eu estava te perdendo. E você chorava e não me dizia o que estava errado.

Ele para junto à janela onde, naquela manhã, Hadley ficara olhando para o quarto de Fife, no andar de baixo, e pensando que aquele seria mais um dia igual aos outros passados em Antibes.

— Então você ficou aliviado. Tudo o que perdi foi seu primeiro romance.

— Não se compara à perda de uma esposa.

— Perdão... — Hadley não pode falar sem que as lágrimas ameacem cair — por ter perdido tudo.

— Já passou, Hash. Não importa mais.

— Parece que tudo acabou desde então.

— Tivemos bons momentos depois daquilo. Muito bons mesmo.

Ernest sorri para ela, que retribuiu com um sorriso: bons velhos amigos como sempre.

Quando abre a caixa para pegar seu colar de âmbar, ela vê a orelha do touro, não mais sangrenta. Foi presente de um toureiro que, da arena, admirou seus cabelos ruivos. A orelha agora está dura feito couro de sapato. Ela enfia o dedo pelo lado peludo da orelha — a ideia é que fosse um amuleto, e por algum tempo funcionou: afastou outras mulheres antes de Fife aparecer. Hadley coloca o colar, fecha a caixa e sente o fecho enganchar.

— Eu tive notícias do editor — diz Ernest, sentando-se na cadeira de palhinha e sorvendo o último gole do seu gim-tônica.

— Sobre *O sol*?

— Dizem que estou quase lá.

— Isso é maravilhoso. — Mas ele não parece satisfeito. — Qual é o problema?

— Estou nervoso.

— Por quê?

— Tem de ser um sucesso.

— E daí?

— Para que eu possa comprar mais do que um terno novo e um par de sapatos sociais.

— É claro que vai ser um sucesso. Não conheço ninguém mais fadado ao sucesso do que você. E, além do mais, temos o bastante para comer e pagar o aluguel, e também o nosso lindo filho, que agora está bem e com saúde.

— E temos amigos muito ricos para nos ajudar quando necessário.

Ela dá uma última ajeitada nos cabelos e vai até ele.

— Não diga isso. — E ajoelha-se, de modo que fica no mesmo nível do olhar de Ernest. — É a tristeza que chega com a noite. Apenas isso. Um dia você será tão rico quanto Sara e Gerald, e só então vai perceber que não precisa disso.

Ele pega sua mão e beija a palma.

— Você é boa demais para mim.

Ernest esqueceu-se de corrigi-la quando ela disse "você" em vez de "nós". O coração de Hadley murcha de novo, embora ele a esteja beijando no exato momento como fazia na calçada fria de Chicago. De repente, ela já sabe sua decisão antes de ele mesmo. Fife vai ganhar. Parece inexorável. Isso a deixa parada no lugar.

— Vamos sozinhos?

— Sim — diz ele bem baixinho, quase perto da porta, para que ela mal possa ouvi-lo na quietude do anoitecer. — Vamos encontrar a Fife lá.

— Papai!

Os passos de Bumby sobem correndo a escadaria central. Eles veem, primeiro, uma mãozinha mover a cortina de brocado, depois suas sandálias, os joelhos ainda pretos e seu lindo rosto bronzeado aparecem na porta. Seus olhos estão sonolentos mas curiosos: ele não tem permissão para entrar no quarto dos pais.

— Papai, peguei isso pra você. — E entrega ao pai uma rosa vermelha do jardim.

Ernest o levanta e esfrega o rosto no seu. Bumby afasta-se das cerdas do bigode.

— *Merci, mon amour.* O que acha de eu dar para a *maman?* — pergunta o pai.

— *Oui* — diz ele, muito decisivamente, mas então seus olhos se apertam com suspeita. — Pra onde vocês vão?

— Para uma festa.

— Eu posso ir?

— Acho que você está cansado demais para isso hoje.

Hadley observa o marido e o filho, consternada com toda a situação.

Ernest coloca o menino no chão.

— Diga a Marie que você pode tomar um *chocolat chaud* depois do banho. — Ele passa um dedo pelo joelho do filho e vê o rastro branco que se forma. — Você está encardido! Olhe só para sua mãe. Veja como ela está bonita!

— Muito bonita. — Bumby concorda.

— Dê um beijo de boa-noite nela.

Hadley abaixa-se para sentir os lábios do filho em sua bochecha.

— Boa noite, querido.

Bumby entrega-lhe a rosa vermelha, que ela coloca no frasco de perfume junto ao espelho. Coloca o xale ao redor de seu corpo.

— Pronta? — pergunta Ernest, perto da porta, olhando para Hadley.

— Sim. — E ela o segue noite adentro.

12. ANTIBES, FRANÇA.
JUNHO DE 1926.

Chegam à festa mais tarde do que gostariam. Scott já está muito bêbado, assim como Zelda. Cumprimentam todos com murmúrios tranquilizadores: estão tão felizes por Bumby ter se curado da coqueluche, que menino forte ele é, *et cetera*. Seus amigos dizem quanto sentiram falta deles, mas, como estão bronzeados e dourados, Hadley suspeita de que não seja bem verdade. O jantar já foi servido: patas de carangueijo e conchas de mexilhão são as sobras de uma *bouillabaisse*. Os filhos de Sara e Gerald ainda estão, evidentemente, trancados longe dali, para o caso de a infecção ter sido levada pelas roupas dos Hemingway.

Fife não é vista em nenhum lugar.

— Tivemos de comer com as crianças antes que elas fossem para a cama — diz Sara. — Vocês já comeram, não?

Ernest diz que sim, embora não tenham. Hadley lança um olhar para o marido, que significa "estou morrendo de fome, mesmo que você não esteja". Essa atuação não deve ser realizada de estômago vazio.

Sara usa tantas pérolas que parece enfaixada. A maioria das pessoas — e a maioria dos ali presentes — prefere Sara a seu marido, mas Hadley sempre preferiu Gerald. Ernest o considera um *poseur*, mas é justamente isso que a atrai. Tanto ela quanto Gerald parecem deslocados em seus papéis, enquanto os outros estão em perfeita sintonia, impecáveis nas falas de seus papéis. Ele é um mortal, como ela, entre os deuses.

Foi Gerald quem riu calorosamente quando Hadley, durante um encontro num café de Paris, declarou alegremente que Ernest havia sido o primeiro americano morto na Itália.

— Que notícia surpreendente, considerando que o homem vive e respira ao seu lado, hein, Hash?

Ela percebeu o erro e corou:

— Ferido — disse em voz baixa. — Eu quis dizer ferido.

Hadley viu Sara olhando daquele jeito para Fife. Mas ficou agradecida que Gerald estivesse a postos para dar a gentil réplica.

Todos estão sentados à mesa sob a tília, relaxados e belos como a primavera.

— É *tão bom* ver vocês dois — diz Sara. — Sentiram-se terrivelmente confinados?

— É bom poder sair— responde Hadley, em sua melhor tentativa de neutralidade.

— E Bumby, está totalmente curado?

— Sim, graças a Deus. Só estava cansado demais para vir.

Hadley se pergunta por que Ernest tinha de mentir a respeito do jantar. Seus olhos viajam pelas tigelas vazias; há um pão que sobrou, no lugar de Scott.

— Pois bem, isso é maravilhoso. Não vejo a *hora* de estarmos todos juntos de novo. — Sara aperta sua mão e olha para Hadley, de mãe para mãe. Tem um olhar intenso, acentuado pela franja que quase chega até as sobrancelhas. É uma mulher bonita, mas não como Zelda ou Fife. Não é magricela; não se enfiaria, como uma enguia, em vestidinhos e maiôs justos.

— Notícia fantástica, hein, Hash? — Gerald chega da casa com uma bandeja de drinques. Emoldurado pelos sofás de cetim negro, pelas paredes brancas e pelos vastos vasos de peônias de Sara, ele bem poderia estar saindo de um set de Hollywood. Podia fazer o papel do mocinho, não fosse a calvície incipiente. — Coquetéis! — anuncia e, como que seguindo uma deixa, quase tropeça nos degraus saindo da casa.

— Cuidado! — alerta Sara, mas dá uma risadinha. Ela nunca trata mal o marido.

O vento transporta o cheiro das frutas cítricas do pomar. Baunilhas de jardim e mimosas florescem junto aos caminhos de cascalho. Ernest parece constrangido e se protege entre Hadley e Sara. Gerald beija Hadley perto dos lábios, e Scott pega outro drinque.

— Quantos já foram? — Sara pergunta.

— Não bebi nada a noite inteira.

— Exceto o aperitivo antes do jantar.

— E a garrafa de vinho durante o jantar — diz Gerald, ao servir os drinques pela mesa.

— Então me diga, Hadern — fala Scott, chamando Hadley pelo apelido que só ele usa. — O que você anda fazendo?

A mesa se vira e olha para ela.

— Ah, você sabe. Lendo. Escrevendo telegramas intermináveis para meu marido ausente. Cuidando de Bumby, principalmente.

— É uma mãe dedicada — diz Ernest, olhando para ela com orgulho. Então seus olhos se voltam para cima, na direção da casa, e é como se ficasse hipnotizado por um momento.

Fife sai da casa fumando um cigarro. Um colete pende de seus ombros. A saia do vestido é feita de penas pretas, camada sobre camada a partir da cintura, parecendo as asas fechadas de um cisne. As raques se entrechocam com estalidos enquanto ela se locomove; seus pés não emitem nenhum som, como se realmente avançasse feito uma ave de rapina sob as lâmpadas elétricas do saguão. Quando Hadley se vira, nota seu marido em transe, o único capaz de mirar esse ganso que ninguém mais pensou em alvejar.

— Vestido faceiro, não? — pergunta Sara, com uma piscadela súbita para Hadley, que se sente envergonhada, pega no flagra. O que pode fazer um velho vestidinho de sarja contra esta plumagem de pássaro? Scott lhe oferece um cigarro como consolação. Ela tenta recompor suas feições. É só um vestido. Apenas um vestido. E Ernest sempre detestou mulheres que dão muita importância à aparência.

Fife senta-se com um sorriso largo.

— Olá, camaradas. — Seus cabelos em *marcel waves* parecem inabaláveis. Deve ter passado a tarde toda se arrumando, depois de abandonar o jogo de *bridge*. — Perdi alguma coisa?

Lágrimas parecem prestes a aflorar dos olhos de Hadley; basta apenas uma piscadela. Como ninguém mais consegue ver que esse espetáculo de penas e pele é vulgar e barato?

Hadley tenta entrar na conversa. Sara continua repreendendo Scott, agora mais por sua prodigalidade do que pela bebida.

— Certamente, você está rico a essa altura, querido?

— Não tão rico como você. Creio que nenhum de nós consiga chegar a esses picos estonteantes.

— Soube que o adiantamento de seu último livro foi tão grande que você precisou beber barris de champanhe pra gastar tudo. — Sara brinca com as pontas de suas pérolas e as coloca por um momento na boca. — Querido, estou só te provocando. Além do mais, é o velho Hemingstein quem vai ter de se preocupar com isso em breve.

Sara enlaça o pescoço de Ernest e o beija na bochecha. Nuvens de tempestade juntam-se no rosto de Scott. Ele preferia ser provocado a ser ignorado.

— Você acha mesmo, Sara? — pergunta Ernest, ingênuo.

— Em pouquíssimo tempo, você vai ver garotas caminhando por Paris e falando igual a Brett Ashley.

— Do que está falando?

— Falando? Falar não é simplesmente *dizer bobagem?* Não é o que Brett diz? Você roubou isso de mim?

— Certamente que não.

— *O sol* vai fazer de você um astro, Ernest.

— Claro que vai — diz Hadley, olhando para o marido. — Acho que é o melhor que ele já escreveu. E ele trabalhou tanto nesse romance. — Ninguém diz nada. Ah, sim, ela esqueceu que o sucesso deveria chegar sem esforço, ou não chegar. Sempre deve ser um recreio. Hora do coquetel. Como se fossem adolescentes sonhando acordados ou que a vida tivesse que ser sempre ofuscante e divertida. — Eu quis dizer que vai ser o grande sucesso pelo qual esperávamos. — Pronto, pensa Hadley, salva pelo gongo.

As plumas de Fife sobem e descem na brisa.

— Título maravilhoso — diz Sara.

— A Bíblia dá... e dá, como diria minha mãe.

— E o que *é* que a Bíblia dá, se posso perguntar, além do óbvio? — Um homem chega pelo caminho de cascalho, vindo da direção do mar. Traz um cesto de frutas e uma garrafa de vinho suada, como uma personificação de um mito grego. — Provisões espirituais, as homilias de sempre, papel de enrolar cigarro?

O homem parece ter quase 30 anos, tem cabelos castanhos curtos e um bigodinho, fazendo o melhor para esconder uma boca grande. Uma boca generosa, pensa Hadley, talvez generosa demais para um homem.

— Harry querido! — diz Sara, levantando-se. — Achamos que você fosse ficar em Juan hoje.

— Ah, não. Lá estava nitidamente malárico. Não invadi a festa, invadi?

Harry é bonito, embora seus olhos lembrem a Hadley o olhar vazio das lagartixas quando tomam sol no auge do dia.

— Mas, querido, nós comemos tudo! Não sobrou nada. As crianças estavam famintas depois do dia inteiro no mar.

Hadley nota, enquanto o homem se aproxima da mesa, que cada passo seu é carregado de uma elegante ginga feminina. Já imagina a careta no rosto de Ernest — ele nunca foi chegado a *queers*.

Harry coloca o cesto sobre a mesa, e Hadley vê, em duas maçãs, o seu jantar. Nota que as unhas do homem são bem-tratadas. Ele beija Scott e Zelda, mas aperta a mão de Gerald.

— Você já conhece os Hemingway, não é, querido?

— Não — diz ele. — Ainda não tive o prazer.

— Harry Cuzzemano, estes são Ernest e Hadley Hemingway. Ernest e Hadley, este é Harry Cuzzemano, extraordinário colecionador de livros.

— Prazer em conhecê-lo, Harry — exclama Ernest, apertando sua mão enquanto pergunta: — Que tipo de livro você coleciona?

E então aqueles olhos saltam para a vida.

— Ora, qualquer coisa em que se possa botar as mãos. Livros raros. Primeiras edições. Manuscritos. Qualquer coisa com um... — Parece procurar a palavra. — Valor bem-definido. Sou um fanático por qualquer coisa que possa estourar dentro de alguns anos.

Ele lança um olhar para Hadley, como se esse comentário fosse exclusivo para ela.

— Precisa ter algum mérito?

Ele ri.

— Só valor, senhor, só valor. Mas eu devo dizer, Sr. Hemingway, eu li *In our time*. Consegui botar as mãos na edição da Three Mountains. Se continuar escrevendo assim, vai me dar o ninho dos ovos de ouro. Acho que foi uma tiragem de duas centenas, coisa assim?

Ernest fica corado com as lisonjas.

— Eu mesmo só tenho um exemplar.

— Ora, ora, agarre-se a ele, meu amigo. Sabe como as escolas podem ser caras nos dias de hoje. — Hadley se pergunta como ele sabia que Ernest era pai. — Espero que seu próximo livro tenha uma tiragem semelhante.

— Não desejo a mesma coisa, o senhor não ficará surpreso em saber.

— Outras publicações?

— A *Little Review* publicou alguma coisa sobre isso, uns tempos atrás.

— Isso deve ajudar a difundir o seu nome.

— Creio que não. Só é lida por intelectuais e sapatonas.

— Meu caro, é a revista mais roubada do país! Dos Estados Unidos, no caso.

— Tudo bem por mim — responde Ernest —, prefiro escroques a críticos como leitores dos meus livros.

— Certo. Certo — Cuzzemano senta-se entre Ernest e Sara e serve-se de uma taça de vinho branco.

— Se importa, Sr. Cuzzemano, se eu roubar uma fruta?

— De modo algum. Por favor.

Hadley come a maçã e tenta ouvir a conversa de Zelda com Sara, mas surpreende a si mesma virando-se para observar o homem. Os olhos de Harry estão sempre nela, toda vez que decide encará-lo.

No decorrer da noite, a dança começa no terraço. Em dado momento, os filhos dos Murphy, Patrick, Baoth e Honoria, descem, esfregando seus olhos cansados e perguntando o que está acontecendo, mas Sara, de olho nos pestilentos Hemingway, os enxota rapidamente. Ernest e Scott estão ocupados demais cantando "Tea for Two" para repararem no despacho das crianças.

A noite toda, Cuzzemano adula o marido de Hadley. Ernest responde às perguntas muito cordialmente. É bom vê-lo comportar-se bem na companhia de alguém de quem não gosta. Às vezes, ele é capaz de dizer coisas tão espantosamente cruéis que ela se pergunta se aquele é realmente Ernest. Hadley sabe que ele lida com pensamentos sombrios e humores depressivos, mas isso não pode ser desculpa para maltratar as pessoas. Na maioria das vezes, é de noite que tudo piora: quando ele entra num mundo em que não consegue encontrar qualquer sentido. No entanto, durante o dia, Ernest fica bem, alegre e imensamente interessado em palavras, em arte e em como fazer um novo tipo de texto a partir dos ossos da linguagem. Parece que as duas personalidades pertencem a dois homens diferentes.

Embora evidentemente não tenha sentimentos positivos quanto ao colecionador, Ernest autografa um pedaço de papel, que Cuzzemano coloca num envelope e sela com uma lambida. No envelope, escreve E. HEMINGWAY, JUNHO DE 1926.

Mais tarde, Cuzzemano puxa uma cadeira para perto de Hadley. Ela se prepara para ser bajulada.

— Sra. Hemingway?

— Hadley. Por favor.

— Que nome bonito. Tem uma cidade chamada South Hadley na minha terra.

— E onde é a sua terra?

— Massachusetts.

— Onde mora agora? Imagino que não seja mais em Massachusetts.

— Ah, não. Divido meu tempo entre Paris e Nova York. São os dois únicos lugares para se viver de verdade. Londres é uma chatice imensa. Tem ingleses demais para que se valha a pena passar um tempo naquela cidade.

Hadley se pergunta se ele é gay, casado ou solteirão. Paris está cheia de gente das três categorias, que frequentemente pertencem às três ao mesmo tempo. Cuzzemano lança-lhe um olhar inquisitivo, como se perguntando se as cortesias já foram seguramente dispensadas. Os dentes desse homem não ficariam deslocados na boca de um peixe.

— Posso ser franco, Sra. Hemingway? Hadley? — Cuzzemano baixa a voz. — Sara contou-me de uma maleta, Sra. Hemingway, uma mala cheia de papéis que desapareceu: o primeiro romance do Sr. Hemingway e vários contos. Não me interprete mal, eu pergunto não para perturbá-la, mas porque o trabalho de seu marido carrega um mérito literário duradouro... E o que estava naquela maleta um dia valerá uma pilha de dinheiro. — Os olhos de Cuzzemano tremem, como se sofrendo ao pensar no valor do material perdido. — Até onde eu sei, ela foi perdida na Gare de Lyon? Há quatro anos, num trem para Lausanne?

Hadley fica ligeiramente desnorteada.

— Eu não quero falar a respeito disso.

Cuzzemano chega mais perto dela. Suas mãos praticamente repousam em seus joelhos.

— Sra. Hemingway, alguém tinha ideia do que estava ali dentro? Ernest com certeza ficaria muito feliz em ter seu trabalho de volta...

— Sr. Cuzzemano, agradeço-lhe por seu interesse no trabalho do meu marido, mas acho que está exagerando muito sobre o que significava para o mundo há quatro anos. — Ela mantém sua voz à altura de um sussurro tenso. — O Sr. Hemingway ainda não havia publicado nada. Estávamos em Paris havia um ano apenas! A maleta se perdeu. Alguém a pegou por engano. Tudo foi perdido: contos, cópias em papel-carbono, o romance; o pacote todo, o lote inteiro. E não vou esquecer o horror da ocasião. — Ela se recompõe. — Tampouco me perdoarei. Agora, se puder fazer a gentileza de deixar o assunto de lado... Não gostaria de passar minha noite enriquecendo os seus conhecimentos.

•———•

Gerald tira o jazz e coloca uma valsa. Ernest a convida para dançar, mas Hadley quer ouvir o piano. Precisou de alguns minutos para se recuperar do interrogatório de Cuzzemano, e agora tudo o que quer é ficar quieta no meio deste bando que não para de falar. Brett Ashley tem razão; toda conversa deles *é* bobagem.

Ernest então convida Zelda. É uma escolha segura: ninguém tem a menor dúvida do desprezo mútuo que nutrem um pelo outro. Eles dançam enlaçados num abraço custoso; Zelda é dura e inflexível, e Ernest mexe as partes erradas do corpo nas partes erradas da música. Ele posiciona os dedos dos pés virados para dentro, metido a engraçado, mas Zelda não acha nem um pouco divertido. Evidentemente ela não gosta de se ver ligada a algo tão idiota e sentimental como uma valsa.

A música termina. Zelda flutua até a mesa para pegar seu xerez, mas Ernest segura seu punho. Um standard mais rápido se segue e ele tenta girá-la num passo acelerado. Ela fica furiosa e derrama a bebida, mas Ernest ainda a prende. Os Murphy, Cuzzemano e Fife riem, mas para Hadley parece que tudo está prestes a azedar; ela sabe como Ernest fica quando está com esse humor.

— Vamos, Sra. Fitzgerald! Ou a senhora só é boa num cabaré?

Zelda se desvencilha, mas Ernest, seja lá o que se passa em sua cabeça embriagada, a coloca em seu ombro, numa pegada de bombeiro.

— Me ponha no chão!

Ernest não a solta. Hadley olha incrédula para a cena.

— Seu BRUTO, Ernest Hemingway!

Scott surge pelas portas duplas com uma tigela de frutas nas mãos pálidas.

— O que está fazendo com ela? — pergunta, pegando os figos do topo da tigela. — Larga a minha mulher! — grita ele, o final das palavras aos berros. — Eu disse: COLOCA ELA NO CHÃO!

Scott joga um figo, que voa pelo jardim e se despedaça no blazer de Ernest. Ele coloca Zelda no chão e tem tempo de se esquivar antes que o figo seguinte venha pelo ar. Fife pulou para ajudá-lo, mas, então, outro figo arremessado por Scott explode em sua pele branca e compacta.

— Poxa, Scott — diz Fife —, por que tinha que fazer isso?

Ernest o fuzila com o olhar. Zelda se arrasta de volta para a cadeira, apertando os lábios num sorriso maldoso. Ele tira o blazer e examina o estrago: duas manchas roxas e redondas nos pontos em que os figos acertaram.

— Isso não foi certo — insiste ele.

— Pelo amor de Deus, Scott — diz Sara. — Por que *insiste* em se comportar igual a uma criança?

Fife vai a passos largos até a cozinha. Ernest segue o som das plumas.

Hadley sente que poderia beijar Scott. Que belo senso de indignação e possessividade! Quantas vezes tinha vontade de torcer o pescoço de Fife quando um delicado chinelo caía de um delicado pé, em seu apartamento de Paris, e ela captava o olhar distraído do marido! Na mansão, jogando *bridge* ou tomando xerez, nunca havia sido capaz de dar um chilique — muito menos arremessar frutas.

Zelda brinda ao gesto cavalheiresco de Scott. Sara parece a ponto de explodir. Scott está bêbado demais para notar qualquer coisa exceto seus pés e os beijos ministrados por sua esposa, admirada. Então Sara diz-lhe o que obviamente estava morrendo de vontade de dizer a noite inteira. Chama-o de egoísta e infantil, que devia estar num jardim de infância. Crianças, Hadley pensa consigo mesma, crianças são mais civilizadas do que esses beberrões.

Quando ela volta a olhar, Fife e Ernest deixaram a cozinha. O cômodo está curiosamente amorfo sem aquelas duas figuras.

— Bem — diz Hadley, agora que Sara já falou o que queria, e Scott está mal-humorado, sentado num canto sob os assédios do Sr. Cuzzemano, sem dúvida beijando-lhe o ego depois das glórias de *Gatsby*. — Depois de semanas sem nenhuma diversão, acho que tive mais do que sou capaz de lidar. — Ela empurra a cadeira para trás. — Se vocês me dão licença. — E entra na casa para pegar suas coisas.

●━━━━━━●

Gerald tinha pendurado o xale de Hadley no quarto das crianças. Se Sara soubesse disso, teria empalidecido. Patrick e Baoth dormem enroscados um no outro. São bonitos, como os pais, e Hadley se pergunta o que serão na vida. Alguma coisa estupenda, disso tinha certeza: pertencem àquela linhagem infinitamente boa e inteligente da Nova Inglaterra. Gostaria de dar-lhes um beijo de boa-noite, mas se Sara a pegasse ela seria excomungada. Ainda mais depois do fiasco dos figos. Embora não seja uma mulher religiosa, Hadley pensa em uma prece que sua mãe costumava recitar para ela à noite, a fim de mantê-la segura enquanto dormia. Esses garotos são muito lindos. Chegam quase a tirar-lhe o fôlego.

Ela dirige-se à escada quando ouve um ruído vindo do patamar. A porta de um quarto se abriu, vozes escapam. Pela fresta entre o portal e a ombreira, ela vê um casal de pé no meio do cômodo. Quase não há luz. Seus rostos são indistintos. As ancas da mulher aparecem, um monte de plumas descendo desde a cintura. Hadley ouve sua própria respiração. A mão de Ernest pousa entre as duas asas, como se elas tivessem se aberto para ele, como as batidas de um cisne em voo. Ele beija sua testa, as sobrancelhas e pálpebras. Ainda tem uma mancha de figo na pele da mulher. As plumas começam a tremer. Ela diz:

— Duas semanas e nada, Nesto. Tem sido tão difícil.

Hadley sente que Fife o deseja ardorosamente. Pode ver como há pouco peso naquelas pernas. E então eles caem ao chão e a saia de plumas se abre. Hadley bate a porta o mais forte que consegue.

●————————●

Ela se senta na beira do pátio coberto de ladrilhos em forma de um tabuleiro de xadrez. Sara e Gerald estão arrumando a cozinha e discutindo o comportamento de Scott e o que deveria ser feito. Os Fitzgerald e Cuzzemano não são vistos em nenhum lugar. Um aroma de camélias e oleandros sobe do jardim. Peônias do tamanho de punhos erguem-se dos vasos. Este jardim é maravilhoso.

Eles não fizeram nada nestas duas últimas semanas; Hadley percebe que Ernest e Fife também estiveram de quarentena, não só ela e Bumby. Parece ainda mais deprimente que toda a última quinzena tenha se passado sem sexo. Neste momento, ocorre-lhe o pensamento de que talvez o que exista entre eles seja apenas uma coisa sexual. Ela nunca foi particularmente aventureira na cama. Talvez, se conseguisse mantê-los separados, tiraria Ernest desse fascínio por Fife e o faria voltar à razão. Como o imperador Tibério, instituiria cem dias de separação, e então Ernest voltaria para seus braços. Ele detestava ficar sozinho por um dia que fosse, ou até mesmo por uma hora, quando os horrores o assolavam; certamente não seria capaz de aguentar uma quarentena de cem dias.

Enquanto Sara empilha o aparelho de jantar de barro nas prateleiras, Gerald senta-se ao lado dela.

— Vai dar tudo certo — afirma ele. — Você e Ernest... estão conectados ao universo. Não podem ser separados.

Não, pensa ela, decididamente, mas Fife e Ernest poderiam estar.

Ernest entra pelas portas duplas com um ar encabulado. Coloca a mão quente sobre o ombro de Hadley.

— Tirou o figo? — pergunta ela.

— Sim. Limpei tudo. Vamos embora? — Sua voz é cautelosa.

E ela responde que sim, vamos. Mal se despedem dos Murphy, que parecem, subitamente, cheios de compreensão, com as feições amansadas por simpatia, como se não tivessem percebido como toda aquela situação havia se tornado grave.

Os Hemingway descem da Villa America para a praia. Fife vai passar a noite com os Murphy. Hadley imagina que haverá lágrimas nas duas casas. Logo eles vão chegar ao fim da praia, atravessarão a cidade e chegarão a casa, juntos ou separados.

Esse pensamento a faz caminhar mais devagar sobre a areia. Sente-se terrivelmente triste, porque sabe que os espaços vazios dentro de si são os mesmos que os dentro dele, porque eles combinam, porque suas geografias correspondem uma à outra. Ele não combina com Fife, não dessa maneira.

— Não tem nenhuma alga — diz Ernest, e eles riem, porque é engraçado que Gerald tenha tirado todas as algas marinhas da praia, um esforço tão meticuloso para agradar os amigos! Ele passou abril inteiro na função, removendo da areia as tiras verdes em forma de serpente. Talvez riam por motivos distintos. Ernest pensa que é uma tolice; Hadley vê o gesto como uma delicadeza.

As ondas deixam sua espuma na praia. Cheiros de corda molhada e de peixe pairam no ar. Redes de pesca cobrem os barcos ancorados, e a luz da lua banha escamas e conchas nas tramas. Os mastros dos barcos inclinam-se na direção do vento. A noite oculta as árvores distantes e também a balsa de onde mergulharam de manhã. Nada é visível além de suas pernas caminhando para a frente, longas e bronzeadas.

— Desculpe eu ter me comportado feito uma besta. Eu não devia ter feito aquilo com a Zelda.

— Tudo bem.

Eles param. Continuar andando, de certo modo, tornaria a conversa casual.

Hadley fala para o mar, não para ele.

— Quando vi você na festa de Chicago, pensei que estava só tentando ser legal comigo. Interessado só pela noite. Eu achava que seria uma solteirona em St. Louis pra sempre. Ernest, você mudou tudo pra mim.

— Aquela noite mudou tudo pra mim também. É claro que mudou.

Ondas vêm e vão sobre seus pés.

— Se você quer ir embora, eu estou bem com isso. Não me arrependo de nada. O que você me mostrou, o que fizemos nestes cinco anos juntos... Foi simplesmente maravilhoso.

Ernest não diz nada.

Hadley limpa a garganta, empenhando-se.

— Você a ama?

— Eu ainda sinto o mesmo por você. — A expressão no rosto dele muda completamente. Ela não consegue ler as feições. Pergunta-se se é amor. Poderia ser. — Mas meus sentimentos por Fife existem.

— São muito fortes?

Uma pausa, e então:

— São.

— Fortes o bastante para acabar com a gente?

Ele não responde. Hadley anda um pouco mais à frente. Ele a segue. Chegam a uma canoa pintada em cores vivas com grandes letras vermelhas: DAME DE LA FRANCE. As ondas quentes cobrem seus pés. Hadley se apoia no corpo da canoa. Será ela, então, quem estabelecerá os termos.

— Vamos fazer o seguinte. Vamos voltar a Paris. Você vai tirar suas coisas do apartamento. Pode se casar com Pauline, se é o que deseja. — Ernest parece horrorizado e aliviado ao mesmo tempo. — Mas só depois de cem dias de separação. Nada mais, nada menos. Se quiser ficar com ela depois disso, então terá a minha bênção. Eu me divorcio de você. Mas você tem de provar para mim e para si mesmo que este não é um caso passageiro.

— Hash. — A maré alcança os pés de Ernest e depois se afasta. Ela sai da canoa e caminha até o fim da praia. Ele a segue, andando, sem pressa, pela areia.

As árvores murmuram noite adentro. Eles voltam para casa, refazendo os mesmos passos que percorreram no começo do dia, quando foram até a balsa para nadar, para fazer joguinho junto aos rochedos e para esperar, enquanto mantinham o silêncio, que tudo pudesse continuar como sempre havia sido.

Perto das lavandas, na varanda da casa, ela diz:

— Estou fazendo isso por nós. Cem dias, Ernest. Não vai demorar muito. Você vai decidir do que precisa depois disso.

Atrás dele, os três maiôs pendem na brisa. No andar de cima, com a janela aberta, está o quarto de Fife. Sozinhos, eles adentram silenciosamente na casa.

FIFE

13. KEY WEST, FLÓRIDA. JUNHO DE 1938.

A casa de Fife é esplêndida. Cabeças ornam as paredes: impala, cudo, órix; seus longos chifres, magníficos e duros como casca de árvore. Quando as persianas estão abertas, uma brisa vinda do Golfo entra pela casa, carregando consigo os aromas de tamarindo, jasmim e banana.

Às vezes parece que a casa inteira é tomada por ar em movimento.

De ambos os lados de cada recamier ou mesinha, encontram-se plantas espinhosas e abajures combinando. Os tapetes orientais estão no ponto certo de esgarçamento, e, onde não há tapetes, o assoalho refresca os pés desnudos de Fife. Os livros de Ernest — ele escreveu tantos ali — ficam acomodados nos armários sob os lustres de vidro. Cópias de edições antigas da *Vogue* estão empilhadas sobre a escrivaninha.

Há quase noventa anos, escravos construíram a casa. Há sete, os Hemingway se mudaram para ela, com caixas de manuscritos abarrotando a sala. O pó de gesso caía sobre o berço do bebê Gregory, enquanto seu irmão Patrick disparava pelos corredores, causando um alvoroço. As persianas pendiam da varanda. Fife e Ernest deram seu primeiro beijo sob um ninho que acomodava dois pássaros, onde o teto da sala de jantar desabara. A primeira tarefa de Fife foi renovar o barracão de ferramentas para que o marido pudesse trabalhar. Escrever, ela sabia, era o que o manteria na linha.

Fife senta no jardim com um jornal e um dry martini. O mapa da Europa na capa do jornal é marcado por linhas pontilhadas e setas, que mostram esferas de influência, grupos de pressão, soberanias destituídas. A Europa mastigava a si mesma como uma criança com a mão na boca.

Ela busca por qualquer coisa escrita por Ernest da Espanha. Fife dá uma olhada geral em todas as páginas. Nada, nem um mísero artigo.

Seu jardim, ao seu redor, é um zoológico: a visão de um monte de penas pode ser um pavão ou um flamingo, e os gatos se esticam e rastejam por cima de tudo — ela o mantém assim para os meninos. Nesse último ano, durante o encargo do marido como correspondente internacional, o jardim floresceu. Toda vez que Ernest é enviado à Espanha — e essa é sua terceira missão —, Fife se lança com grande energia sobre as ervas daninhas e raízes indesejadas. Agora o jardim floresce nervosamente, mas ela o deixaria de lado se Ernest pudesse ao menos passar um tempinho a mais ali com ela.

Fife convoca os criados. Ernest retorna no dia seguinte e ela quer a comida perfeitamente fresca para sua chegada: planejou uma refeição composta por lagostins e salada de abacate com daiquiris e raspas de gelo. Sempre que ele volta, ela se convence de que seu marido está definitivamente de volta para ela. Mas, passados meses, às vezes semanas, de sua chegada, ele logo anuncia que voltará à Espanha para cobrir a guerra. É um mundo, disse-lhe, de laranjas e cadarços, uma cidade onde não há nada — e ela olha ao redor, para aquela casa esplendorosa, e reflete sobre a falta que Ernest sentia de Madri. Mas sabe que Madri não tem nada a ver com o motivo pelo qual ele volta.

E, mesmo assim, lhe parece completamente sem sentido permanecer em Key West sem o marido, onde moram para que Ernest possa sair para pescar após uma manhã de trabalho. Tudo o que Fife deseja é sair para navegar no *Pilar*, comer filé de atum e nadar nas enseadas como nos primeiros anos de casamento, o sol cintilando sobre a superfície do mar e os dois embriagados de dry martini. Ela sente falta da velha vida que tinham como recém-casados.

Perto das instalações dos criados, Fife espia uma silhueta na janela, ainda que ninguém responda aos seus chamados. Ela se pergunta se eles não gostam dela. De algum modo, eles parecem adivinhar quando estão sendo convocados para fazer companhia, embora tudo o que ela faça seja ler para eles o cardápio da semana. É capaz de suportar o olhar de pena do dono da mercearia, mas não de seus próprios empregados.

Pelo menos em Antibes, estavam em três. Hadley a tinha; Fife não tem ninguém. Ali, naquela ilha remota, sob o peso das proporções continentais do país, ela não tem sequer a amante do marido para lhe fazer companhia. De manhã, foi ao salão de beleza só para sentir as mãos de alguém sobre si.

— Isobel! — Sua voz sai num grito.

A luz corre pelo quimono que ela vem usando desde Paris, o mesmo que usou nas primeiras manhãs roubadas ao lado dele, enquanto ficou esquiando com Bumby. Como eram mais simples aqueles dias, quando Hadley era a mulher de Ernest, e Fife, a amante.

Corações cor-de-rosa tombam sobre a terracota endurecida pelo calor. Fife pulveriza as folhas mortas com a pressão dos dedos. Um gatinho arqueia as costas quando ela lhe oferece a palma da mão. Ele é minúsculo: só pelo e ossos e um focinho úmido e rosado. Ele mia, rodeando o tornozelo dela. Mas quando Fife dá um chute, seu pé não atinge nada; o bicho escapuliu para a segurança de algum outro lugar.

Com um dry martini na mão, Fife sobe as escadas até seu quarto. A sensação agora é de que o quarto é seu; Ernest diz que dorme melhor sozinho, principalmente quando está escrevendo. *A fazenda*, de Miró, surrupiada de Hadley num dos exemplos mais suspeitos de roubo pós-divórcio, está pendurada sobre a cama. Ou talvez esteja sob uma espécie de empréstimo permanente — ela nunca soube ao certo que tipo de acordo os dois fizeram.

Da varanda, vem o cheiro de tarpão defumado. Na Whitehead Street, a torre do farol dá para o Atlântico e para o Golfo. A pouco menos de 150 quilômetros, fica Cuba, aonde vão às vezes para beber e dançar, aonde Ernest vai, de tempos em tempos, em busca de paz e silêncio, como se não os encontrasse naquela ilhota de seis quilômetros e meio onde pouca coisa acontecia.

A casa da família é a mais imponente da rua: na verdade, é a única residência segura numa cidade que, para Fife, ainda parece uma favela. Ela se avulta entre as choupanas com varandas e revestimentos caindo aos pedaços, suas estruturas presas por cavilhas e pregadores. Fife testemunhou casas serem construídas em um único dia, feitas com madeiras salvas de escunas naufragadas. Fosse o caso de ter uma explosão, seus vizinhos seriam varridos pelo deslocamento de ar, e a única casa que restaria de pé naquele pedaço de rocha seria a dos Hemingway.

Do outro lado do alto muro de tijolos, uma mulher empurra sua caixa térmica, vendendo placas de gelo por mais centavos do que realmente valem. Marujos vão atrás. Fife ouve gritos antes de eles subirem pela Duval Street, provavelmente a caminho do Sloppy Joe's. Um garoto anuncia aos berros sua mercadoria: uma lata de leite por dois centavos, provavelmente encontrada no lixo. Logo sente-se uma lufada fresca do odor pungente dos esgotos. Key West: Ernest a chama de "a Saint Tropez dos pobres". Fife a chama de "O Refúgio".

De volta ao quarto, ela fecha as persianas para deixar o fedor do lado de fora.

Seu guarda-roupa ainda está cheio de seus maravilhosos casacos de pele. Gostaria de ressuscitá-los e se agasalhar contra o frio da metrópole. Fife quer estar entre os seus e *andar* e *conversar* e *rir*; quer ser *assediada* por sua companhia. O casaco de chinchila está bem no fundo do armário. Ela se recorda da noite em que o usou, quando conheceu os Hemingway. Lembra, tomando chá, como a Sra. Hemingway observava o marido com certa admiração: como se, mesmo no casamento, Ernest ainda fosse uma espécie de celebridade.

Fife não se apaixonou por Ernest naquela festa. Ah, não. Aconteceu aos poucos, ao longo de um ano em Paris, durante o qual sua mulher foi lentamente saindo de cena — do mesmo jeito que sempre fez nas partidas de *bridge*.

Agora ela ouve o *clique, clique, clique do* vestido no fundo do armário, o que ainda lhe dispara uma carga de alegria e animação, como se estivesse na Villa America de novo. Aquela não é sua roupa mais cara — havia outras muito mais valiosas, roubadas dos guarda-roupas da *Vogue* —, mas era a mais querida.

Sem pensar muito, Fife decide experimentá-la. Dois filhos e mais de uma década depois de Antibes, o vestido ainda lhe caía como luva: isso por si só já é um pequeno triunfo. As penas tremulam ao sabor do vento. É uma indumentária de asas.

Ela faria um penteado de *marcel waves* se tivesse o ferro de frisar, como fez naquela noite em Antibes, mas, em vez disso, pinta os lábios de vermelho. No reflexo do espelho, vê como suas pálpebras perderam a firmeza com a idade: a pele desarruma o delineado. Lembra-se de ter feito tudo isso naquela noite, enquanto ouvia Hadley suplicar catastroficamente a Ernest por uma decisão.

A Sra. Hemingway nunca se misturara exatamente àquele círculo: ela não era lá muito brilhante ou *bon viveur*. Sara dissera a mesma coisa: Hadley era uma mãe e esposa maravilhosa, mas não a melhor companhia para uma festa louca ou, especificamente, para um escritor louco. Fife gostava de pensar que Ernest encontrara nela essa característica. A companheira. A festeira. Sua riqueza também parecia atraí-lo. Ela não se importava com o que aquilo fazia dela. Ou dele. Sara disse, ao se casarem naquele dia quente, em maio de 1927, na cidade de Paris, que o grupo ficou como sempre deveria ter sido.

Fife se lembra de ter usado aquele vestido na noite em que o ganhou, caminhando das portas de vidro para a varanda, onde Hadley estava sentada com sua sarja azul — um vestido que a Sra. Pfeiffer teria aprovado — apropriada, por exemplo, para o batizado de uma criança. Andando, ela observava Hadley. E Hadley observava o marido observar Fife.

A forma como Scott arremessou o figo com força horas depois... parecia uma bola de tênis rebatida num lob cruzado, e como as luas das ancas de Zelda pareceram cômicas quando Ernest a pegou à força em seus ombros.

Depois, enquanto se limpavam na cozinha, Ernest ajoelhou para tirar a fruta dos sapatos sociais. Quando Fife teve certeza de que ninguém os via, enfiou os dedos na boca dele e o figo começou a derreter em sua língua. Sentiu Ernest ficar tenso, ainda que não olhasse para ela. Nada por duas semanas. Nem mesmo antes, na balsa, quando ficaram sozinhos. E agora Ernest sugava seus dedos e apertava seu punho: assim como fez na primeira vez que a tocou em Paris. Dessa vez, no entanto, ele foi adiante.

Do outro lado do vidro, Sara repreendia Scott, e Hadley não falava com ninguém. Na cozinha, Fife enfiava os dedos na boca de Ernest Hemingway.

Ele soltou o punho dela e tocou seus tornozelos nus. Seus dedos deslizaram para cima, na direção do joelho. Ela escutou-o inspirar o ar enquanto sua mão subia. Do jardim, Sara deu-lhe um sorriso vívido.

— Não podemos fazer isso aqui — sussurrou Fife.

Mas Ernest se recusava a parar. Ela se curvou sobre a pia e olhou para Hadley.

— Nesto, lá em cima. Agora. — Parecia certo violar a quarentena na casa de Sara e Gerald.

Afinal, a Villa America corrompia todos os seus habitantes.

Devia ter agradecido a Scott por ter jogado o figo; Zelda, por ser a melhor versão histriônica de si mesma; o compositor da valsa, que encorajara Ernest a dançar com alguém por quem não sentia qualquer tipo de ternura, pois depois daquela noite nada mais foi o mesmo. Não haveria chance alguma de voltarem aos tempos que precederam Antibes. Para nenhum deles.

Fife mexe com as penas; como se sentia exuberante com elas! Agora é como um corvo velho. Nascida em 1895, como se sente idosa perto de Ernest, que a cada ano aparenta ficar mais jovem. E como atrai facilmente as mulheres! Elas aparecem aos montes, feito traças indesejadas.

Aos seus pés, há penas sobre os azulejos, que ela, distraidamente, arrancou do vestido. A peça parece ter servido de jantar para um gato malhado. As penas arrancadas deslizam pelos azulejos. O telefone toca lá embaixo.

Fife sempre detestou o telefone; ela se vê como filha dos anos 1920, à vontade no subterfúgio de cartas e telegramas, e não diante daquela coisa que berra e exige resposta imediata. Sem tempo para tirar o vestido, corre pelas escadas. E, ainda assim, consegue não derrubar uma só gota de seu drinque.

— Alô? — atende, um pouco sem ar.

— Fife? Sou eu, Hash.

Longe de Paris, longe de Antibes, as duas voltaram a ser amigas: foi a generosidade de Hadley que fez isso ser possível. Elas fofocam por alguns minutos. Primeiro sobre Sara e Gerald, que farão uma visita na semana seguinte, depois sobre Harry Cuzzemano, que tem telefonado para Hadley, ainda querendo falar sobre o romance perdido de Ernest.

— Eu fico falando pra ele que isso já faz 14 anos. Aquela mala foi jogada em alguma fogueira ou está em algum sótão por aí. É bobeira — diz Hadley —, mas eu ainda fico chateada com isso.

— Qualquer pessoa poderia ter feito isso.

— Sabia que o Ernest não quis pagar 150 francos para colocar um anúncio, pensando na remota possibilidade de que alguém aparecesse com o livro em troca de uma recompensa? Não tínhamos dinheiro, mas teríamos gastado o mesmo valor num tíquete para esquiar. Talvez a gente tivesse encontrado. E então, talvez, teríamos seguido em frente.

Usando o mesmo vestido que a ajudou roubar Ernest de Hadley, Fife sorri diante da ironia. Nesse caso, quem, então, seria a Sra. Hemingway?

— Agora eu só o engano com histórias que não levam a lugar algum — declara Fife. — Disse pra ele que Eve Williams pode ter alguma explicação para o caso.

— Mas ela morreu pouco depois que nós deixamos Paris.

— Eu sei — responde Fife, perversamente —, mas ele levou muito mais tempo para descobrir isso sozinho. — As duas conversam brevemente sobre a Tchecoslováquia, a Espanha e a "loucura da Europa", nas palavras de Hadley. Sobre os filhos: como Bumby está se tornando um belo rapaz e como Patrick, de nove anos, e Gregory, de seis, estão se saindo na escola. Fofocam sobre Scott e Zelda, pois são os alvos mais fáceis e, de algum modo, notavelmente, suas dificuldades parecem as menos deprimentes da turma. Melhor nem falar sobre os Murphy. Nem sobre os Hemingway.

Fife pergunta se aquele é apenas um telefonema social. Ela ouve a hesitação na voz da amiga.

— Eu sei que Ernest anda viajando muito — finalmente diz Hadley.

Fife deveria arriscar um pedido de ajuda? Ela se sente ridícula por fazê-lo justamente à ex-mulher dele. E mais ainda por estar ali parada como uma debutante velha e embriagada. Mas gostaria de falar com alguém que conhece o marido tão bem quanto ela.

— Ernest achou uma nova... afinidade. — Hadley não diz nada. Talvez já soubesse. Talvez o próprio Ernest tenha lhe contado. Os dois ainda são bons amigos e trocam correspondências com frequência. — O nome dela é Martha Gellhorn. Já ouviu falar?

— Já, mas não a conheço pessoalmente.

— Ela é de St. Louis. Deve ser alguma maldição.

— Maldição?

— Ele se apaixonar por todas essas mulheres do meio-oeste. Não deve ser legal para nenhum homem. — Fife queria fazer um gracejo, mas suas palavras soam um pouco vazias.

— Acha que ele a ama? — Hadley provavelmente emprega o verbo *amar* para fazer contraste a *estar apaixonado;* ele também teve esse tipo de caso.

90

— Acho que começou faz algum tempo.

— Quanto tempo?

— No ano passado. Bom, no Natal anterior. Ele a trouxe para um jantar, os dois bêbados igual a gambás. Tive que ficar ali a noite toda enquanto ele conversava com essa garota que tinha rebocado do Sloppy Joe's. Sara e Gerald ficaram completamente sem graça. E então, que surpresa, os dois acabam cobrindo a Guerra Espanhola.

— E você conversou com ele?

— Tivemos uma discussão acalorada em Paris, há cerca de um ano. Só depois que ameacei pular da janela ele disse que ia lidar com a questão. Pensei que queria dizer que estava acabado.

— E estava?

— Acho que só queria dizer que era algo limitado à Espanha.

— Bem. A Europa faz todos os americanos de bobos.

— Isso soa como algo que Scott diria.

— Perdão, não quis parecer leviana. Só me parece que as pessoas se comportam de maneira um pouco mais responsável quando estão em casa. Deus sabe como nós todos nos portamos mal na França.

Fife deixa seu silêncio confirmar o fato.

— Toda vez que ele é mandado para Madri, os dois estão juntos. Jinny me contou que eles nem se preocupam mais em ficar em quartos de hotel separados. Eu fico me atormentando, imaginando os dois passeando por Madri como se fossem marido e mulher.

— Como a Jinny sabe disso?

— Jinny! De algum modo ela sabe de tudo. Ah, Hash, eu não sei o que fazer! — Fife se recompõe, mas continua segurando o telefone com bastante força. — Tenho medo de estar perdendo ele.

Ao fundo, ouve-se uma voz masculina. Paul, marido de Hadley, é um bom homem: gentil e tranquilo e, ao que parece, invejavelmente imutável. Desde que se casaram, Hadley desabrochou, como se tudo de que precisasse fosse alguém afável para despertar sua faceta mais vigorosa. Os dois se conheceram quando Paul ainda era casado; em Paris, circulavam em trio: Hadley, Paul e sua mulher. Ninguém mais ali, nem mesmo Hadley, era inocente.

Hadley solta um suspiro.

— Acho que não sou a melhor pessoa para te aconselhar. Eu o perdi, no fim das contas. — Essa frase nada mais é do que uma admissão dos fatos: como se explicasse uma decisão de negócios equivocada que tomou na juventude. — Talvez a única coisa a dizer seja: ele vai sair dessa. Durante os cem dias, vi quanto vocês dois se amavam. Foi por isso que abri mão. Porque vi quanto você significava para Ernest, quanto ele sofria por não poder estar ao seu lado. Esse caso com a Martha parece ser uma paixão súbita. Quando a guerra tiver fim, ela também terá. É uma pessoa para lhe fazer companhia durante a guerra, nada mais. Ernest não será um homem de muitas esposas.

— Eu sou a segunda.

— Bem, às vezes precisamos de uma partida em falso antes de acertar.

Fife respira fundo.

— Você é uma santa, Hadley. E uma amiga de verdade. Para nós dois. — Ela está prestes a desligar quando percebe que Hadley está tentando abafar o riso. — O que foi?

— Não sei se devo dizer. É um tanto grosseiro.

— Agora vai ter que falar.

— Existe, sim, uma coisa que sei sobre a senhorita Gellhorn. O pai dela era ginecologista em St. Louis. Na verdade, o Dr. Gellhorn era o *meu* ginecologista.

— Você está brincando.

— Tudo muito freudiano, não acha? Imagine só o pai de Martha analisando as partes íntimas da primeira mulher de Ernest.

— Isso é um bom ou mau sinal?

— Muito mau, é claro! Esse caso está condenado desde o início.

Fife sorri: em profusão agora, com vontade.

— Você me alegrou de uma maneira incalculável, Hash, embora eu não saiba como.

— Nem eu. Até logo, querida. Cuide-se. E tente não se preocupar. Isso vai acabar. Acredite em mim.

Fife desliga o telefone e sorve o resto do dry martini. Ela chupa a azeitona verde e picante, cuspindo o caroço na taça. Sua paixão por Ernest é assim: quer tê-lo até o caroço.

14. PARIS, FRANÇA. 1925-26.

Durante todo o outono, Fife pensou em deixá-lo para a mulher. Sua amiga, a afável Hadley. Naquele mês de outubro, ela realmente tentou ficar longe dos dois. Mas não conseguiu esconder a euforia quando Hadley a convidou para ir ao apartamento deles. E, conforme esfriava, os convites da Sra. Hemingway só aumentavam.

Fife então os visitava toda noite depois de sair da redação da revista: seus camaradas. Se soubesse que a amiga se sentia desconfortável, ela não teria aceitado todas as vezes, mas os convites partiam *sempre* de Hadley. E não podia dizer não: era somente no apartamento deles — quando via Ernest com um manuscrito sobre o joelho e o rosto iluminado pelas brasas da lareira — que conseguia alguma espécie de tranquilidade. Durante o dia inteiro na *Vogue*, ela tremia perceptivelmente de nervoso, mas assim que entrava no minúsculo apartamento dos Hemingway, sentia-se vibrar como um diapasão, emitindo a nota certa e perfeita.

Tarde da noite, os três conversavam sobre livros e fofocavam sobre os escritores que conheciam. Enquanto ela lia seu trabalho, Ernest esperava por suas considerações e cuspia sementes de clementina no fogo, observando-as serem consumidas numa chama azul.

Pediu a Deus que colocasse em seu caminho um marido mais apropriado.

Nos momentos em que deveria estar na *Vogue*, ajudava Hadley a lavar a louça, a limpar a casa, a trocar a roupa de cama, e encorajava a amiga em suas práticas no piano. Tudo para estar naquele espaço e botar as mãos nas coisas dele. Quando Hadley precisava dormir para curar um resfriado, Fife cuidava de Bumby e Hadley lhe dava tapinhas no braço, dizendo quanto ela era querida. Fife se entristecia e sabia que estava sendo abominável, mas continuou mesmo assim.

Com Ernest, sentia que podia apenas idolatrá-lo. Elogiava seu trabalho e dizia-lhe toda noite o quanto seria famoso, como seria riquíssimo, admirado como escritor (talvez até como um filósofo). Havia verdade em cada palavra sua. E ela adorava vê-lo sorrir, de orelha a orelha, quando lhe dizia essas coisas.

Certa noite, ela o surpreendeu a observá-la. Foi numa daquelas noites em que leram em vez de conversar, e Hadley estava no quarto se recuperando do resfriado. Nessas noites a imaginação de Fife frequentemente divagava: pensava em como seria se Ernest a beijasse. Ou o que poderia acontecer se ela inocentemente se sentasse em seu colo. Ou como seria ir para a cama com ele.

E quando ergueu o olhar, saindo desse devaneio, com as pernas jogadas sobre a poltrona puída, do mesmo modo como se sentava para ler quando era uma colegial, encontrou os olhos de Ernest encarando-a. Ficou envergonhada, como se alguém a tivesse visto tomando banho.

Ele colocou o manuscrito de lado e foi andando em direção a Fife. O fogo às suas costas obscurecia-lhe o rosto, de modo que ela não conseguiu ver sua expressão. Ele pegou a mão dela e a examinou, pronto para mordê-la, mas, em vez disso, pressionou os lábios em seu punho e ali os manteve. Hadley tossiu no quarto, do outro lado da parede. Ernest voltou para a poltrona, fitando o fogo e parecendo assustado e sozinho.

Ficaram sentados daquele jeito por um bom tempo, trocando poucas palavras. Fife, então, começou a falar em voz baixa sobre o mistério da mala perdida, e Ernest admitiu estar ainda profundamente entristecido pelo erro da mulher. E sim: Fife sabia que havia um lugar especial no inferno para as mulheres que faziam aquele tipo de coisa.

Sylvia Beach foi a primeira a mencionar. Não a Fife, mas a Jinny. As duas estavam aboletadas com seus casacos no La Rotonde, inspecionando seus frequentadores com notável indiferença, até que um membro de seu círculo social adentrou. Passaram a tarde inteira fofocando sobre os clientes de Sylvia na Shakespeare and Company: de quem gostavam e de quem não gostavam, os que não pagavam em dia, e os que eram tidos como as próximas apostas. Sylvia conhecia praticamente todo mundo.

Fife havia levantado para buscar drinques quando ouviu o restinho do que Sylvia estava dizendo.

— (...) Ernest Hemingway está envolvido de alguma forma?

Várias pessoas no café olharam ao redor quando Fife ficou imóvel, encoberta pela cortina na porta do café.

Sua irmã corou.

— Por que diz isso? — Seu rosto se ergueu perfeitamente do casaco de vison que Ernest tanto admirara nela meio ano antes.

— Você não faz ideia de como as pessoas podem ser indiscretas: acham que as estantes de livros são à prova de som. Harry Cuzzemano os chama de "a *troika* de Hemingway". São só rumores, é claro, mas me pergunto se têm algum fundamento.

— E o que esses rumores dizem?

— Só que aonde Hadley vai, Fife vai atrás.

— Têm uma grande amizade.

— Os três?

— Estou falando de Hadley e minha irmã. *Elas* têm uma grande amizade.

Sylvia colocou um cubo de açúcar no café, mexendo a xícara com a mão de luva.

— Ernest começou a pegar livros de poesia romântica emprestados. E de Walt Whitman, de todas as pessoas.

— E?

Sylvia bebe o café num só gole.

— Confie em mim: ele não pertence aos gostos habituais de Ernest, só isso. — Ela espanta alguns pombos que bicavam as migalhas de uma *madeleine* na calçada. — Você sabe que os Hemingway não têm dinheiro. Não que isso me diga respeito, Jinny, mas eu vejo como sua irmã pode ser atraente para um homem sem posses.

Um garçom de avental tentou passar por ela para chegar à plataforma, e Fife foi obrigada a sair no ar invernal. À mesa, fingiu não ter ouvido nada e distribuiu os drinques. Pensou nas palavras de Sylvia sobre dinheiro, sobre como às vezes se sentia exótica por usar um vestido emprestado da *Vogue* no minúsculo apartamento dos Hemingway. E daí que Ernest achasse sua fortuna atraente? Dinheiro era atraente — significava viagens, vinhos finos e boa comida. Acima de tudo, significava oportunidades.

Sylvia deu o copo de Pernod para Jinny.

— Preciso correr. Fica com o meu? — perguntou, enrolando a echarpe no pescoço. — Adrienne vai cozinhar para um colecionador de livros americano hoje à noite. Podre de rico! — Sylvia deu um beijo nas duas e saiu a passos largos e apressados. Os pombos voavam sobre seus sapatos feito lama de baixo das rodas de um carro. Enquanto olhavam-na ir, Fife tentou mudar de assunto, mas Jinny a interrompeu.

— Não tem nada acontecendo entre você e Ernest, tem?

— Não — respondeu Fife. E não estava mentindo.

●━━━━━●

Na noite da chuva forte, Ernest a convidou para o seu apartamento. Tinham passado o Natal a três, numa viagem de esqui na qual ninguém esquiou muito. À noite, liam junto à lareira ou bebiam xerez e jogavam bilhar ou *bridge* de três. Brincando, chamavam a si mesmos de "o harém". Fife dormiu no quarto ao lado do casal.

Dessa vez Hadley tinha ficado, e Ernest voltava a Paris a trabalho. Em pouco tempo, o convite chegou da *Rive Gauche*. Será que ela podia dar uma olhada em algo novo que ele escrevera no trem para casa?

Fife foi andando, em vez de pegar um táxi. Pensou que poderia expurgar de si os pensamentos impuros. "Comporte-se", suplicava a si mesma ao atravessar a Pont Neuf, "comporte-se, sua tolinha". Mas ela não conseguia parar de pensar nele.

Quando chegou, Ernest estava parado na porta: pálido e cansado. Ele a recebeu quase como se fosse uma visita indesejada. Fife esperou que ele mostrasse o manuscrito, mas ficaram conversando sobre a viagem que ele fizera a Nova York. Sentaram-se diante da lareira. Ernest pareceu distraído e rabugento por toda a noite.

Quando ela disse que ia embora, ele ficou junto à porta, como se não quisesse deixá-la ir. Ela então começou a falar sobre uma fofoca que Jinny lhe contara, e ele colocou o joelho entre as suas pernas e agarrou seus seios sob o casaco. No início, ela resistiu, querendo parar aquilo, lembrando as palavras que dissera a si mesma na ponte. Mas logo se jogou em cima dele, e os dois fizeram amor perto da lareira, sem que Ernest nem tirasse as calças. Foi absurdamente excitante. Em seguida, ele se sentou escorado em sua poltrona, e ela na sua, ainda vestidos. Ela o desejara, naquele exato local, pelo que parecia ser anos.

•———•

Escrever viria a se provar, naquela primavera, uma forma de absolvição. Fife escreveu cartas e mais cartas a Hadley, como, se escrevendo para a mulher de Ernest, ela pudesse se absolver da culpa — mas não adiantou. Às vezes ficava tão animada com o que vinha acontecendo com Ernest que se esquecia de maneirar no tom das cartas que enviava para Hadley. Certa tarde, bêbada, cometeu um deslize e escreveu uma carta só para Ernest, sobre um amigo em comum com quem vinha flertando; escrevinhou numa folha de papel e enviou, imaginando o deleite no rosto dele quando abrisse sua correspondência particular.

Depois do estranho passeio até a catedral de Chartres, Jinny foi ao apartamento dos Hemingway para um chá. Agora ela chegava a casa, na rue Picot, e tirava o chapéu.

— *Ça va, mon homme?* — perguntou Fife à irmã.

— Estive na casa dos Hemingway.

O jornal caiu do colo de Fife.

— O Ernest estava lá?

Jinny olhou à sua volta como se acabasse de perceber quanto espaço as irmãs mantinham. Estava um pouco agitada.

— Estou petrificada. O apartamento deles é minúsculo, e frio, e cheira a pássaros mortos. Não sei como aquela mulher aguenta. Ou ele, ou você, ou ela! Vocês são ridículos.

— Você está cansada da viagem. Vou pegar um chá para você.

— Ah, eu não quero mais chá! — Ainda de casaco, Jinny tirou do bolso um lenço manchado e foi para a cozinha. — Mal tem lugar para duas pessoas sentarem — disse, diante da torneira aberta. — Para *onde* vai todo mundo quando você está lá? Ou simplesmente pulam todos na cama para se aquecerem?

— Pelo amor de Deus, pare de lavar esse maldito lenço!

Jinny virou para encará-la.

— Ela me perguntou.

Fife sentiu seu rosto inteiro corar. Nada jamais fora dito. Não por Hadley. Não por Fife, nem Ernest, nem mesmo um para o outro. Todos os três se esforçavam para que tudo permanecesse sempre não dito.

— E o que você respondeu?

Os olhos cinza de Jinny se voltaram para a janela e depois de volta para ela.

— Falei que vocês *gostavam* muito um do outro. Ela pareceu entender.

— Que maravilha.

— Eu só confirmei o que ela já sabia.

— Você não tinha o direito.

— Eu vi você rezando em Chartres. Não tem medo do que está fazendo? E a Hadley e o Bumby? E quanto ao estado da sua alma?

— Que vá para o inferno a minha alma; ele é a minha alma! Eu o amo, por que não consegue ver isso? Preciso dele e ele de mim. Somos a mesma pessoa.

Jinny parecia estupefata, desnorteada.

— Do que você está *falando*?

— Ele diz que vai deixá-la.

— Ela é a mulher dele! — Jinny deu uma pancada na lateral da pia, e as frigideiras se chocaram umas contra as outras. — E você é um brinquedinho. Um passatempo para quando ele está entediado em casa.

— Isso não é verdade. Por que está do lado dela?

— Porque ela está em desvantagem! Porque Hadley não tem a menor chance contra você. Não tem amigos. Nem família. Nem dinheiro. Tudo o que você tem, ela não tem.

— Sou sua irmã. Cadê a sua compaixão por mim?

— Você tem tudo!

— Ela é que tem tudo! Ela tem ele! — Num salto, Fife se pôs de pé. Jinny se encolheu, talvez imaginando que a irmã fosse bater nela. Em vez disso, Fife agarrou o lenço manchado de chá e o jogou com força contra o refrigerador. Ele acertou a lateral e deslizou lentamente até o chão. — Pode ir só vendo, Jinny Pfeiffer. Posso ser a amante agora, mas logo serei a esposa!

15. KEY WEST, FLÓRIDA.
JUNHO DE 1938.

Lá fora, fecham a porta de um carro num baque. Pelo fino vão da janela, ela vê que é Ernest saindo de um táxi. As penas batem freneticamente em suas pernas enquanto Fife corre pelos degraus. Ele dissera quarta-feira; tinha certeza disso. Ao vê-la com aquele vestido, pensaria que ela estava louca; Antibes é uma lembrança sobre a qual não falam. Entrando às pressas no quarto, ela luta para sair do vestido.

— Oi? — Quando a porta da frente se abre, a voz de Ernest viaja pelo ar.

— Estou indo, querido.

Mas os pés dele já estão nos degraus, e os botões tornaram-se minúsculos. Parece que ela tem duas mãos esquerdas. Os botões não abrem e, quando ela puxa, o tecido rasga. Tarde demais. Ernest abre a porta do quarto e arregala os olhos diante do que vê.

— Fife, o que você está fazendo?

— Eu... queria ver se ainda cabia. — O vestido rasgou-se na lateral, próximo aos botões. Cobrindo-se com a mão, ela se sente uma idiota. — Pensei que você fosse voltar amanhã. — Os olhos dele se dirigem para a taça de dry martini vazia na mesa de cabeceira. — Como foi a viagem?

— Boa. O voo para Miami atrasou — diz, saudando-a com um beijo na bochecha. — Mas acho que não importa.

Ernest senta na beirada da cama, esfregando o rosto de cansaço. Seguem-se alguns instantes de silêncio — é estranho ter sentido tanto a falta do marido e agora não saber o que lhe dizer. Ela nota um piolho rastejando debaixo da gola da camisa dele. — Você trouxe companhia. — Ernest ergue o olhar, confuso, como se ela o tivesse flagrado. Fife pinça a criatura com os dedos e mostra para ele. O pequeno ser rasteja até seu dedo indicador. — Não te deram um saleiro quando veio embora?

— Conheci um general na semana passada. Agora encontro esses bichos em todo lugar.

— Não vejo a hora de encontrá-los na roupa de cama.

— Estou fedendo — diz ele, tirando a camisa e entrando no banheiro para tomar banho.

Na cozinha, ela espera a grelha esquentar para jogar o piolho no fogo. Assim que o bicho explode, escuta-se um barulho. Enquanto prepara café para Ernest, admira sua melhor louça, exposta no armário da cozinha. Eles sempre evitaram arremessar os pratos mais caros.

No andar de cima a água começa a cair da ducha.

As malas estão empilhadas ordenadamente no saguão de entrada. Calcula se há tempo suficiente para vasculhar a bagagem em busca de vestígios de Martha. Provavelmente não. Ele descerá em poucos minutos; depois vai querer jantar e ir cedo para a cama no quarto dos filhos, com um livro. Ela se pergunta o que haveria antecipado seu retorno. Com uma ponta de esperança, imagina Martha e Ernest brigando feio, e ele a deixando em algum lugar em Nova York, dando fim àquele caso ridículo.

Ela coloca fatias de presunto num brioche amarelado e envelhecido. Que bela refeição para seu Ulisses.

Ernest desce de banho tomado mas com a barba por fazer, de short e uma camiseta branca. Sua aparência é fantástica. Seria mais fácil se não estivesse envelhecendo muito mais rápido que ele. Ela tem 42 anos e Ernest é o mesmo de quando estava na casa dos vinte. Ele encara o sanduíche sobre a mesa.

— Você disse amanhã, tenho certeza.

— Não importa.

Fife vai buscar o jornal no jardim e percebe que a luz do barracão de ferramentas está acesa. Precisa lembrar mais uma vez aos criados que estão proibidos de entrar naquele espaço. Ernest está convencido de que Cuzzemano os subornou para que lhe enviassem seus rebotalhos.

— Como foi lá na Espanha? — pergunta ela, entregando-lhe o jornal do dia.

— As coisas são tão ruins dos dois lados que se chega à conclusão de que ambos não prestam. Crianças mortas. Sangue pelas ruas. — Ele pressiona os olhos fechados. — A comida era uma porcaria.

— Soube de relatos terríveis. Fiquei preocupada. — Ela serve café para o marido com um pingo de leite condensado direto da lata.

— Nem sei mais o que é não estar cercado por sacos de areia. Fico esperando pelos ruídos dos bombardeios. E não ouço nenhum.

— E escreveu enquanto esteve lá?

— A peça está quase pronta. Mas preciso de uma coisa grandiosa. Um romance.

— Todos os livros seus venderam milhares de cópias.

— Mas os críticos... quero escrever um que os agrade.

Fife senta à frente dele com seu vestido negro de penas. É uma companhia estranha para uma refeição estranha. Ernest ainda não tocou no sanduíche.

— Tentar agradar os críticos é como escrever para cachorros.

— Eu não entendo por que eles odeiam tudo que escrevo agora.

— São poucas pessoas presunçosas, em comparação a milhões que amam seus livros.

— Quero que *eles* gostem.

— Eu vou gostar.

— Eu sei, eu sei. Ah, Fifey. Sempre leal. — O jeito como ele fala... é como se *leal* quisesse dizer inferior. Aquilo a aborrece. Na verdade, sente um certo descuido: se Ernest não se importava com aquele casamento, talvez então ela também não devesse se importar. Fife dá uma mordida no sanduíche. O presunto está delicioso, ainda que o pão esteja duro.

— Ei! — diz Ernest, mas ela percebe que ele gostou da traquinagem. Ela dá outra mordida.

— Ei *o quê*, Sr. Hemingway? — Ernest tenta pegar o sanduíche, mas ela o segura e faz uma cara tentadora. — Está tão delicioso. — Ernest revira os olhos. — Ai, sou só um repórter faminto que não come porco há meses. O que andou comendo nestas últimas semanas, hein? Repolho e caldo?

Ele levanta, mas ela escapole: Fife contorna a mesa de jantar pela esquerda, e Ernest vai para a direita; ela vai para a direita, e ele, para a esquerda. São como os gatos que ela viu brincando perto da fonte dos pássaros, de manhã. Quando corre para o jardim, as penas do vestido fazem um barulho enorme, e os gatos saem do caminho. Os pés de Fife batem contra os azulejos da piscina no momento em que Ernest consegue agarrar o sanduíche, mas ela dá uma última mordida e pronto, já era. Ele faz que não com a cabeça.

— Não como nada há meses!

— Bem feito. É por me abandonar.

Os dois ficam próximos. Ele coloca a mão entre as pernas dela, no vestido de penas.

— Eu me lembro desse vestido, Fifey. Você acabou comigo quando o usou. — Ele sobe a mão. Ela sorri para ele; ele sorri de volta. Ela está sem calcinha. — Parece a França outra vez — diz ele, erguendo as sobrancelhas.

Ela pensa, isso — isso sim! — é a felicidade de ter o marido de volta. Ernest segura seus punhos.

— Me diga agora, o que fazemos com os meninos que se comportam mal?

— Não, Ernest. — Ela sorri. — Não faça isso!

E um instante depois ele a joga na piscina.

A cozinheira deixa os aposentos dos empregados na mesma hora.

— Sr. Hemingway. Olá, senhor.

— Oi, Isobel. A Sra. Hemingway foi uma menina muito levada. — Fife tenta imaginar sua aparência, tal e qual um pássaro no tanque. — Não ligue para nós.

Isobel faz que não com a cabeça, como se nunca fosse entender os ricos e as bobeiras que fazem. A cozinheira volta para a casa dos criados.

— Você está ensopada — diz Ernest quando Fife sai da piscina. A água pinga das penas sobre os azulejos. Ele puxa o laço da faixa negra que ela ainda tem nos cabelos. Mas o faz com extrema delicadeza, como se estivesse descascando uma fruta. — Meu menininho. — Os cantos dos lábios dele se erguem, conscientemente. — Quanto tempo as crianças vão passar fora?

— O mês inteiro.

— Então temos a casa toda só pra nós.

Fife sente vontade de dizer: livre-se de Martha antes, depois pode ficar com sua mulher. Sente vontade de avisar-lhe que não pode ter as duas. Em vez disso, suspira profundamente, enquanto ele beija a curva de seu pescoço e diz:

— Estou pensando em te foder desde que eu saí de Miami.

16. KEY WEST. FLÓRIDA. JUNHO DE 1938.

Desde que voltou da Espanha, Ernest tem trabalhado pela manhã, depois passa a tarde pescando ou nadando; à noite, eles ficam juntos. Não há telegramas entregues em horários estranhos, nenhum telefonema para St. Louis, nenhum despacho de Madri. A louça continua intocada dentro dos armários. O anoitecer não é mais um sinal para que comecem os ataques calorosos, que ambos aperfeiçoaram em diferentes partes da casa durante os longos dias de calor. Ernest não se comportava mais assim desde que começara a viajar para cobrir a Guerra Espanhola.

Ele agora a deseja o tempo todo: Ernest a desperta com beijos. E os dois vão para a cama depois de tirarem quase todas as peças de roupa no andar de baixo. Isso a faz recordar os primeiros anos de casamento, quando tudo era maravilhoso. Na lua de mel, viajaram para o sul da França, para passear pelos sapais e pelas praias. Foi mágico. Viver pela primeira vez como marido e mulher depois de tanto tempo se escondendo, e Ernest lhe disse o quanto estivera loucamente apaixonado por ela naqueles últimos anos. Naquela semana, estava tendo um festival cigano numa cidade próxima; eles sujaram o rosto com suco de frutas vermelhas e bebericaram vinho tinto de uvas fermentadas com casca e sementes. Naquela noite, em casa, foi como se as máscaras escuras os libertassem, e os dois fizeram coisas estranhas e maravilhosas na cama. Desejo — era o que nutriam um pelo outro —, e isso Fife sempre sentiu que tinham em abundância.

Parece que estão em uma segunda lua de mel. Nos primeiros dias após o retorno de Ernest, os dois não saem da piscina. Goiabeiras e figueiras com finos galhos pendentes abarrotam o deque. O sapotizeiro avança sobre ele, e de seu grosso tronco vaza goma. Fife aperfeiçoa seu mergulho, recordando, com um misto de prazer e vergonha, a barrigada que Hadley deu contra as ondas, em Antibes. Ernest boia feito um morto.

As cicatrizes dele ficam mais rosadas na água. Carrega o corte de Paris na testa, as panturrilhas estouradas de fisgar tubarões, a ferida da guerra no joelho. Ela não conhecia ninguém tão inclinado a sofrer de acidentes, armas apontadas e curvas traiçoeiras.

Ernest passa a maior parte do tempo no raso, observando como a água sobe em torno dela. O sentimento de adrenalina causado pelo choque com a água a faz continuar. Fife sempre amou a sensação de mergulhar. Ela se lembra do dia na balsa, em Antibes, quando ficou mergulhando só pelo prazer de Ernest. Lembra também da vez que lhe pediu que subisse nas pedras, depois que Hadley foi embora. Ele a olhou de maneira estranha, como se fosse o personagem de um livro e pensasse no que seu herói faria a seguir. E então disse não. O momento foi profundamente desanimador: ficou claro que Ernest podia muito bem estar com ela ou não. Fife, por outro lado, o desejava sempre. Certa vez ele lhe disse que o amor nunca se tratava de uma relação entre quem tinha e quem não tinha poder. Mas Fife não consegue pensar em nada mais que poderia constituir um casamento.

●━━━━━●

Em seu último mergulho, ela nada até ele, no raso. Pensa em derrubá-lo para que a água lhe suba pelo nariz. Em vez disso, afasta os tornozelos de Ernest e sopra bolhas, que sobem por sua pele. Ele a levanta pelos ombros só para no instante seguinte afundar sua cabeça de novo.

— A água entrou no meu nariz — diz Fife ao emergir, num tom de voz caricatural.

Ela sai da água e vai para o deque, enquanto o nariz começa a melhorar. Ernest a observa. Aqueles olhos maravilhosamente inquisidores: como se mais uma vez ela fosse um objeto de fascinação. O que fez para que seu marido voltasse para ela?

— Sua mãe escreveu. Ela quer visitar os meninos.

Na noite anterior, eles conversaram com os filhos ao telefone. Patrick e Gregory trocaram cotoveladas para falar com o pai; quando um falava, o outro passava por cima. Ernest colocou a mão sobre o fone, sorrindo, e disse para ela:

— Não estou entendendo nada do que estão falando! — E então voltou para o telefone: — Meninos! Um de cada vez!

Ocupados com si mesmos, nenhum deles vinha dando às crianças a atenção que gostariam. Ela sempre presumiu que, por serem meninos, poderia deixar que crescessem em suas privacidades. Não eram como filhas, as quais você tinha que ensinar como se comportar e dizer-lhes o que não fazer. Em seus primeiros anos de vida, Patrick e Gregory foram praticamente criados pela babá, ou por Jinny, enquanto Fife acompanhava Ernest aonde quer que ele fosse: Espanha, Wyoming, safáris na África. Ela conseguia ficar longe dos filhos, mas não do marido.

Não que não os amasse, mas é que simplesmente havia sempre muito a fazer: editar o trabalho de Ernest, dar instruções aos empregados, reformar a casa; depois as viagens com Ernest, quando ele quis caçar codornas, pescar em alto-mar ou ir às touradas na Espanha. Fife era sua esposa, e por isso restava pouco tempo para desempenhar, além desse, o papel de mãe.

— Minha mãe não quer *ver* os meninos. Ela quer outra coisa. Dinheiro. Mais dinheiro. Ela que vá para o inferno.

Ernest nada até ela e dá um puxão em seu maiô, que bate contra sua bunda sexy.

— Nesto.

— Não posso tocar na minha mulher?

— Não estou falando disso. Sua mãe. Acho que ela se sente sozinha sem o seu pai.

— Talvez seja culpa dela.

Ele apoia a cabeça na barriga de Fife, que se ocupa tirando a água do ouvido dele.

— Acha mesmo que ela poderia tê-lo impedido?

— Não. Mas não quer dizer que ela não o tenha levado a fazer o que fez.

— Foi ele quem puxou o gatilho.

— E foi um filho da puta por isso. Um covarde medroso.

O corpo de Ernest volta a cair na água. Quando emerge do outro lado, Fife retruca:

— Ele estava doente. As pessoas não se matam a troco de nada.

— Ele se matou para não ouvir mais a voz da minha mãe. Só Deus sabe, eu teria feito o mesmo. — Ernest se move na água e, em seguida, olha para seu estúdio, como se a resposta pudesse estar em seu trabalho, ou em sua habilidade de atravessar momentos como aquele escrevendo. — Tanta preocupação com dinheiro. Por que não me pedir ajuda?

— Por muitos anos você não teve um centavo.

— Ele sabia que você tinha. A sua família poderia tê-lo salvado dos maiores problemas da vida.

— Faça-me o favor. — Fife se vira de barriga para cima para sentir o sol sobre a pele. Não está disposta a tolerar as críticas habituais do marido à fortuna de sua família. Não faz sentido, não quando ele não sente um pingo de culpa ao gastar sacos e mais sacos dele. — Ninguém tem culpa. Só é triste. Só isso.

A água faz um barulho de sucção quando Ernest sobe na borda da piscina.

— Não acho que ela deveria vir. Não é um bom momento. — Ele se enrola numa toalha e anda até a cozinha, pingando. De dentro da casa, ouve-se o barulho de gelo sendo quebrado. Duas da tarde. Hora dos drinques.

Depois do enterro do pai, uma década atrás, Ernest passou a ficar trabalhando até a noite. Às vezes, quando Fife ia a seu estúdio com um gim-tônica no fim do dia, surpreendia o marido encarando a página com tamanha tristeza que era como se olhasse para o rosto morto do pai. Morrer daquela maneira. Ser o filho de um suicida, isso parecia destituir Ernest da ideia de si próprio. Ele aceitava o drinque e dava o meio-sorriso que abria quando os dois estavam sozinhos. Mas sua cabeça estava em outro lugar.

Um pacote chegou algum tempo depois do retorno de Ernest. O endereço estava escrito com a caligrafia firme do meio-oeste. Embrulhado em papel pardo com as fitas baratas da mãe, o pacote ficou largado num canto por dias. Depois de certo tempo, Fife percebeu que a base da caixa estava molhada e um cheiro horroroso emanava dela. Ele teria que abrir ou jogar fora, disse-lhe, mas aquilo não podia ficar ali para sempre.

Quando finalmente abriram o pacote, descobriram a origem do fedor. Ernest tirou um bolo de chocolate destruído de dentro da caixa, com a cobertura azulada devido ao mofo. Levou às pressas para a cozinha, derrubando pedaços enormes pelo caminho. Mas um objeto diferente estivera sob o bolo durante aquela semana.

Ernest leu o bilhete em voz alta.

— "Você disse que queria, então aí está. Para você e Pauline. Aproveitem. De sua mãe que te ama, Grace Hemingway." Acho que ela estava falando do bolo. — Ernest pegou o cabo de uma arma. — E não disso aqui.

Era uma arma curta da Guerra Civil: uma Smith and Wesson. O mofo cobria o gatilho onde seu pai colocara o dedo pela última vez.

— Está fedendo — disse Ernest, indo até a cozinha para limpar a arma.

Fife tenta imaginar onde ele guardaria aquela arma, em que lugar ela estaria em meio à sua coleção de armas. Ficaria pequena perto das armas longas que matavam bisões, leões, alces; aquela coisinha minúscula que matara o pai dele.

Entre as sombras, no jardim, uma fragrância cítrica se espalha. A noite se aproxima. Fife segue o cheiro de limão até a cozinha. Azuis, as taças de gim-tônica repousam na bancada. Ela escuta Ernest fechar rapidamente uma gaveta na sala de jantar.

— Você acordou — diz ele, entrando na cozinha com seu sorriso provocador. — Já botei dois desses aí pra dentro. Já passou de meio--dia. Agora podemos passar pra uma coisa mais forte! — Ele pesca os cubos de gelo no copo com uma colher comprida.

No saguão de entrada está o equipamento de pesca: varas, a caixa para peixes e o chapéu que ele gosta de usar no *Pilar*. Ele pega um drinque e fala, como se a conversa não tivesse cessado:

— O pai da Hadley também se matou com um tiro, sabia?

— Eu sei — responde Fife, seguindo-o até a sala de jantar e colocando a mão, fria por segurar o drinque gelado, em seu pescoço.

— Ela só tinha 13 anos. Ele colocou a arma atrás da orelha, ainda de pijama. Geração amaldiçoada a nossa. Todas essas crianças sem pais.

Ele segura a mão de Fife que estava em seu pescoço.

— Você não é mais uma criança, Ernest. Você é pai agora. Mas a peça — diz ela, imaginando que, se conseguir desviar sua atenção de volta para o trabalho, poderá arrancá-lo daquela melancolia perigosa —, me conte sobre a peça. — Ela põe a mesa para eles, com presunto, queijos, uva e abacaxi. Bebem os coquetéis, e depois mais um cada, enquanto Ernest conta sobre seu personagem, preso em Madri, que precisa tomar uma grande decisão.

17. PIGGOTT, ARKANSAS. OUTUBRO DE 1926.

Hadley disse que daria o divórcio se eles concordassem em passar cem dias separados. No 17º dia de exílio, Fife se viu no carro da família, que a levava de volta a sua velha casa. A Sra. Pfeiffer começara com seu monólogo na plataforma da estação, interrompendo-se apenas para mostrar ao motorista os baús da filha. Na viagem para casa, a mãe já havia feito o plano de ação: Fife deve, a qualquer custo, evitar separar uma união abençoada por Deus. O fogo do inferno e a chuva de enxofre aguardariam por ela na Eternidade, caso ela insistisse naquele caminho.

— Sua mãe vai te encher a cabeça — avisara Ernest, suplicando para que passasse o exílio exigido por Hadley em outro lugar. — Você não vai voltar para mim, e, no fim, vou acabar sozinho.

Fife apenas sorriu diante do absurdo daquela afirmação.

Tentou se manter ocupada: aprendendo espanhol, praticando seu francês e fazendo exercícios para ficar em forma. Estava determinada a fazer com que, no dia zero, Ernest a achasse mais bela do que nunca. Andava pela cidade e pedalava sempre que podia; tudo para evitar a mãe.

Fife se atormentava pensando em como seria fácil que Ernest trombasse com Hadley em Paris, fosse ao apartamento tomar uma taça de vinho, brincar com Bumby e acabasse convencido a passar a noite ali... e, depois, o resto da vida. Estava proibida de ver Ernest, mas Ernest não estava proibido de ver Hadley. Talvez a mulher tivesse sido muito mais astuta do que eles acreditaram. Jinny era os olhos e ouvidos de Fife em Paris. Ela pediu para a irmã que se encontrasse com Ernest o máximo que conseguisse.

Num estágio mais avançado da separação, Fife foi com sua velha bicicleta até as antigas estradas de terra a oeste. Ao ar livre, via as árvores apenas como amostras de cores, o céu cinzento. Passou a manhã toda aflita. As palavras da mãe acompanhavam cada giro da roda da bicicleta: "Você destruiu um lar. Infringiu a lei de Deus. Cometeu um pecado." Nos campos de algodão, tentou pedalar mais rápido do que as reprimendas da mãe, mas elas se recusavam a deixá-la. "Case-se com Ernest e terá de pagar o preço por ter cometido esse pecado." Fife pedalou até a praça da cidade, passando pela loja de bebidas onde ela e Jinny costumavam flertar com o dono em troca de alguns goles de uísque. "Deixe Ernest ser um pai para seu filho e um marido para sua mulher." De volta a casa, Fife abandonou a bicicleta na varanda.

Naquela tarde, todos os cômodos da casa estavam escuros, e a atmosfera, inerte.

— Mãe?

Procurou na capela — muitas vezes a mãe estava ali, fazendo uma prece diurna, mas não foi o caso. Não se ouvia barulho algum no restante da casa.

No quarto, as sombras cobriam seus pertences. Parecia que alguém havia remexido em suas coisas. No quarto de costura, um abajur de leitura ainda estava aceso. Na mesa onde sua mãe deixava sua tapeçaria, havia um dos livros de Ernest: *O sol também se levanta*. O livro estava aberto e virado para baixo, mas não haviam começado a lê-lo. Em vez disso, estava dobrado na página da dedicatória. "Este livro é para a Hadley e para John Hadley Nicanor." O nome verdadeiro do pequeno Bumby.

Lá fora, a sálvia roçava nas tábuas de madeira. Uma mariposa batia as asas contra o fino tecido da lâmpada de leitura, presa ali dentro. Fife pegou o livro de Ernest, e a mariposa bateu as asas mais rápido. Parecia sangue pulsando em seus ouvidos. Sobre o equipamento de costura da mãe, havia um quadro da Virgem com o Menino Jesus: um olhar decidido e tranquilo estampa o rosto de Maria.

"Dedicado a Hadley e a John Hadley Nicanor."

Fife então sentiu uma profunda vergonha de si mesma. Durante o verão inteiro eles se comportaram de maneira terrível, como se fossem apenas os três. Mas o que aconteceria a Bumby?

Sua mãe deve tê-la ouvido chorar, pois em poucos minutos entrou apressada e a abraçou enquanto Fife soluçava, muito triste por tudo e por todos: ela mesma, Ernest, Hadley, Bumby. Ela disse "não consigo, não consigo, não consigo, mamãe, eu o amo tanto, por favor, por favor, não me obrigue". Agarrada à mãe num abraço apertado, sentia seu corpo tremer, como se estivesse passando por um delírio.

Dali em diante, Fife passou a acordar horrorizada consigo mesma. Até mesmo uma pena no chapéu de igreja da mãe a fazia lembrar do delicado perigo representado por aquele vestido. Durante dias, não escreveu a Ernest. Ficava na cama, sabendo o que tinha de fazer e, ao mesmo tempo, pensando em como seria horrível fazê-lo. Pensava em seus dias na *Vogue*, quando ia para casa em vez de visitar os Hemingway: como eram tristes aquelas noites. E agora teria que ficar em Piggott e se casar com algum homem do *country club* de lá. O quadro da Virgem agora estava pendurado acima da cômoda do quarto. Maria e o Menino Jesus a fitavam, uma vigília para a penitente. A mãe tinha razão. Mas como poderia viver sem ele?

Agora quando escrevia a Ernest, suas palavras eram voltadas apenas a Hadley: seu rosto meigo, como se portaram impulsivamente, toda a loucura de Antibes. Lembrou-se com repulsa de quando pensara em se enfiar debaixo do lençol com eles, no leito matrimonial. Ah, a Europa os transformara em demônios!

Mas se Fife ficasse nos Estados Unidos, talvez não fosse tarde demais. Se nunca mais visse Ernest Hemingway, pensou, talvez não cedesse à tentação do diabo. Ainda assim, ia riscando os cem dias de Hadley no calendário: 58, 57, 56... A Virgem e o Menino Jesus a observavam do alto. Os olhos cheios de reprovação.

Um telegrama chegou no 55º dia. HADLEY CANCELOU O EXÍLIO QUANDO VOCÊ VEM? EH. Na carta que enviou em seguida, Ernest explicava que Hadley fora até Chartres para refletir e decidira cancelar o período de exílio. O processo do divórcio já estava em andamento; Fife devia retornar a Paris o mais rápido possível. Era, segundo Ernest, o que desejava Hadley.

Ao saber que se tratava de uma decisão de Hadley, a vergonha que Fife sentia se esvaiu rápida e facilmente. Voltaria para a França e para seu lar. Voltaria para se casar com Ernest.

Deus seja louvado, pensou Fife, pela catedral de Chartres.

Quando o viu novamente, no porto de Boulogne, disse a si mesma que nunca mais sairia do lado dele, pelo resto da vida. Mais tarde, ela viria a desejar que ele tivesse feito a mesma promessa.

18. KEY WEST, FLÓRIDA. JUNHO DE 1938.

Na primeira semana após o retorno de Ernest, Fife esquadrinha as colunas sociais. Está à procura de "separação entre nosso experiente repórter espanhol e uma correspondente". Está à procura da história segundo a qual os gritos ouvidos de um dos quartos do hotel "eram mais altos que o barulho das bombas que caíram em Barcelona naquele dia". Os jornais nunca publicariam essa história — mas às vezes havia insinuações sobre a vida privada das celebridades, de maneira disfarçada. Fife busca por um sinal de fofoca, por menor que seja — qualquer coisa que confirme que a relação entre Martha e ele terminou. Não encontra nada. Isso deve ser bom, conclui. Já naquela semana, passa a tratar a infidelidade de Ernest como categoricamente pertencente ao passado — Martha foi apenas uma paixão passageira. Mesmo assim, liga para Sara Murphy.

A voz de Sara parece mais grave ao telefone do que pessoalmente, voz de estrela de cinema. Fife a imagina esparramada num recamier bebendo uísque e com um robe masculino. Em outro quarto, Gerald pintando. Sara, assim como as amigas, sempre lhe passou a ideia de glamour.

— Como está o Ernest? — pergunta Sara. — Já voltou?

— Voltou na terça.

— Algum ferimento? Foi baleado? Explodiu os dedos do pé e nem percebeu? — Fife responde que ele está inteiramente bem.

— Estou dizendo, nunca vi alguém tão propenso a sofrer acidentes. Está sempre se metendo em tremendas furadas.

— Ele está bem. Na verdade, é um homem mudado. — Fife olha para a sala de estar para se certificar de que Ernest não pode ouvi-la. Ele é o tipo de homem que participa de uma conversa e, ao mesmo tempo, consegue monitorar o que falam do outro lado da mesa. — Está mais que bem, na verdade. Ele voltou com um senso de... não sei... de interesse, na verdade. Como se tivesse rompido na Espanha.

— E rompeu?

— Pelo que sei, ele estava lá com *ela*. Mas voltou com um novo... ardor. Agora tem sido bastante atencioso e gentil. Traz o café da manhã na cama pra mim e trabalha duro durante o dia. Fica um bom tempo olhando fixamente para as palmeiras, como se elas tivessem algum significado. Não sai do meu lado. Tem sido maravilhoso.

Há um silêncio profundo do outro lado da linha, e então Sara diz:

— O que ele falou? Quando perguntou a ele?

— Sobre o quê?

— Se ele terminou com a Martha.

É irracional, ela sabe, mas Fife acha de mau gosto que a amiga mencione aquela mulher pelo nome.

— Eu não *perguntei* se ele *terminou* com ela.

— Toque no assunto então.

— Se eu tocar no assunto, isso vai estragar toda a... — Fife ia dizer ilusão. Mas não é algo ilusório, apesar do que diz Sara. — É como se ele tivesse voltado para nos consertar.

Outra pausa. Foi para isso que ligou para a amiga? Para ser destituída de sua esperança? Talvez Fife estivesse mesmo em busca de uma forca, e Sara não hesitou em oferecê-la.

A amiga diz:

— Você *tem de* se certificar de que Martha já saiu de cena.

Fife tem vontade de gritar, vontade de contar a Sara como o gato, ao se esfregar em sua perna na semana anterior, a fez pensar em quão pouco vinha sendo tocada.

— Não pode entrar nessa se não tiver certeza de que ela está fora. Não estou dizendo isso para te magoar. Estou dizendo que será mil vezes pior depois, porque Ernest lhe deu motivos para ter esperança. E aí o que você vai fazer? Quando ele voltar para a outra?

Sara está errada. Fife tem certeza. Ernest voltou para ela, deixou a Marthalândia para trás.

— Não vai acontecer de novo. Eu sei disso.

Fife diz que retornará a ligação para confirmar os detalhes do fim de semana seguinte.

— Não se esqueça das caixas de cereais — diz ela, num tom um tanto triste, como se não estivesse falando sobre os preparativos para uma festa. Coloca o telefone no gancho e o encara, nervosa, como se o aparelho pudesse se tornar vivo e selvagem.

●———————————●

A noite está quente. Fife sobe as escadas de aço para o estúdio e bate de leve na janela. Ernest levanta a cabeça e sorri. Ela gesticula como se estivesse com um drinque na mão, e ele acena com a cabeça. Alguma coisa na mímica dela o faz rir.

Na cozinha, ela prepara um gim-tônica para si e deixa um copo de uísque com limão ao lado das páginas dele, dando-lhe um beijo no alto da cabeça. Parece que ele ainda está trabalhando na peça; Fife se pergunta quando ele pedirá que ela leia. Por uma década, ela vem lendo e editando tudo o que Ernest escreve. Compenetrado no trabalho, ela prefere não incomodar. Se existe algo que ama mais do que ele, são suas palavras.

Em vez disso, Fife senta-se à mesa da piscina, ouvindo o barulho das teclas de Ernest. A barba de velho cobre as árvores, e um pavão passeia pelo quintal. A ave foi presente de Jane Mason, uma amante anterior a Martha, e, toda vez que ela aparece, Fife tem vontade de pegar uma espingarda e estourar o crânio do animal. O romance com Jane não durou muito: cerca de seis meses, alguns anos atrás; até a chegada de Jane, ela considerava o relacionamento feliz. Os dois ainda iam a todos os lugares juntos: caçavam codornas em Wyoming, assistiam às touradas em Hendaye. E quando não estavam juntos, trocavam cartas tão longas que era como se o outro estivesse perto. Ela sentia a falta do marido sempre que ele viajava. Nas ausências de Ernest, ficava suscetível a rompantes de choro aleatórios, fosse atravessando a rua ou comendo chocolate com menta.

E então Jane apareceu, com seus cabelos louros e delicados olhos azuis, e Ernest começou a fazer viagens inexplicáveis a Cuba. Mas Fife nunca se sentiu seriamente ameaçada por ela. Jane era instável demais: fraturou a coluna ao pular da varanda de casa, após uma discussão com Ernest. Ele sempre gostou de ver suas mulheres felizes e saudáveis, e o caso — se é que foi isso mesmo o que tiveram — pareceu terminar tão rápido quanto começou.

Mas a Srta. Gellhorn, com sua saúde de ferro, não era como a frágil Srta. Mason. No estúdio, as mãos dele trabalham sobre as teclas da máquina de escrever. O amargor do gim toca o nariz de Fife a cada gole. Um cubo de gelo se rompe em meio às borbulhas — parece um osso se quebrando. Ela passa as mãos pelos cabelos, sentindo nos fios o último resquício de calor do dia, e termina de beber o coquetel.

Quanta atração ele exerce! Quanto magnetismo! As mulheres pulam de sacadas e o seguem nas guerras. Elas fecham os olhos para um caso extraconjugal, porque um casamento a três é melhor do que uma mulher sozinha.

19. KEY WEST, FLÓRIDA.
DEZEMBRO DE 1936.

Às 19h30 daquela noite, Gerald, Sara e Fife ficaram olhando, sentados, a sopa de feijão esfriar, enquanto esperavam por Ernest. Ele esquecera, até então, de dar qualquer sinal de que estava a caminho para o jantar, depositado diante de sua cadeira vazia, na sala do número 907 da Whitehouse Street.

Mas Sara não era mulher de segurar a língua. A colher já estava em sua mão, como se, já que tinha sido convidada, mergulharia assim que pudesse na sopa.

— Talvez devêssemos começar.

— Ernest logo estará aqui — disse Gerald. Parecia ainda mais desconfortável que a mulher, cujos olhos se voltavam ameaçadoramente para a porta a cada ruído. Gerald passou a língua no lábio superior, como se selasse um envelope, e colocou a mão sobre a de Sara. — O garoto disse que em dez minutos ele estaria de volta.

Fife se levantou para abrir uma janela, mas nem assim o ar entrou na sala. O bico-de-papagaio que cortara do jardim naquela tarde já estava murcho, e a toalha caía pelas bordas da mesa. Retomou seu assento.

— Já se passaram vinte minutos, pelo amor de Deus — disse Sara, num sussurro enfurecido. Sua faca de manteiga caiu da mesa. — Estou morrendo de fome. — Gerald devolveu a faca ao prato da mulher e lançou a Fife um sorriso sem graça que parecia dizer "Casamento! Quem recomendaria?"

Fife olhou para o espaço à sua frente, onde Ernest deveria estar. Ele vinha se comportando de maneira inquieta nos últimos tempos: estava chateado com a recepção de um de seus contos. Os horrores apareciam à noite com maior frequência: aquelas incursões num estado de tristeza que o transportavam para longe dela. E o armário de bebidas — o qual ela agora espiava, atrás dos ombros levemente suados de Sara — tinha de ser reabastecido duas vezes por semana. Ele sempre foi de beber, mas não daquele jeito, não por causa da compulsão de enterrar uma parte de si.

— Ele tem andado triste nestes últimos meses — disse ela a Sara.

A amiga teve dificuldade em mudar a expressão de ultraje para compaixão.

— Ah, é mesmo? Por quê?

— Acho que ele se sente travado. Em seus esforços criativos. O último livro não foi lá um sucesso.

— Vendeu maravilhosamente bem, pelo que entendi.

— Não é essa a questão. Ele quer que os críticos o amem. Por algum motivo, Ernest não está mais nas boas graças deles. Chama-os de atiradores de facas.

— Eu me lembro do rapaz que ficaria extasiado de vender mil exemplares. — A mão de Sara começou a mexer com a colher outra vez. — Agora são dezenas de milhares e, ainda assim, ele não se contenta. Mais, mais, mais; essa será a sentença de morte de Ernest.

O ambiente estava perigosamente quente para que as pessoas mantivessem a cabeça fria.

— Bem — disse Fife, começando a se arrepender por entrar naquele assunto. — Você sabe como é. Ainda mais quando ele passa por essas fases em que fica meio desanimado.

A porta se abriu, e as três cabeças viraram com expectativa. Então ali estava ele, e não havia mais nada com o que se preocupar, a não ser a pequena questão dos modos. Mas era Isobel, que entrava para tirar os pratos e ficou surpresa ao ver que a comida permanecia intocada.

— Ainda não — disse Fife. — Vamos esperar o Sr. Hemingway chegar.

Fife observava Sara e Gerald cada vez mais desconfortáveis, enquanto a sopa continuava a esfriar — se é que ali ainda restava algum calor — nas tigelas brancas e rasas. Mesmo sob a luz noturna, a passagem dos carros clareava tudo como se fosse meio-dia no verão. A garrafa de vinho estava coberta de gotas de umidade; Fife percebeu quanto havia bebido. Já conseguia imaginar a ressaca que brotaria no dia seguinte.

O portão do jardim rangeu, e os Murphy interromperam a conversa.

— Aqui está ele — disse Fife.

Então eles estavam sofrendo com a tirania dos horários de Ernest, e nada mais! Quando ela se levantou, teve que apoiar o punho sobre a toalha da mesa, para se equilibrar. Gerald notou e lhe ofereceu um sorriso complacente.

Fife saiu e passou pela fonte em frente à casa. Ernest estava junto ao portão, de camiseta e short amarrado com corda. Descalço: andar sem sapatos era um hábito recente. Ao atravessar o portão, trazia no rosto uma expressão estranha, como se estivesse pronto para invadir de surpresa a própria casa, em vez de entrar normalmente nela. O bigode avançava além dos limites da boca.

— Você está atrasado — reclamou Fife, afundando o salto agulha no cascalho. Com seu vestido de verão, sentia-se ridícula ao lado dele. — Sara e Gerald já...

— Ah, Fife — disse ele. Em seguida, esforçou-se para abrir um sorriso: aquele que costumava dar na frente dos outros. Escorou o corpo contra o portão e cruzou os braços: parecia bêbado feito um gambá. — Pensei que o Sr. e a Sra. Murphy tivessem partido hoje de manhã.

Então uma mulher apareceu atrás dele. Usava um vestidinho preto e saltos baixos. Tinha pernas morenas, braços tonificados e mãos de um tamanho perfeito. Os cabelos louros e curtos caíam pesadamente sobre um dos olhos. À medida que se aproximava do portão de entrada, Fife ia se tranquilizando, ao constatar que não era tão bonita quanto havia imaginado. Mas era jovem, bem jovem.

— Essa é Martha Gellhorn. Ela é escritora. Está aqui de férias com a mãe.

— Em Key West?

Ernest abriu um sorriso.

— Onde mais?

Martha estendeu a mão fulva.

— Ernest falou muito sobre você.

Fife lhe deu um sorriso polido. Em seguida, dirigiu-se a Ernest:

— Você está muito atrasado para o jantar.

— Tem comida para mais uma pessoa? — Ele seguiu pelo caminho sem esperar a resposta. — Vou pedir a Isobel que coloque mais um prato. — E deixou as duas mulheres na estrada de cascalho, olhando para qualquer lugar, menos uma para a outra.

Depois do jantar, as nuvens de chuva explodiram e a temperatura na sala caiu no mesmo instante.

— Talvez seja melhor eu ir — disse Martha, como se a tempestade houvesse lhe trazido a certeza de que ninguém a queria ali, a não ser Ernest.

— Café? — ofereceu Fife, sem muito entusiasmo. Isobel já servira o xerez com biscoitos, que ninguém tocou. Martha fez que não com a cabeça.

— Vou indicar a direção certa a você — disse Ernest, pegando dois guarda-chuvas do cesto em forma de pata de elefante, no hall de entrada. Observando o marido, Fife lembrou das noites em que ele a acompanhou até sua casa em Paris. E aquilo realmente aconteceu? Será que inventou? Ou teria mesmo visto Martha Gellhorn lamber os lábios como um gato à espera de um pardal?

Mais tarde, Fife ajudou a cozinheira a tirar a mesa. Sara tinha ido dormir, alegando dor de cabeça. A chuva caía aos borbotões, acinzentando o mundo exterior à mansão, molhando as figueiras de bengala e as palmeiras de copas largas. Fife bebeu dois copos de água em temperatura ambiente para diluir o vinho. E então o portão se abriu pela segunda vez naquela noite.

A fumaça de charuto pairava no hall. Gerald estava do lado de fora, e ela o ouviu oferecer um trago a Ernest. Fife seguiu para a sala de estar, de onde podia ouvi-los melhor. Gerald falou alguma coisa que ela não conseguiu escutar por causa da chuva, mas a resposta de Ernest foi perfeitamente clara:

— Ah, pelo amor de Deus!

— Você acabou de se livrar da Jane e agora... E, quem era aquela garota, afinal?

— Deixa ela, Gerald. Ela é uma escritora!

Fife sempre viu Gerald como um homem bem-educado, e ali estava ele, enfrentando Ernest como se não fosse nada.

— Ela é problema, não vê isso? Não vê que todos já estão cansados disso tudo?

— Nem todos nós somos abençoados como os celestiais Murphy. — Ernest falava com a voz baixa e em tom de ameaça, como se estivesse prestes a socar a mandíbula do amigo. — Você não tem nada a ver com isso.

A porta da frente se abriu, e então vieram o cheiro da chuva e da fumaça de charuto. Ernest ficou parado, olhando para Fife, plenamente consciente de que ela ouvira tudo. Os dois se encararam em silêncio por alguns instantes, até que ela levou o prato que segurava de volta para a cozinha, deixando o marido ensopado de chuva a formar uma poça à entrada. A cozinheira lançou um olhar de cumplicidade para ela.

•———————•

Naquele inverno, Martha passou duas semanas em Key West. Durante o dia, Fife se escondia no barracão de ferramentas, já que Ernest não o utilizava. Enquanto isso, ele conversava com a outra sobre escrita, a guerra e a Espanha. Foi só quando Martha a surpreendeu chorando entre as almofadas do sofá que captou a deixa para ir embora de Key West.

Quando Fife pensou que estava em paz com o marido, Ernest foi atrás dela. Ele não se importava em contar à mulher que tinham comido um filé em Miami e que seguiram de trem até Jacksonville, com uma garrafa de *merlot* os acompanhando, numa viagem de negócios que Ernest inventou a Nova York. Fife ficou se perguntando se os dois haviam compartilhado a cabine. Pensar nas mãos dele sobre a pele dela realmente a magoava, o corpo jovem e sem marcas de parto de Martha.

Martha enviou-lhe uma carta de St. Louis naquele janeiro, dirigindo-se a Fife como *Bonitinha*. Em seu leve tom de tédio, Martha descrevia como comandaria um barco ou partiria para o Himalaia — qualquer coisa que pudesse entreter uma garota como ela. Dizia que os textos de Ernest eram material de primeira. Apreciava o fato de Fife não ter se importado por ela ter ficado sempre por perto naquelas duas semanas, tornando-se quase um artigo fixo na casa de Fife, como as cabeças de cudos penduradas na parede. E se ela fosse escrever um diário, continuava a carta, seria abarrotado de palavras gentis direcionadas a Fife.

Seria mesmo?, refletiu Fife, dobrando a carta, à qual não respondeu, pois as palavras em resposta não seriam tão boas. Ela nunca mais apreciaria a visão da cabeça de um cudo: aquelas galhadas espiraladas a lembravam da senhorita Martha Gellhorn: escritora, correspondente de guerra, ladra de maridos.

Ah... se a cabeça de Martha pudesse ser pendurada na parede.

20. KEY WEST, FLÓRIDA. JUNHO DE 1938.

Perdura ainda a trégua entre eles; chegam ainda notícias terríveis da Europa. O que aconteceu com a Europa que conheceram, onde a única violência era a luz do meio-dia de Antibes? Fife se pergunta, enquanto toma o café da manhã com o jornal à sua frente. Centenas estão sendo bombardeados em Alicante, as tropas tchecas se mobilizam nas fronteiras do país e um louco faz o que bem entende em Berlim. Os mapas estampam todas as páginas do jornal de hoje; as linhas pontilhadas estão por toda a parte: Europa, um osso fraturado.

Ernest passa por ela, saindo de um quarto que, mais uma vez, compartilharam. Dá um gole no café de Fife, mas faz uma careta; esqueceu que ela o bebe puro.

— Acha que é isso então? Outra guerra?

Ernest aponta com a cabeça para uma fotografia de Chamberlain. Está tão magro que há buracos em suas bochechas: parece um espantalho trajando camisa social e gravata-borboleta.

— Não se ele puder evitar.

Fife o acompanha até a porta dos fundos, onde o sol arde. O estúdio está escuro feito um tinteiro, mesmo sob o sol da Flórida.

— Acha que consegue buscar os Murphy na quinta-feira que vem?

— Os Murphy?

— Eles vêm para a festa dos Thompson, esqueceu? — Fife sai para o jardim. — Eu te disse quando voltou. — Os movimentos da piscina refletem-se no rosto dele, de modo que ela não consegue identificar sua expressão. — Temos de pensar em algo. Eu pensei em Titania e Bottom. Eu vou de rainha, e você, de asno. Duvido que você ache tão difícil.

— No próximo fim de semana não é bom.

— Por quê?

— Pode ser demais para eles.

— Que absurdo. É exatamente disso que precisam. — Ernest parece refletir sobre alguma coisa. Está prestes a falar, mas reconsidera.

— Qual o problema?

Ele para, com a mão sobre a cerca de ferro.

— O trabalho está fluindo bem, só isso.

— Quer que eu cancele tudo?

Mas a atitude dela em querer agradar parece irritá-lo. Ele faz que não com a cabeça.

— Não, não, Fife. Deixa eles virem. — Ernest sobe a escada e deixa a porta aberta para entrar ar. O barulho das teclas desce lá de cima. Se Martha estiver em suas páginas, se Fife conseguir encontrá-la mesmo nas margens, ela usará o manuscrito para acender a lareira; vai jogar um fósforo sobre ele. Ou então irá vendê-lo a Cuzzemano por um dólar.

— Vou arrumar o quarto dos meninos então — grita para ele, tentando lembrar-se do bom humor com o qual ela acordara. Mas ele já se pôs a escrever e não responde.

No jardim, o farol chama a atenção de Fife, cintilante à luz da manhã. Por um momento, ela para na porta de casa. Contou a Patrick e Gregory uma história sobre um menininho que vivia sozinho naquele farol, um menino da cidade, com cabelos negros e curtos e olhos escuros. À noite, quando se sentia sozinho, ele escapulia de dentro do farol, em meio à escuridão, e ia até a praia para falar com os tubarões. O menino sabia que eles facilitavam o seu trabalho, pois impediam que os barcos se chocassem contra as rochas, e por isso lhes dava os peixes que pescava durante o dia. Por muitos anos, ela via Patrick e Gregory olhando fixamente para o farol, na esperança de verem o menino de grandes olhos escuros fitando-os da janela mais alta. Ela nem sempre foi, pensou Fife, a mãe terrível que se considera ser; aquela era uma boa história. Talvez devesse escrevê-la para que os meninos pudessem ler quando ela não estivesse por perto.

Ernest prossegue com sua própria história lá em cima. Ela entra para preparar outro quarto para os Murphy.

No quarto dos meninos, Fife encontra as roupas de Ernest junto com outras peças para lavar, espantando-se com o fedor delas. Das malas, sai uma camisa após a outra, como redes de pesca. Papéis avulsos por todos os lados, incluindo um de seus telegramas. "VOLTE LOGO, QUERIDO. O ESTÚDIO ESTÁ PRONTO E COMIDA GARANTIDA." Canetas em excesso, uma máscara de gás, um jornal do dia em que aportou em Nova York. Uma garrafa de uísque rola pelo chão, totalmente vazia. No fundo da mala, encontra um embrulho de uma de suas butiques preferidas. Um presente! Ernest voltara à antiga forma.

De dentro do embrulho sai um vestido azul, muito bonito, com dois bolsos nas coxas e ponto-cruz na frente. A felicidade que sentiu na última semana é quase uma afronta, de fato. Nunca esteve tão contente — exceto, talvez, pelo tempo em que passeavam às escondidas por Paris, quando ansiava pelo toque da mão de Ernest sob a mesa, durante algum jantar. Fife tinha a impressão de que Hadley o via como um convidado excepcionalmente divertido numa festa, mas não esperava de fato que permanecesse por muito tempo após a sobremesa. Era como se Hadley jamais tivesse sentido que Ernest fosse realmente seu, ao passo que Fife nunca sentiu que ele pudesse pertencer a qualquer outra pessoa que não fosse ela.

Quando voltou para casa, após o exílio dos cem dias, Fife e Ernest se tornaram o assunto do momento em Paris. Quando entravam no Closerie des Lilas ou no Select, ela se sentia especial por ser a noiva de Ernest, quase sua mulher. Aquela felicidade vertiginosa: lembrava-a de uma brincadeira que o pai costumava fazer nas festas quando ela era pequena. De cima de uma mesa, ela pisava com muito cuidado sobre as mãos dele, que a carregava daquele jeito, sobre as palmas, exibindo-a para uma plateia formada por tios e tias feito uma estátua num plinto. "Firme!", gritava o pai, quando ela se desequilibrava, mas logo em seguida a menina desabava nos braços da mãe, que a seguia. Durante o tempo em que conseguia se manter no alto, adorava ver as bochechas coradas e a família aplaudindo. E era assim que se sentia com Ernest: adorada, elevada a um patamar superior, mas com a leve sensação de que poderia, a qualquer instante, perder sua base de apoio.

⎯⎯•⎯⎯⎯•⎯⎯

Fife pendura o presente de Ernest perto do vestido de penas e volta ao quarto dos filhos. Agora só falta a mala de trabalho de Ernest. Os amigos morrem de tédio toda vez que Ernest conta a história de como Hadley perdeu toda a sua produção — Contos! Cópias em papel-carbono! O primeiro romance! Mas o consenso é que nada de sagrado se perdera. Ernest seguiu produzindo obras tão fantásticas que as pessoas quase consideravam a perda uma espécie de sorte. Ajudara a afiar sua escrita.

Mas, no mesmo instante em que recolhe a roupa suja para lavar, Fife a deixa sobre a cama e vai até a mala. O vidro dos lustres ressoa com o vento. Ela não tem permissão para tocar a maleta de trabalho dele, não depois do que aconteceu com Hadley. Mas o som das teclas de Ernest chega do barracão de ferramentas; e ela observa sua mão abrindo o zíper. A maleta se abre.

Lá dentro, encontra folhas com anotações. Um jornal legalista. Seu pincel de barbear com cerdas de crina de cavalo. Duas brochuras sobre a guerra. Fife vê então outro livro; seu coração acelera. O título é *The Trouble I've Seen*. O nome da autora aparece num relevo dourado. Suas mãos começam a tremer.

Um clipe de metal prende uma fotografia da senhorita Gellhorn à primeira página. É uma foto de divulgação para a imprensa. Ali estão eles: o mesmo nariz curvado à Picasso e as mesmas bochechas de maçã. Era ultrajante que a fotografia daquela mulher estivesse dentro de sua casa. Fife bate a capa do livro com força e, então, reflete. Desprende a fotografia do clipe e olha o verso, no qual encontra o nome do estúdio em marca-d'água. Nesse lado, está também a caligrafia de Martha. E as palavras são devastadoras.

●━━━━━●

A chuva soa estática quando atinge o teto do carro, como se a água tivesse eletrificado o ar. Sabendo quanto as ruas de Key West podiam ser traiçoeiras, Fife as percorre lentamente. Não vai permitir que sua morte aconteça em boa hora e o liberte. Não disse a Ernest aonde estava indo, nem mesmo que estava saindo. Está louca para que ele fique preocupado.

O ar fica caótico com a chuva, o sal, os peixes; as nuvens pairam baixas e contínuas, pouco mais altas que a neblina. Folhas de palmeiras prendem e se entrelaçam sob a água torrente. Lonas desabam sobre barracas. Pessoas correm com o casaco sobre a cabeça. Os galos, que a provocam quando perambulam pelas ruas, permanecem próximos às lojas, com seus olhos frios examinando o dilúvio. Lama, rala como molho naquele temporal, voa das rodas do veículo. Quando Fife se aproxima do oceano, vê a espuma das ondas quebrando sobre o píer. Talvez um furacão esteja a caminho. Ela segue para as docas de esponja e para o mercado a céu aberto, vazio. Ao longo das vias, os mangues negros e as árvores são açoitados pela chuva.

Fife passa pelos bordeis e salões de beleza; as mulheres contemplam a tempestade lá fora com os olhos esbugalhados. Tudo em que consegue pensar é o quanto detesta aquela cidadezinha remota. Detesta o marido. Detesta Martha Gellhorn. As sorveterias estão apinhadas de moradores e turistas que tentam fugir do dilúvio, mas só pensar nos sabores das frutas — graviola, sapoti, fruta-do-conde — já a deixa enjoada. Fife dirige o carro, pensando no que diabos deve fazer.

———•———

Saint Mary, Star of the Sea, a única igreja católica em Key West, é uma construção branca com paredes altas. Lá dentro, ela molha a testa, dobra os joelhos e senta num banco. O ar parece veludo comparado à agitação que há lá fora. Um dos vitrais retrata a Virgem Maria com o Menino Jesus, lembrando-a do retrato de Piggott e da pintura na catedral de Chartres.

Fife havia rezado fervorosamente em uma igreja francesa para que um marido deixasse sua mulher! E agora ela pode estar perdendo o mesmo homem em sua própria igreja. Tem a impressão de que os componentes irredutíveis do casamento são: roubo, posse, recompensa. E o caso de Ernest com Martha: esse pode muito bem ser o seu acerto de contas.

No verso da fotografia de Martha estava sua caligrafia. Muito pior que a dedicatória era a data:

Nesto,
seja meu para sempre!

Marty. 27 de maio de 1938.

Fazia apenas algumas semanas. Fora uma idiota em pensar que estivesse tudo acabado entre os dois.

A igreja onde está é bem menor do que a francesa na qual rogara a Deus para ter Ernest Hemingway. Suas ambições atuais, assim como aquelas paredes, eram mais estreitas. Agora desejava somente que Ernest a amasse ou ficasse ao seu lado, mesmo que tivesse seus casos passageiros. Do lado de fora, o mundo está sendo batizado com uma tempestade primaveril. Fife se espanta com a tamanha infelicidade que sente.

O que quer de mim, pergunta a Deus, sentada no banco roído por traças, e levanta o olhar para seu Cristo. Uma reparação? Não me redimi pelo que aconteceu a Hadley? Tenho agora que aceitar Martha como meu castigo merecido? Perdão, diz ela, ai, Deus, que dor.

No silêncio da igreja, tudo o que pode oferecer a Ele é seu sofrimento.

Quando Fife chega em casa, tudo parece ter mudado. O quarto foi tomado pela escuridão da tarde. Ela acende algumas lâmpadas, mas os focos de luz pouco fazem para despertar o ambiente. No guarda-roupa, está o vestido azul. Ela vai incinerar o presente de Ernest no latão, do lado de fora. Ou dar umas belas tesouradas na saia do vestido. Não o quer, não depois de saber que Martha e Ernest estiveram juntos há menos de 15 dias. O vestido tem botões de madrepérola. Ao examiná-los com mais atenção, percebe que derreteram sobre o algodão. São frios e ásperos ao toque. Alguma coisa nos botões danificados faz com que ela queira cair no choro.

— Ernest? — grita, do alto da escada.

Isobel responde lá de baixo.

— Ele saiu, madame.

Fife joga o vestido de volta no guarda-roupa. Lá fora, nuvens se amontoam no céu. Ela prepara um drinque sob o olhar silencioso e atento da cozinheira. Mas não abre a boca, já que Isobel não abre a boca. Por que aquela mulher nunca fala? É enervante o modo como os criados a tratam.

Fife bebe o drinque numa golada só e vai para o barracão de ferramentas. Sacode a porta. Nenhuma resposta. Ela entra do mesmo jeito. O lixo transborda de rascunhos descartados da peça. Bilhetes de loteria e plásticos de revistas se espalham pelo chão. A máquina de escrever é preta e reluzente, na forma de um gato curvado. Na prateleira estão os livros de Ernest. Fife cogita a ideia de surrupiar um dos livros autografados da estante. Está aí algo que poderia fazer ao pobre *Nesto*. Podia abrir a janela e jogar as páginas da peça para os gatos. Ou telefonar para Cuzzemano, e tudo aquilo, convenientemente, se perderia. Afinal, talvez Hadley tenha feito o mesmo. Talvez a história de perder a maleta não passasse de ficção, e ela tivesse apenas jogado tudo no lixo. Quando Ernest queria, conseguia se comportar como um merda. Ela consegue imaginar quanto uma mulher poderia ter desejado ensinar-lhe uma boa lição.

Fife vê os papéis sobre a mesa, empilhados organizadamente ao lado da máquina de escrever, com a página do título por cima. A peça se chama *A quinta coluna*. Quando troca para a página seguinte, vê que só há quatro palavras nela. Meu Deus, pensa, ele conseguiu: destruiu meu coração.

"Para Marty", está escrito, "com amor".

●━━━━━●

No banheiro do andar de cima, os espelhos multiplicam seu rosto. Ela parece uma criança no reflexo, ligada a imagens sem a intensidade de si mesma. Um número infinito de mulheres enganadas a encaram, com seus olhos negros e lúgubres. Os cabelos curtos, pretos feito papel de piche, empalidecem seu rosto. Sua cabeça começa a doer. *Nesto*. Ela só quer o marido. Se não o tiver, vai se matar. Ou matá-lo. Pega um comprimido para dormir e o engole a seco. Tudo o que deseja é parar de pensar. Ela se equilibra na cerâmica fria da pia, como se buscasse apoio contra o circo giratório de seu cérebro: aquele grupo cambaleante — Fife, Martha, Hadley —, uma roda de esposas e amantes, com seus sorrisos discretos, peles encharcadas e orifícios molhados, todas simplesmente aguardando pelo prazer de serem fodidas por Ernest.

Fife apaga as luzes. Sua dor de cabeça ecoa: tum, tum, tum. A roupa de cama é tão pesada. Depois do temporal da tarde, a noite passa para um crepúsculo acastanhado. Ela preferia o céu parisiense, onde nada se via além de nuvens, e a chuva tinha a consistência de neve fina. Queria que seu casamento não se desfizesse naquelas noites quentes de verão, com o perfume doce das bananeiras entrando pelas persianas antifuração. Do lado de fora, os insetos noturnos se chocam contra as telas mosquiteiras.

●————————●

No dia seguinte, Fife procura pela dedicatória a Martha, mas não está mais na mesa dele. À noite, jantam no Thompsons': lagostim, banana-da-terra, pão cubano. O clima é jovial, mas ela não consegue se integrar. Ernest parece preocupado. "Seja meu para sempre." A data: "27 de maio de 1938." Fife espeta o lagostim com a faca e mastiga lentamente. E pela primeira vez desde que voltou, Ernest dorme no quarto dos filhos.

21. KEY WEST, FLÓRIDA. JUNHO DE 1938.

Os Murphy chegam na quinta-feira com a filha, Honoria: uma menina encantadora, muito parecida com a mãe. Sara e Gerald se mostram respeitáveis como sempre: bronzeados, ricos e bonitos. Apesar de tudo o que aconteceu, aparentam estar em excelente forma, como se a década que se passou desde Antibes não tivesse deixado quaisquer marcas. Saem do táxi com suas roupas brancas que não pareceriam inadequadas em uma quadra de tênis.

— Sr. e Sra. Diver! — diz Ernest, sabendo que a referência os incomodaria: — Sejam bem-vindos!

Fife sussurra um rápido "Ernest!" antes de o marido começar a ajudar os hóspedes com a bagagem.

Depois de desfazerem as malas, Ernest, Gerald e Honoria saem de barco; Ernest encontrara um ponto perfeito, no qual os peixes-vela estão calmos. A cada dia ele volta com peixes mais coloridos: bonitos, peixes amarelos, barracudas e charuteiros.

As mulheres ficam na mansão preparando as fantasias para a festa da noite seguinte. Sara parece que vai derreter de alegria com o calor do verão.

— Seu colar de pérolas... — diz Fife. — Você ainda está usando.

Sara morde o cordão.

— Mas é claro. Elas precisam de sol tanto quanto eu. — A amiga permanece em silêncio por um tempo, como se reaquecer o corpo à beira da piscina fosse um assunto sério. Depois, pega papel prateado e latas no quarto. As duas se sentam sob o guarda-sol e começam a montar as fantasias usando caixas de cereais. — Robôs — diz Sara. — Para a festa.

— Que fantástico.

— Ah, estamos apenas reciclando uma das fantasias que usamos numa festa em Paris — responde Sara. — Lembra quando a Zelda tirou a roupa na frente da banda e o trompetista não sabia o que fazer? Lembro que as bochechas dele inflavam enquanto ela tirava mais e mais peças. Scott não sabia se devia colocar um fim àquilo tudo ou se juntar a ela. — Sara ri e aparenta uma alegria genuína.

— Que fantasias você e Ernest usaram?

— Eu fui de Afrodite. — E agora é Fife quem ri. — Mas não fomos juntos. Ele foi com Hadley.

— Ah, mas é claro. — Sara mexe nervosamente na fantasia. — É tão fácil misturar as épocas. Parece que foi ontem, mas também é como se fizesse muito tempo. Sempre penso que você e Ernest estiveram juntos em Paris o tempo inteiro. A sensação era essa.

— Passamos pouco tempo lá como casal.

— Os anos vinte em Paris. Que divertido. — Há uma pontada de ironia nas palavras de Sara. Para Fife, aquela década parece ter sido uma eterna hora do recreio, durante a qual eles haviam esquecido de olhar para os portões da escola, onde adultos sem rosto esperavam para contar-lhes alguma coisa séria. — Nós nos divertimos, não é mesmo? Foi uma época sensacional, inconsequente.

Sara senta na cadeira com as mãos na cintura, exposta ao sol. Pobres nortistas, pensa Fife: ávidos por luz.

— Éramos vanguardistas e boêmios — diz Sara. — Agora me sinto ultrapassada, por fora de tudo. Onde as coisas acontecem hoje em dia? Porque certamente não acontecem na costa leste.

Fife prende rosas de tecido a grampos de cabelo e os entrelaça nos longos fios da peruca loura. Certa vez, ela tingiu os cabelos de louro só para chamar a atenção de Ernest. Sara envolve o peito com uma caixa de cereais, tirando as medidas. Aplica cola nas laterais e coloca as caixas de pé, à luz do sol.

— Esses serão os nossos peitos. Com botões que nos farão falar e sentir coisas como emoções, ainda que eu ache que já sinta coisas demais. — Ela começa a pintar as caixas de prateado. — Às vezes não dá pra acreditar que os anos se foram — diz Sara, repentinamente, por mais que, para ela, nunca seja de repente. Fife lembra como a quarentena durante a coqueluche de Bumby fora rígida, com o objetivo de proteger os filhos de Sara; entretanto, seu caçula, Patrick, morrera de tuberculose um ano atrás, e o mais velho, Baoth, de meningite, em 1935. De algum modo, a obsessão de Sara por germes faz com que sua perda pareça ainda pior. Faz com que Fife tenha vontade de ligar para os filhos só para ter certeza de que estão bem. Como somos abençoados, apesar de tudo, pensa Fife, quando os Murphy foram privados de tanta coisa. Graças a Deus eles ainda têm Honoria, uma jovem tão encantadora que acabou enfeitiçando Ernest.

— Como está o Gerald?

— Ah, ele vai levando.

— Ele ainda pinta?

— Faz o que pode. Eu acho que a depressão atrapalha bastante.

— Dá para entender. Que ele se sinta assim.

— Claro que nossa dor é perfeitamente *compreensível*. — Sara fixa a cabeça robótica ao tronco de caixas. — Não facilita nada, é claro, o fato de ser tão compreensível. — E dá um passo para trás para examinar sua obra. — Gerald pinta — continua, cortando uma lata ao meio, para em seguida fixar as metades como botões na caixa — por uma semana, mais ou menos, e depois desiste. Não é questão de talento; tem mais a ver com encontrar um propósito para pintar, primeiramente. Tento encorajá-lo, mas não faz sentido se ele não encontra prazer algum no que está fazendo. Qual o sentido de uma arte que ninguém vai ver se nem ao menos é divertido? Melhor não fazer nada. A Zelda, por exemplo. Para mim, a arte pode causar sérios danos à mente de uma mulher. E veja o que faz aos homens.

— Acho que Zelda teria acabado lá com ou sem a obra dela — diz Fife. Nenhuma das duas menciona a palavra *sanatório*.

Sara dá os toques finais aos robôs, que estão sentados feito duas crianças.

— Scott sempre achou que o dinheiro fosse um grande imunizador. Mas veja aonde o dinheiro o levou. Arruinou os Fitzgerald. Se tivessem metade do dinheiro, teriam o dobro de sorte. Tenho certeza. — Sara beberica seu drinque. — Scott sempre foi um idiota extremamente inteligente. Naquela semana na Suíça, quando todos pensaram que seriam os dias finais de Patrick, eu contei. Havia quatro romancistas no mesmo cômodo naquele dia. E eu tinha certeza de que nenhum deles jamais escreveria sobre o que se passou ali. Eram covardes demais para escrever sobre algo real. — Ela faz uma pausa e sua voz parece embargada. — E, ainda assim, parecia coisa de livro. O gelo derretido nas montanhas. A luz sobre os picos cobertos de neve, o cheiro dos pinheiros. Era tudo tão silencioso. Lembro de ouvir uma árvore cair e me perguntar se estava distante de nós ou não. Como seria o som da madeira se você aproximasse o ouvido. Sabe, eu só queria estar fora da sala, no frio. Para fugir do meu filho moribundo. Que coisa ruim: querer fugir de seu próprio filho. Mas parte de mim não aguentava mais. — Sara pega o pincel e se recompõe enquanto pinta, abrindo um pequeno e irônico sorriso para Fife. — Bem. Acho que a sorte persegue nós todos, não é mesmo?

●————————●

Quando as fantasias estavam quase prontas e Fife havia preparado mais uns coquetéis, Sara perguntou:

— E então, minha cara Fife, quais são as notícias do *front* espanhol?

— Estava com medo de você perguntar isso.

— Ai, meu Deus.

Fife entra em casa para buscar o que achou na semana anterior. Quando volta, Sara levanta a cabeça, o braço junto ao peito, como se as lembranças da Europa a tivessem deixado com frio.

— O que você tem aí? — Sara folheia as páginas do livro de Martha. — Já sabíamos que ela havia escrito esse livro.

— Olha a fotografia. Presa no verso.

Sara lê a dedicatória.

— Ah — diz ela, sem graça, fechando o livro e colocando as mãos na sobrecapa. — Onde você achou isso?

— Na maleta de trabalho dele. Aquela em que eu não deveria mexer para evitar um desastre *à la* Hadley. A data é o dia em que aportaram.

— Ah, Fife.

— Depois encontrei a dedicatória para a peça que ele está escrevendo.

— E é para Martha?

Fife titubeia.

— "Marty", é assim que ele a chama. E foi feita "com amor". — Sara solta um suspiro e coloca o livro de lado. Seus homens-robô repousam atrás dela, feito sentinelas. — Lembro de quando eu podia dar pitacos em tudo isso. Fui a Paris no Natal passado, achando que conseguiria descobrir o que estava acontecendo. Quando estive na casa de Sylvia, ela não conseguiu esconder que me considerava fora da jogada. Ela sabia sobre os dois, assim como soube de mim e Ernest antes de todo mundo.

— Você não pode inferir coisas sobre o fim do seu casamento por causa de um olhar de Sylvia Beach. Já pensou que ela provavelmente não te via há uma década? Talvez ela não tenha te reconhecido.

— No hotel, falei pro Ernest onde ele podia enfiar aqueles livros. Eu até mesmo me propus a pular da sacada se ele não se dispusesse a *fazer* algo. Mas nada mudou. E agora estamos na mesma confusão de merda de seis meses atrás. Que diabos, vamos dar nome aos bois. Estamos na mesma confusão em que eu e Hadley estávamos há uma década.

Sara cruza as pernas. Sentada na cadeira, sua postura é elegante como um canivete.

— É ridículo ele continuar com Martha e ao mesmo tempo ficar com você. Você precisa dar um ultimato.

Fife se inclina para a frente. Tenta ser bem precisa.

— Hadley deu um ultimato a Ernest naquela noite da festa. Eu ouvi os dois do meu quarto. Ela exigiu uma decisão dele. E veja o que aconteceu com eles. *Eu* não conquistei Ernest; *Hadley o* perdeu. Sara, não vou cometer o mesmo erro.

●—————●

O telefone toca dentro da casa. Fife larga a peruca e vai até o hall onde Gerald a defendera com tanta firmeza dois anos antes.

— Pauline. Alô. — Sua pele arrepia quando ouve a voz dele. — Sr. Cuzzemano, já falei para o senhor parar de nos perturbar.

— Pauline...

— Ninguém me chama assim. Por favor, pare.

Ela está prestes a desligar o telefone.

— Sra. Hemingway, não estou ligando por causa da maleta. — O tom da voz de Cuzzemano imobiliza sua mão. — Estou ligando por causa de uma questão completamente diferente. — A linha fica em silêncio por alguns instantes, interrompido por alguns estalos. Fife lembra do que ele lhe dissera durante a festa na Villa America, quando ninguém ouvia: "Srta. Pfeiffer, eu sei que está transando com o Sr. Hemingway", numa tentativa de chantagem para que ela lhe desse o material de Ernest. Fife caiu no riso e disse: "Querido, você não vai encontrar ninguém nessa mesa que *não s*aiba que estou transando com o Sr. Hemingway. Até a esposa dele está bastante a par desse fato". — Sra. Hemingway — diz Cuzzemano, com uma delicadeza escorregadia. — Se houver um meio qualquer de a senhora procurar alguns dos... rastros da Srta. Martha Gellhorn, eu poderia pagar-lhe uma bela soma. Uma bela soma! Ou então as cartas escritas pelo seu marido à sua... — Ele limpa a garganta num tom teatral. — Amiga. Procure nas gavetas dele, em meio à correspondência, pelas cartas de amor que os dois trocaram. A senhora permaneceria anônima: ninguém saberia...

— Adeus, Sr. Cuzzemano...

— Saiba que estarei aqui, se a situação mudar, se minha proposta se tornar mais atraente...

O fone chacoalha no gancho.

●━━━━━━●

Sara prendeu a franja e a cabeça está completamente virada para a direção do sol. Está na companhia de seus robôs; o braço de um deles caído junto com parte da tinta, revelando a inscrição "FLOCOS DE MILHO" na lateral. Ela abre um olho.

— Quem era?

— O dono da mercearia. Estamos com uma conta atrasada.

Fife prepara daiquiris para as duas. Ela pensa, enquanto apunhala o gelo, em dar ao Sr. Cuzzemano precisamente o que ele quer. Uma pequena parte de Fife deseja se divertir com a ruína do marido, caso a Srta. Martha Gellhorn continue por perto. Pensa novamente na dedicatória. Naquelas palavras. "Nesto, seja meu para sempre." O que "para sempre" queria dizer para aquela mulher?

Ernest volta para casa com Gerald e Honoria à noite, cansado, todos fedendo a peixe e com zinco no nariz. Fife se imagina como um dos agulhões-vela do marido, fisgada pela boca. Ele dá a linha, afrouxa por um tempo. Por uma, duas, três vezes, deixando o peixe partir como se estivesse livre, antes de puxar a linha, apanhá-lo com o gancho e jogá-lo no barco. Que estranha dança era aquela: até que ela se aproximasse sangrando, puxada pela vara banhada a níquel.

Naquela noite, eles comeram na sala de jantar: ela e Ernest, Sara e Gerald. Martha é a quinta convidada na mesa: invisível e muda, mas indiscutivelmente presente.

22. KEY WEST. FLÓRIDA.
JUNHO DE 1938.

Eles chegam à festa dos Thompson esplendorosamente vestidos. Sara e Gerald são robôs perfeitos. Ninguém na alta sociedade de Key West — se é que existe algo do tipo naquele confim da Flórida — jamais sonhou com tais fantasias. Os moradores estão de piratas ou marinheiros, sereias ou havaianas; nada como o casal mecanizado vindo do norte.

Sara e Gerald estão cobertos por suas caixas prateadas e formas geométricas, usando latas na cabeça como se fossem óculos de proteção. Andam com passos oscilantes; Honoria gritou de alegria quando os viu descendo pesadamente a escada, mas recusou o convite para se juntar a eles.

Ernest e Fife estão fantasiados de Bottom e Titania. Fife prendeu flores à peruca loura de fios longos e crespos; flores pintadas sobem pelo peito, e hera envolve seus braços. Um sutiã de conchas e uma saia de grama; é metade sereia, metade fada da floresta, mas foi um bom resultado para quem fez a fantasia no dia anterior.

A cabeça de asno de Ernest é coberta de pelos; os tufos cobrem seus olhos. Deviam ter feito buracos maiores: ele reclama que os cílios arranham seus olhos. Pisca as pálpebras constantemente, como se tentasse enviar uma mensagem codificada ao mundo.

Os convidados da festa estão um pouco mais discretos. Pescadores brancos de Key West se pintaram de cores escuras, de modo a ficarem como cubanos: com suas tangas, mais parecem um grupo de Gandhis gigantes que os cubanitos do porto. Pavões e gatos perambulam entre eles.

Um Adolf Hitler passa por eles, com seu bigodinho. Parece um sujeito mal-humorado; mais tarde, descobrem que é um dos primos dos Thompson de Jacksonville.

— Mostre o passo de ganso para nós, Adolf — diz Ernest.

— Ou pelo menos nos dê um *Heil Hitler* — acrescenta Gerald.

Adolf resiste. Fife se pergunta por que ele havia escolhido aquela fantasia se não queria interagir com os outros.

— Vamos — diz ela. — Diga pra gente que a Europa tem que se comportar direitinho senão você irá devorá-la!

Sara entra na brincadeira.

— Por favor, Adolf, nos divirta! Marcha rápida. Finja que sou uma tchecoslovaca pronta para o ataque!

Adolf aperta o copo de papel, e seu bigodinho ridículo contrasta com sua teimosia em não entrar no jogo.

— Se Herr Hitler for tão hesitante assim, nunca conquistará o mundo — afirma Gerald, cujo rosto transpira tanto que faz a tinta prateada escorrer da máscara. Seus lábios estão bem rosados. — A mamãe não lhe deu bastante amor, *mein Führer*?

— Agora chega, amor. O coitado já está arrependido por ter escolhido essa fantasia. — Sara puxa Gerald pelos óculos, que se desprendem da máscara. — Ah, Gerald — diz ela com carinho. — Você está mesmo ridículo.

— Não mais que você, querida. Além do mais, você *estragou* a minha fantasia.

— Estava um lixo mesmo.

— Essa fantasia foi feita pelas mãos de uma *socialite* da Nova Inglaterra! Como ousa falar assim?

— Você vai ter que se contentar com isso aí mesmo.

— Fife, me fale se quiser que eu mande essa mulher indelicada para casa. Não é de espantar que eu nunca a tenha levado para conhecer minha mãe; não posso nem apresentá-la aos criados sem corar.

Gerald dá um belo beijo na boca da mulher.

Ao verem os dois juntos, Ernest e Fife sorriem. Eles não têm sido as melhores versões de si mesmos nos últimos tempos. Não como Sara e Gerald, os estoicos do grupo. Viver bem, insistiam, era a melhor revanche. E às vezes Fife quase se convencia de que aquela era a verdade. Mais tarde, ela observa o acanhado Arnold numa valsa elegante com uma mulher alta, talvez sua esposa. Talvez ele não fosse tímido. Talvez simplesmente não tenha gostado das provocações daquele grupo de semieuropeus do norte.

Os dois casais revezam os maridos e as mulheres; ainda bebem tanto quanto nos tempos de Paris, mas agora se espantam com as ressacas. Pelo menos amanhã Fife não pensará em Ernest e Martha. Os quatro amigos vão se sentar junto à piscina para comer, cuidar da cabeça e depois dormir. A ressaca: que belo remédio, pensa ela, contra pensar demais.

Ernest continua ajeitando a máscara de asno. Parece irritado; seus olhos parecem doloridos. Ele a atira de um lado para o outro do salão quando chega a vez de dançarem e depois zurra feito um burro, fazendo os robôs e sua fada-rainha caírem no riso. Mas continua, não para de brincar, até que Gerald o manda calar a boca, e então Ernest vai embora. Fife lembra das palavras de Gerald naquele jantar dois anos antes: "Não vê que todos já estão cansados disso tudo?"

Alguém no salão pede um número e a banda começa a tocar um tema mais lento. Primeiro o piano, com o trompete por cima. Os casais dançam juntinhos, à distância que suas fantasias permitem. Sara é convidada por um Gandhi careca e Gerald toma Fife em seus braços. Olhando para trás, ele vê Ernest vasculhando os armários da cozinha em busca de uma bebida mais forte.

Quando inicia "All of Me", a voz da cantora arranha. É um tema encantador, bastante melancólico. A canção carrega tanta tristeza que quase tira o fôlego de Fife, no momento em que a cantora oferece ao homem amado cada pedaço seu, para que ele leve consigo quando for embora. Agora começa o trompete. A cantora faz uma pausa para observá-lo; seus quadris balançam no ritmo da batida. Fife tenta imaginar se ela já sofreu a dor de perder o homem que ama, ou que um dia amou.

Outras palavras giram na mente de Fife: "Nesto." "Para sempre." "Para Marty, com amor."

— Você está muito bonita com o cabelo assim — diz Gerald enquanto dançam. No ângulo em que está, ela olha para o pescoço e o queixo do parceiro, admirando Gerald por sua robustez de meia-idade.

Fife coloca a mão em seu ombro.

— Você me trata bem. Sempre me tratou. Mas trata bem a todo mundo.

— Você é engraçada às vezes. — Eles param. Ela sente os ombros cederem. — Está tudo bem? — pergunta Gerald. Ele se curva para perto dela. — Você está chorando, Fife?

— Não, estou bem — responde. — Está tudo bem. — Mas ela sente como se Ernest estivesse prestes a tirar tudo dela, assim como diz a canção: seu coração, sua mente, sua boca, seus braços e pernas. Dando as costas para Gerald, percebe que a cantora também tem lágrimas nos olhos e quase não consegue cantar, em meio ao choro, o último refrão da canção. É um réquiem, preenchendo a noite.

● ——————— ●

A chuva cai pela segunda vez naquela semana. Os convidados — que estão animados e desgrenhados depois de dançarem o *Charleston* e o *Lindy Hop* com os cubanitos mais brancos e as sereias menos escamosas — correm para o toldo do jardim, esperando o dilúvio passar. Todos parecem felizes e bêbados, borrados com a tinta facial um do outro.

Os robôs da Nova Inglaterra estão sentados do outro lado do recinto, rindo e apontando para a comida: ensopado de tartaruga, garoupa, bananas-da-terra. Fife fica olhando enquanto os amigos enchem o prato, depois avista Ernest atravessando em meio à turba. Ele se vira rapidamente, com o olhar atento, e então continua pela lateral da casa. Fife o segue, desviando dos convidados cujos rostos estão rosados sob as luzes vermelhas.

Ernest está no jardim dos fundos, conversando com uma mulher de vestido preto usando uma máscara de gato com orelhas perfeitamente pontudas. Os cabelos estão penteados num belo coque *chignon*, e o barbante deixa a sombra de uma linha exatamente onde passa sobre seus cabelos dourados. Quando Ernest tenta puxar a máscara da mulher, ela o empurra.

Era por isso então que ele não queria os Murphy ali? Porque convidou a amante para passar as férias com eles?

Sua mãe lhe disse uma vez que, mesmo quando era bebê, Fife podia ficar sozinha numa cadeira e nunca caía. "Como um anjo sobre uma cabeça de alfinete", dissera a mãe. E agora tenta entender o que há de errado com ela; por que está tão imóvel, observando sentada aos acontecimentos se desenrolarem sem fazer nada. Ela precisa fazer alguma coisa; não pode ficar parada para sempre.

Ernest e a mulher riem enquanto se protegem sob a marquise, até que a mulher fala algo e dá a impressão de estar pronta para ir embora. Ernest olha enquanto ela se vai, mas seu olhar é de realização, como se mais tarde, naquela mesma noite, ele fosse se apoderar do que parecia estar perdendo naquele momento.

Fife avança, sabendo que precisa ser corajosa para entender o que exatamente estava acontecendo. Ela vê Ernest gesticulando para que vá embora, mas Fife consegue alcançá-la e, com um único movimento, puxa a máscara da outra com tanta força que é possível ouvir o arrebentar do elástico. Está pronta para confrontar o rosto que estava no jantar e na fotografia, mas não é ela. Não é Martha. A máscara fica presa sobre a cabeça da mulher como um chapéu. E Fife se sente uma idiota.

— O que você está fazendo? — pergunta Ernest.

A mulher desconhecida solta uma risada nervosa.

Fife encara os dois, incrédula, antes de dar meia-volta e sair correndo.

●───────●

Os olhos de Gerald e Sara a acompanham enquanto ela sai correndo para fora da festa. Chegando à praia, deixa o ar encher seus pulmões. Um carro desvia para não atingi-la. Na praia, sente a areia entrar nos sapatos, mas só para de andar quando chega ao mar.

Alguns metros antes, para, vê a água negra ficar branca, quando as ondas quebram na areia. Ela ouve Ernest chegando.

— O que deu em você?

— Ah, pelo amor de Deus. — Ela arranca a peruca. Sua cabeça coçou a noite inteira, mas ela gostaria de ter garras para arranhar mais fundo. — Eu vi a sua dedicatória, Ernest. "Para Marty com amor", não era isso? Vi o que ela escreveu para você no livro dela. Por que você voltou para cá todo gentil se vocês ainda escrevem bilhetes amorosos um para o outro?

Na casa, rostos indistintos olham para eles na praia.

— Fife, não faça um escândalo.

— Vou fazer o que eu quiser. Já que é isso o que você faz o tempo todo, não é?

— Não.

— Você é patético. É pior que patético. É um psicopata!

— Fife!

— Por que brincar comigo como brincou nas últimas duas semanas? — Ela para, realmente interessada na resposta que ele poderia dar. — Só tornou minha maldita decepção muito maior. — Fife morde o lábio inferior. — Você me magoou, Ernest, uma vez depois da outra. Pelo menos enquanto fomos inimigos, neste último ano, você não conseguiu fazer isso. Mas nessas duas semanas, apesar de todas terem me alertado: Sara e Hadley...

— Você envolveu a Hadley nisso?

— Surpreendentemente, ela se compadeceu da situação. — Fife levanta a mão. — Se sair desse casamento, Ernest, você vai se casar com a Martha e depois vai ver que quer outra. Você sempre ama no início, quando é mais fácil de amar. E, se continuar assim, nunca passará do começo. — Fife espera que ele responda, mas Ernest fita morosamente seus top siders. As mãos pendem, imóveis. — Eu não vou aceitar três pessoas nesse casamento. Me diga ao menos que a ama. Tenha coragem. Ou só é herói na guerra? — As ondas quebram lugubremente aos pés deles. Fife as conta. Ernest nada diz. — Você a ama?

— Eu não sei.

Alguma parte dentro dela desaba. O que seria? A dignidade, talvez.

— Por favor, não me deixe — suplica, ainda que acabe com ela ter de implorar de tal jeito. Mas Fife o adora. Nunca amou um homem mais do que amou Ernest, e sabe que nunca amará alguém assim outra vez. — Fica comigo.

Ernest olha para a casa. Os convidados entraram. Ele volta o olhar para ela. Fife acha que ele pode ceder.

— Não posso — diz ele, no fim.

De repente, Fife se sente exausta. Lembra-se da canção. Bem, ela não permitirá que Ernest Hemingway tire cada pedacinho seu.

— Eu não vou me divorciar de você, Ernest. E vai levar muito tempo, sinto lhe informar. Quero que você vá pro inferno. Não vou permitir que se case com aquela mulher. — Fife finalmente escarra seu nome. — Martha Gellhorn. Se não tivéssemos passado essa última semana juntos, eu o deixaria ir com muito mais tranquilidade. Mas você me deu motivos para ter esperança. E vai pagar por isso. Eu juro.

Ernest faz um movimento para segurá-la, mas Fife, não exatamente de maneira consciente, soca sua mandíbula. A surpresa com o golpe — não poderia ter sido a força — o faz cair na água.

— Seu covarde de merda! — grita ela. — Eu te mataria se pudesse! — E, por um instante, ela pensa em segurar o pescoço dele debaixo da água. Seria melhor matá-lo a vê-lo como posse de uma mulher que está longe de se igualar a ela. É por isso que seu amor é melhor que o de Hadley, e o de Martha. Ninguém jamais irá amá-lo daquele jeito: o suficiente para ver seu cérebro esmigalhado contra uma rocha ou seus pulmões cheios de água do mar. Ernest se recompõe, passando a mão na mandíbula, e bate a areia da calça. — Seu canalha — diz ela —, você não sabe nem o que perdeu.

———————●———————

Fife começa tirando os livros das prateleiras, em busca do que pudesse magoá-lo mais. Ela os separa em pilhas de exemplares autografados e primeiras edições. Abre os livros que acha mais rentáveis e começa a anotar informações: edição, cidade de publicação, data. Procura as notas que ele fez: suas observações acrescentariam mais um zero ao preço de venda.

Mais tarde, ruídos chegam ao barracão de ferramentas. São os Murphy voltando da festa. Sentam-se ao lado da piscina, e Gerald prepara chá. Ernest ainda deve estar no Sloppy Joe's. Na piscina, o casal usa o que sobrou de suas fantasias: uma caixa de cereais aqui, uma mola acolá; os dois perderam os olhos.

— Acabou então? Isso é tudo? — Quem fala é Gerald. Ele aconchega a caneca entre as mãos. — Por que ele tem de ser tão babaca?

— Acho que se esforça para não ser cruel, mas às vezes é tão impetuoso que não é possível defendê-lo. — Sara começa a rasgar a fantasia de Gerald em farrapos.

— O que você está fazendo? — pergunta ele, rindo.

— Estou procurando seu coração pra colocar minhas iniciais nele. Assim toda mulher vai saber que você é meu. — Sara desrobotiza Gerald por completo e beija seu peito, próximo ao coração.

Fife desaba junto à mesa de Ernest. Assistir àquela cena acabou com ela. E então imagina quantas outras mulheres ainda virão, sentadas diante de suas máquinas de escrever em algum lugar do meio-oeste, ou lendo um livro de Hemingway em seus belos gramados ingleses, ou durante alguma viagem a trabalho na China, sem saber que serão arrancadas da obscuridade para se tornarem a próxima Sra. Hemingway.

Da piscina, ela ouve novamente a voz de Sara:

— Prometa que nunca vai me deixar.

— Não vou a lugar algum.

Fife se levanta. A tinta da caneta havia diluído o papel destinado a Cuzzemano. Ela a aperta com o punho; não pode fazer uma coisa dessas.

Quando sai do barracão, vê Sara e Gerald adormecidos numa espreguiçadeira, abraçados sob o céu noturno da Flórida, cercados pelo que restou de seus robôs. E, em torno deles, andam os pavões.

MARTHA

23. PARIS, FRANÇA.
26 DE AGOSTO DE 1944.

O Porco, dizem, libertou o Ritz.

Num hotel completamente diferente, Martha está deitada na cama, imaginando Ernest em sua banqueta de bar favorita, pedindo dry martinis para seus soldados. Sem dúvida, ele estaria pensando sobre sua vida ali nos anos 1920, quando era mais pobre e feliz, um homem casado uma única vez. Sua vida em Paris é uma lembrança que Ernest gosta de invocar constantemente, até que o ambiente fique suave e refrescante com seus afetos. Hoje ele certamente sentiria nostalgia do apartamento junto à serraria e de sua santa Hadley perdida: uma mulher ainda mais extraordinária por sua generosa abdicação ao título de Sra. Hemingway.

Um título que Martha passou a detestar.

Sempre gostou mais da Sra. Hemingway de quem o havia roubado. Pelo menos Fife teve a coragem de odiá-la; Martha não tinha tempo para a redenção resignada de Hadley. Sua bondade parecia uma calamidade infligida àquela pobre mulher. Aparentemente, Hadley e Fife ainda eram amigas: pelos relatos de Ernest, as duas ex-mulheres tagarelam com frequência pelo telefone, falando das crianças e dos cuidados adequados com Ernest. Martha e Fife nunca mais se falaram desde aquelas férias em Key West. E por que falariam? Ela tem um grande respeito pelas regras deste jogo.

Ernest embala a memória de Hadley como a um bebê. Fife, ele castiga como o diabo. Depois de hoje, Martha se pergunta qual das duas ela vai ser.

⸺●⸺

Na cama, ela serve-se de uma garrafa de uísque; o álcool mantém sua cabeça alerta. A viagem para Paris, na véspera, não foi fácil, e ela sente uma dor no peito — poderia ser uma costela quebrada. Quando chegou ao hotel Lincoln de manhã, máquina de escrever, mochila e saco de dormir na mão, o recepcionista, depois de ver o nome em seu passaporte, lhe contou, com grande entusiasmo, a história das aventuras de seu marido. Aparentemente, Ernest havia libertado o Ritz com uma tropa de soldados, escorraçando os homens da Luftwaffe e suas putas das camas do hotel.

Nada disso a surpreendeu: Ernest amava ficar sob os holofotes aonde quer que fosse. Boxeador, toureiro, pescador, soldado, caçador; não ia a lugar algum sem bancar o herói. Muitas vezes, ao longo dos anos, ela sentiu saudade do amigo singelo que fizera na Espanha.

Um pouco mais de uísque ajuda Martha a alimentar sua indignação. Ela odeia o modo como ele se joga sobre uma cidade, com toda a presunção de um senhor da guerra. Detesta também que as outras pessoas não consigam enxergar seu falso heroísmo. Então ele libertou o Ritz! Mas é claro que sim!

O Porco sabia que era o único lugar que não estaria com o estoque de bebidas acabado.

Mas hoje Martha vai lhe mostrar que não pode enganar todo mundo. Hoje será ela quem destroçará a ideia que ele tem de si mesmo, e o fará com garra. Porque hoje o relacionamento dos dois acabou para sempre. E ela vai se livrar do título de Sra. Hemingway com tanta vontade quanto suas ex-mulheres se escravizaram por ele. Hoje, Martha abandonará Ernest.

<hr />

O quarto do hotel está insuportavelmente quente. Paira no ar um cheiro de madeira chamuscada, de coisas que foram queimadas. Ela deixou as janelas abertas para que pudesse ouvir os gritos dos parisienses, mas também para que os vidros não quebrassem caso os alemães em fuga resolvessem lançar os projéteis não utilizados. Os disparos interrompem por breves momentos a cantoria de *La Marseillaise*.

Martha está de pijama, o mesmo que usava quando foi evacuada de um hotel em Helsinque, cinco anos antes. Havia convidado Ernest para cobrir a guerra finlandesa a seu lado, achando que seria bom para os dois recriar os perigos da Espanha. Mas ele disse que queria caçar patos em Sun Valley. Era engraçado que Ernest houvesse despertado nela o interesse pelo campo de batalha, quando a ex-mulher ainda lhe servia coquetéis sob as sombras das acácias-de-constantinopla e bananeiras, e agora era ele quem queria ficar em casa enquanto ela ia para a guerra.

Martha levanta da cama. Bandeiras pendem no prédio à frente e rapazes desfilam pelas calçadas com carabinas, como se tivessem conduzidos *les boches* até os portões sozinhos. Bom para eles. As recriminações virão mais tarde — quem conspirou, quem resistiu —, mas não hoje. Hoje estão todos em júbilo.

No banheiro, a torneira da pia range por causa do encanamento velho. Seus cabelos precisam de um banho — ainda estão impregnados com a fumaça dos jipes de ontem à noite — mas, em vez de lavá-los, ela enrola os cachos até o pescoço. Veste uma camisa branca e o casaco do exército com a letra C, de correspondente. Passa um batom, comprado no mercado paralelo em Londres, e tenta imaginar onde poderá encontrar o marido. Quem sabe? Talvez ele esteja fincando uma bandeira no Arco do Triunfo. Não ficaria surpresa caso ouvisse que Ernest tinha libertado sozinho a cidade-luz inteira.

Na bolsa a tiracolo, ela coloca suas coisas: bloco de notas, carteira e a chave do hotel. Para dar sorte, bebe mais um gole do uísque. Vai assistir a como Paris se liberta: fazer anotações, observar seus líderes. Sair da sombra da mulher de um dos escritores mais famosos do mundo: estaria louca em deixá-lo? Seu pai a consideraria louca — mas, por outro lado, sua mãe a julgou louca por se casar com ele para começo de conversa.

●———●

No saguão, o recepcionista abre um sorriso benevolente para Martha. Parece desesperado para conversar, mas ela atravessa a porta giratória apressada. Assim que coloca os pés sob a luz fria de Paris, recebe imediatamente um beijo nos lábios. O homem — belo e alto — diz *"Vive la France!"*, antes de caminhar rumo à multidão na Champs-Élysées.

As pessoas se beijam e bebem em todas as esquinas. Talvez todas as famílias tenham reservado, à espera daquele dia, uma garrafa de alguma bebida especial. Os homens, como sempre, são os primeiros a aparecer. Um homem liberto, pensa ela, é pior do que um aprisionado, e fecha o botão superior da camisa. Inebriados em sua própria glória, eles a observam com o olhar perdido; poderiam até assustá-la, se ela já não tivesse visto de tudo na Espanha. As crianças se escondem nas sombras junto aos tanques, e as mulheres usam chapéus enormes, do tamanho de baldes. Parece o dia perfeito para sua própria libertação. Martha parte para a cidade pronta para dar a notícia a Ernest Hemingway.

24. KEY WEST, FLÓRIDA. DEZEMBRO DE 1936.

M artha foi a Key West para conhecer seu herói, não se casar com ele. Na verdade, a ilha foi uma ideia que lhe veio depois daquele feriado de Natal, em 1936, como um lugar para o qual poderiam ir depois de fazerem tudo o que tinha a ser feito em Miami.

Tudo o que queria era conversar sobre livros com ele. Talvez pegar algumas dicas. Em seus próprios textos, tentava manipular as palavras para que parecessem frias e secas — como as dele —, feito rochas trabalhadas por um pedreiro. Ela até incluíra uma citação a *Adeus às armas* em seu primeiro romance: "Nada acontece aos corajosos." Mas se não fosse corajosa, pensou, enquanto a família Gellhorn desembarcava da balsa, cercada por mangues, uvas-da-praia e as mais gigantescas palmeiras, ela definitivamente não o teria conhecido. Então colocou o vestidinho preto que, segundo sua mãe, a valorizava.

Passaram o dia caminhando pela ilhota. Foi elaborando um esboço básico para um artigo de viagem sobre a persistência da Depressão naquele lugar, mesmo depois de quase uma década da quebra da bolsa. Tábuas cruas pendiam das casas e tudo parecia precisar de uma demão de tinta. Galinhas perambulavam pelas ruas e o cheiro de lixo e esgoto estava por toda parte. Os bordéis funcionavam e lucravam num bom ritmo e ninguém parecia se importar. Havia abundância por todo lado: bananas, limões, cocos — prontos para despencar das árvores a um estalar de dedos. Não era de admirar que a Depressão não tivesse ido embora: mesmo sem trabalhar, podia-se comer muito bem simplesmente sacudindo uma árvore. E, ainda assim, as crianças pareciam felizes como em qualquer outra ilha remota americana.

Quando passaram pela casa de Hemingway — tinha de ser a dele, era a maior e a mais opulenta de toda a ilhota —, ela avistou gatos ao redor de uma fonte de água do outro lado do alto muro de tijolos e do portão trancado. Sua mãe lia em voz alta o mapa turístico; a casa de Hemingway estava na lista de atrações. Pelo que Martha podia ver, o jardim era perfeitamente planejado e bem-cuidado. A casa era imponente, com as persianas abertas para a brisa que vinha do Golfo. Uma voz de mulher viajou do jardim até eles.

— Sara, por favor, me traga a tesoura. Vou atacar esse bico-de-papagaio.

A Sra. Gellhorn ergueu o olhar do mapa e abriu um sorriso radiante para Martha, como se tivessem entreouvido algo deliciosamente secreto.

— Oh, Martha, é a Sra. Hemingway!

Martha conduziu sua família adiante; considerava-os superiores aos turistas que apareciam para se apalermarem diante dos aposentos privados do escritor. Talvez, pensaria mais tarde, devesse ter batido à porta e se apresentado logo ali. Talvez, se tivesse conhecido a mulher primeiro, as coisas teriam sido um pouco diferentes.

<hr/>

À tarde, eles estavam com calor e cansados, e a Sra. Gellhorn sugeriu um drinque. Estava escuro dentro do Sloppy Joe's. O bar parecia ter sido resgatado de um naufrágio; os ventiladores pouco faziam para circular o ar. Enquanto os Gellhorn se acomodavam a uma mesa, Martha lembrou que lera num artigo de revista que aquele podia ser o local preferido do escritor, que talvez o Sr. Hemingway pudesse até estar ali, matando a parte mais quente da tarde sozinho.

Por tê-lo imaginado ali, supôs que ele não estaria. Mas lá estava Hemingway, saindo diretamente da mesa de bilhar e sentando-se ao bar, com uma aparência mais velha do que a da fotografia que ela pendurara à sua parede, na universidade. Também estava mais mal-ajambrado. Usava uma camiseta suja e calções com uma corda amarrada na cintura. E estava descalço, também. O barman, cujas mãos escuras espremiam limões, colocou um copo com um líquido esverdeado diante do Sr. Hemingway, sem que ele sequer precisasse pedir.

— *Un highbalito* — disse. O escritor sorriu e leu sua correspondência.

Martha endireitou as costas e inclinou a cabeça para ouvir a mãe, enquanto a fragrância dos limões se espalhava pelo ar. Sentiu-se observada do bar.

Sua mãe debatia em voz alta se pediria um daiquiri ou um *gin twist*, num tom mais alto do que Martha gostaria, quando a ficha caiu.

— Ó! — exclamou a mãe, sem tentar conter seu entusiasmo ou abaixar a voz. — O Sr. Hemingway está no bar, querida!

A Sra. Gellhorn olhou, então, por sobre o ombro de Martha. Ele devia ter se aproximado. Martha obrigou o calor a sair de sua face. Quando virou, mostrou-se tão intrépida e com a voz tão encorpada quanto pôde.

— Sr. Hemingway — disse ela, levantando e estendendo a mão antes que ele pudesse estender a sua. — Sou Martha Gellhorn. Prazer em conhecê-lo, senhor.

Ela inclinou a cabeça; resolvera que, naquele ângulo, sua beleza chegava ao ápice. E, de fato, ele parecia satisfeito com o que estava vendo.

Martha apresentou-lhe a mãe e o irmão, e Hemingway puxou uma cadeira para se juntar a eles.

— O que está bebendo? — perguntou Ernest à Sra. Gellhorn. — Já experimentou um desses? — A mãe de Martha pegou o copo que lhe era oferecido e bebericou o drinque. — Chamo de Papa Doble.

— Isso vai me derrubar pelo resto da tarde — respondeu a Sra. Gellhorn. — Vou querer um. — E passou a bebida para Martha.

Sua mãe estava certa: o drinque era forte para diabo e delicioso.

— Skinner — chamou Ernest. — Papa Dobles para todos.

— Obrigada, Sr. Hemingway — disse a mãe de Martha.

— Só a Receita Federal me chama de Sr. Hemingway. Por favor, me chame de Ernest. Ou Papa.

Embora ele fosse cerca de uma década mais velho que Martha, nunca o chamaria de Papa. Ernest já estava bom.

Conversaram inicialmente sobre Key West, o que tinham visto e o que acharam. Ernest admitiu ter pensado que o irmão de Martha fosse seu marido e caiu no riso quando descobriu que não era. Todos já estavam bêbados quando a noite começou a cair, e Martha achou maravilhoso estarem ali sentados na presença de um gênio. *O sol também se levanta*, *Adeus às armas*, *Morte ao entardecer* — assim como todos os contos estudados por escritores em busca de seus truques secretos. Mas não havia truques: apenas as simples palavras, colocadas ali como se sempre houvessem estado ali — feito seixos resfriados num rio.

Martha, aos 28 anos, tinha só um livro do qual se orgulhava; o restante, pensava, era a mais repugnante *crotte*. Queria fazer perguntas a Hemingway sem soar ingênua: como uma pessoa poderia editar sua obra e saber o que era bom e o que era ruim quando essa mesma pessoa achava que a coisa toda, invariavelmente, estava podre? Quando deveria persistir num trabalho e quando deveria simplesmente jogar tudo no lixo?

Pediram mais drinques, e Skinner continuou ocupado com os limões. Em determinada hora, o barman lançou um olhar significativo na direção de Martha. Talvez Ernest fosse esperado em casa pela Sra. Hemingway.

Mais tarde, enquanto a mãe e o irmão discutiam sobre o melhor caminho de volta ao hotel, Ernest se dirigiu a ela em particular.

— Está apaixonada, Sra. Gellhorn?

Martha bebericou seu Papa Doble e caiu no riso.

— Por que pergunta?

— Está um pouco corada, e parece feliz.

— Não — respondeu. — Não estou apaixonada.

— Mas já esteve?

— Já, claro.

— Quem era ele?

— Um francês.

— Você o deixou ou ele a deixou?

Martha sorveu o que restava do drinque. O sabor era mesmo fantástico.

— Não sou uma mulher que tende a ser deixada. — E então riu de suas palavras absurdas. — Eu o deixei.

— Entendi. — Quando sorria, ele ficava mais parecido com aquela foto da universidade. — Por que terminou?

— Ele queria se casar comigo.

— E você não queria se casar com ele?

— Não. A mulher dele não queria que ele se casasse comigo.

— Ah, as esposas costumam se sentir assim. — Ele terminou o drinque. Foram quantos a essa altura? O homem bebia feito um carro velho. — Quantos anos você tem?

— Vinte e oito.

— Com essa idade eu já estava casado com a minha segunda mulher.

— E como sua primeira mulher se sentiu em relação a isso?

— Ela não gostou muito.

— Ah, as esposas costumam se sentir assim.

— *Touché* — disse ele, para então encará-la por mais tempo do que era cortês. Talvez por estar bêbada, Martha fez o mesmo e o encarou até que Ernest desviasse o olhar, e ela podia jurar que flagara Skinner, que já havia terminado de espremer os limões, revirando os olhos.

— Por que está usando a bermuda desse jeito?

O cinto de corda puída pendia sobre um dos lados do short, como uma cobra pegando sol.

— Porque eu gosto assim.

— Parece que acabou de colocar a bermuda e está prestes a tirá-la novamente.

— Pode ser que você tenha acabado de descobrir meu plano. — Mas agora a mãe e o irmão já estavam ouvindo outra vez, e Ernest mudou de assunto. — Já esteve na guerra, Martha?

Ela fez que não com a cabeça.

— Acho que talvez possa gostar. Conheci uma mulher como você na Itália, durante a Primeira Guerra. Era enfermeira no hospital de Milão. — Ele fez uma pausa por um momento, como se estivesse perdido em suas lembranças. — Acho que você gostaria de viver no perigo.

— Você gostava?

— De algumas partes. Outras eram terríveis. Lembro de quando uma fábrica de munições explodiu e fomos enviados para coletar os corpos. Havia cabelo por todo canto, tufos presos ao arame. Os rostos dos mortos eram como balões estourados. Massas de carne com pedaços de ossos, aquelas pessoas eram apenas isso depois do impacto. — Os olhos de Ernest adotaram uma expressão firme e serena. — Levou três dias para limpar tudo. Jurei nunca considerar a guerra uma boa coisa depois daquilo. E não considero. Mas, para os escritores, há coisas boas nela: faz cada minuto parecer um milhão de dólares, e tudo o que você quer é beijar todas as mulheres que conhece, ir atrás da verdade e escrever palavras de qualidade. Acha que consegue?

— Exceto por beijar todas as mulheres, sim, acho que consigo.

— Estou indo para a guerra na Espanha. Você deveria pensar nisso. Para onde vai depois de Key West?

Martha deu de ombros.

— St. Louis.

— Minhas duas mulheres são de lá. Você vem de uma família nobre. — Os olhos dele estudam o rosto dela. — O Perigo Louro. É assim que a chamariam na linha de frente, Srta. Gellhorn.

<hr />

Ernest insistiu para que Martha jantasse com eles. Quando chegaram aos portões, foi seguida pela lembrança de sua timidez naquela manhã, escondendo-se atrás do muro de tijolos.

Pauline Hemingway passou o jantar com a cara fechada e amargamente bêbada. Quando Martha a chamou de Pauline, Sara Murphy quase cuspiu sua sopa de feijões.

— Minha cara — disse ela —, ninguém chama Pauline de *Pauline*. É Fife. De Pfeiffer, seu nome de solteira. — Fez um gesto para Ernest. — Antes de se casar com esse canalha.

— O que achou de Key West? — perguntou o marido dela, Gerald.

— Acho que é a melhor coisa que encontrei nos Estados Unidos.

— Aposto que é, mesmo — disse Sara para sua taça de vinho.

— Se o mundo todo fosse ensolarado, haveria muito menos problema.

— Aí está uma mulher do meio-oeste para vocês — disse Ernest. — Hadley era igual.

Fife lançou um olhar para o marido.

— Que flores adoráveis — elogiou Martha, indicando com a cabeça o arranjo no centro da mesa. — Como se chamam?

— Bicos-de-papagaio — respondeu Fife, um pouco triste.

— Vocês sabiam que os floristas de Paris costumavam tingir as flores para deixá-las mais coloridas? — Essa era Sara. — Lembro do caminho de cor junto ao meio-fio. Havia dias em que era como um rio de sangue.

— Morei em Paris — disse Martha.

— O que fazia lá? — perguntou Gerald.

— Eu era jornalista.

— Para quem trabalhava? — indagou sua esposa.

— Para quem quer que me contratasse. Muitas vezes a *Vogue*. Tive que fingir interesse pela bainha francesa.

— Fife também foi repórter da *Vogue!* — disse Ernest.

Fife ofereceu um sorriso tênue.

— Passa o sal, por favor, Gerald.

Durante a refeição, Gerald empenhou-se em tornar o clima jovial; Fife, com uma infeliz vigilância, tratou de servir as taças de todos. Martha entrou numa discussão maravilhosamente acalorada com Ernest sobre os méritos de Proust, enquanto Sara Murphy a encarava com firmeza.

Quando sua mulher enfiou a faca no frango assado, Ernest já havia colocado a mão na parte interna da coxa de Martha, àquela altura bastante quente. Ela retirou rapidamente a mão dele, antes de responder à pergunta "Coxa ou peito?" apenas com uma mínima risada reprimida.

Ao fim da refeição, dois menininhos entraram na sala; estavam com pijamas quentes, que pareciam sufocantes no calor.

— A-ha! — disse Fife. Seu rosto perdeu completamente a vigilância, tornando-se receptivo e caloroso. Foi então que Martha viu, pela primeira vez, a beleza da mulher. — Pensamos ter ouvido ratos lá em cima, mas eram vocês dois!

Ela fez cócegas na barriga do menorzinho e colocou o maior no colo. Da curvatura do pescoço do filho, Fife ergueu o olhar para Martha. E apenas alguns minutos após colocar a mão em sua coxa, ela viu Ernest olhar para a mulher com amor.

O menininho subiu no colo do pai.

— Papa, quem é essa?

— Essa, Gregory, é a Srta. Martha Gellhorn. — E Ernest se inclinou para perto dela. — Eu pediria que você apertasse a mão dele, mas como pode ver... — O menininho estava com o polegar na boca.

Martha sorriu.

— A Srta. Gellhorn é escritora. Igual ao papai. E das boas.

— Sabiam que na Alemanha as crianças se juntam à juventude hitlerista aos dez anos? — perguntou Gerald.

— Ridículo — retrucou Sara. — Eu nunca deixaria o Patrick ir.

Os Murphy se entreolharam, e Martha tentou imaginar o que significaria aquilo. Gerald colocou a mão sobre a da mulher e a apertou. O olhar de Sara estava congelado em algum ponto.

— Hitler é um louco — disse Gerald. — O lugar dele é no hospício. Temos sorte de estar aqui.

— Sorte — respondeu Sara. — Sim. Sorte, sorte.

— Acho que já se divertiram muito por hoje meninos. — Fife deu um beijo no mais velho, que prontamente o limpou.

Quando as crianças saíram, ela chamou a cozinheira para levar os pratos. Depois de Papa Dobles, vinho branco e um dia inteiro de sol, Martha sentiu que corria o risco de cair de uma das requintadas cadeiras de jantar da Sra. Hemingway. E quando a tempestade se anunciou ela viu o momento perfeito para que pudesse recusar o café e saiu sem que ninguém insistisse para que ficasse.

———●———————●———

No dia seguinte, Martha mostrou seu trabalho a Ernest. Os dois estavam sentados no jardim, cercados por flores exóticas para as quais ela não tinha nomes. Fife a conduzira por um *tour* exaustivo pelo jardim, e Martha havia murmurado o tempo inteiro, buscando um entusiasmo genuíno, mas era como se a Sra. Hemingway não compreendesse que todas aquelas coisas talvez tivessem mais apelo para uma mulher na casa dos quarenta do que para uma na casa dos vinte.

Ernest mergulhou com uma caneta preta na história que ela lhe deu, mostrando quais palavras podiam ser cortadas.

— Os ossos — disse ele, seguindo uma das frases com o dedo, como se a estivesse ajudando a ler. — É tudo de que você precisa.

Formaram uma família pequena e calorosa nas semanas seguintes. Ele editava o trabalho dela, lendo passagens em voz alta para que pudessem ouvir as cadências. Martha sentia-se valorizada e importante nas conversas que tinham: alguém com quem debater ideias e testar o peso das coisas. Chegaram a flertar um pouco, mas nada além do normal entre homens e mulheres atraentes e que escreviam bem.

Com frequência, a Sra. Hemingway passava o dia todo dentro de casa ou no barracão de ferramentas. Dizia que não gostava do calor.

Certa manhã, Martha entrou na casa para beber um copo de alguma coisa gelada.

— Traga um para mim também! — gritou Ernest, e ela percebeu uma sombra passando pela janela do barracão.

Na cozinha, ela se serviu de limonada e foi até as fotografias dos Hemingway, dispostas de modo organizado em seus porta-retratos, no aparador. Havia uma porção de fotos dos filhos, assim como do menino do primeiro casamento, Bumby. Perguntou-se que tipo de pai seria Ernest: provavelmente ausente na maior parte do tempo, e então, quando presente, eletrizante.

Na ponta da mesa, havia uma fotografia de grupo com Ernest no meio. Martha reconheceu Gerald, Sara e Fife, que parecia um tanto assustada diante do clarão de magnésio. A outra mulher devia ser Hadley. Ernest lhe contou que eles haviam passado férias juntos em Antibes: mulher, marido, amante, o pacote completo. Para Martha, era como se todos tivessem enlouquecido. A atual situação, ela sentia, nem se comparava. Afinal, estava dormindo com um belo sueco que conhecera em seu hotel. E, mesmo que Ernest tivesse sentimentos românticos por ela, eles não eram correspondidos. Martha colocou a estranha fotografia de volta no lugar e se perguntou por que Fife permitia a presença daquela foto na casa.

E então, de outro cômodo, veio um som de choro.

Na sala de estar, as cortinas estavam fechadas, e, a princípio, Martha só enxergou os crânios de animais. Mas então viu Fife no sofá, encarando as almofadas. Havia uma enorme pilha de revistas *Vogue* atrás dela. Quando a Sra. Hemingway se virou, seus olhos estavam vermelhos e desesperançados.

— Pelo amor de Deus — disse Fife, bem devagar —, por que você *ainda* está na minha casa?

Do lado de fora, onde a luz branca mais uma vez cantou diante de seus olhos, Martha disse a Ernest:

— Acho que você devia ir ver sua mulher. Acredito que ela esteja aborrecida.

No dia seguinte, sentiu-se aliviada por se ver livre de Key West, do sueco, dos Hemingway. Não foi sua intenção que Ernest a reencontrasse para comer bife com batatas fritas e dividir uma garrafa de vinho em Miami. Tampouco foi sua intenção iniciar o que começaram na Espanha.

25. PARIS, FRANÇA.
26 DE AGOSTO DE 1944.

Martha segue pela Champs-Élysées em direção à *rive gauche* e à Shakespeare and Company. Se Ernest tivesse ido a algum lugar em Paris, seria à rue de l'Odéon para procurar um bom livro.

No ponto em que o Louvre encontra a rue de Rivoli, há uma barricada fumegante num dos lados, parcamente visível à luz raiada da manhã de verão. Quando Martha se aproxima, vê que a barreira é feita de estrados de camas, cercas de parques com raízes de plantas ainda agarradas e uma porta com a maçaneta chamuscada. Há buracos no chão, de onde os paralelepípedos foram retirados para as barricadas. No vento, é possível sentir o cheiro de latrina. Um homem faz sinal para ela parar. Tinha o rosto enrugado e uma expressão tranquilizadora.

— Posso passar?

— Francesa? — pergunta ele.

— Americana.

Ele sorri para ela com simpatia.

— Mas que belo sotaque para uma pequena americana! O que você está fazendo em Paris?

— Estou cobrindo a guerra. — E, pensa ela, me divorciando de meu marido. — Sou jornalista.

— Trabalha para quem?

— *Collier's.*

Ele coloca a mão sobre o antebraço dela.

— Conte a eles o que está acontecendo aqui. Não deixe nada de fora.

A sujeira se acumulou debaixo de suas unhas e as mãos estão pretas de óleo.

— *Vive la France!* — diz ela. E vai embora, tentando limpar a sujeira causada pelo toque do homem.

— *Vive les Américains!* — grita ele.

A origem daquele cheiro de latrina está logo adiante: um urinol, arrancado do metrô, fora colocado sobre o aterro de destroços. Seu buraco perolado brilha em um tom de amarelo. Martha o ultrapassa, mas, quando se vira para rir junto ao homem da Resistência, vê que ele está encarando visivelmente o seu traseiro cada vez mais distante. Não é um olhar diferente daquele que seu oficial lhe lançara na Itália, algumas semanas antes. Ah, sim, ela teve os próprios casos nos últimos meses. Ernest tinha apenas que mostrar os dentes para que suas ex-mulheres e amantes se dispusessem a ser voluntária e totalmente engolidas, se essa fosse a vontade dele. Mas ela era diferente daquelas mulheres, aquelas esposas amestradas.

Logo depois ela está mais próxima do rio e consegue enxergar o clarão oleoso da luz do sol sobre o Sena. Na Île de la Cité há multidões de pessoas sentadas e bebendo no gramado à sombra da Notre Dame. Piqueniques para o café da manhã foram preparados com quaisquer alimentos que tivessem. Acordeonistas competiam entre si pelas moedas arremessadas. Um homem com um chapéu *pork pie* está parado numa esquina, entoando: "Chocolate, cigarros americanos, fósforos, chocolate, cigarros americanos..."

Quando atravessa a última ponte, Martha ensaia as palavras que Ernest irá, muito provavelmente, usar para reconquistá-la. "Coelhinha... volta pra mim, somos mais fortes juntos... não podemos sobreviver aos horrores um sem o outro." Ela pensa em todas as coisas detestáveis que ele já lhe disse: das vezes em que a chamou de imprestável, ambiciosa, aspirante, vadia. Lembra da vez em que a estapeou depois que ela bateu com o Lincoln Continental dele numa árvore, da vez em que lhe enviou um telegrama quando ela estava no meio de um trabalho: VOCÊ É UMA CORRESPONDENTE DE GUER-

RA OU UMA MULHER NA MINHA CAMA? (E ela respondeu: SEMPRE SEREI CORRESPONDENTE DE GUERRA PONTO SEREI UMA MULHER NA SUA CAMA QUANDO EU QUISER PONTO SUA CORRESPONDENTE DE GUERRA, SUA MULHER, SUA MARTHA.)

Pensa no episódio em que, meses atrás, ele negociou uma carona com a Força Aérea Real num voo para a Inglaterra, deixando que ela viajasse sozinha dos Estados Unidos para Liverpool num cargueiro abarrotado de dinamite. Que presente generoso recebera de seu amado marido! Cada hora que passou na travessia do oceano foi tomada pela preocupação de que a dinamite explodisse. Não tinha permissão nem para fumar no convés. Mas foram 17 dias de reflexão, 17 dias para perceber que seu casamento havia chegado ao fim.

Depois de aportar em Liverpool, Martha seguiu para o sul, para Londres, onde Ernest estava hospitalizado. Dera entrada após um acidente de carro, provavelmente após dirigir durante o apagão feito um palerma bêbado. Ela estava pronta para lhe dizer que estava tudo acabado: que estava cansada de seus acidentes por causa de bebida, de suas desventuras, da falta de consideração que tinha com ela, ou consigo mesmo. Mas, por minutos, ela o observou dormindo no quarto poeirento. Uma enorme atadura envolvia sua cabeça, transformando os cabelos num matagal. Como parecia cansado, coitado — e como era diferente do homem que conhecera no Sloppy Joe's, que a havia encantado com aquele sorriso eletrizante enquanto tomavam um coquetel batizado em sua homenagem. Agora, seu rosto estava mais carnudo. Não era mais tão bonito; não conseguia mais monopolizar uma sala cheia.

Ernest dormia sob um vaso de tulipas. Martha arrancou uma pétala de uma das flores, perguntando-se quem as teria levado. Apesar de todos os defeitos, Ernest era sempre ágil em encantar as pessoas, ágil em amar os que eram verdadeiros, honestos e genuínos. O sangue manchava o curativo, e ela se questionou como ele sobreviveria a si mesmo. E então, sem dizer uma só palavra, saiu dali.

Ao caminhar até a *rive gauche*, ela sabe que hoje tem de ser o fim para eles. Dirigindo-se à Shakespeare and Company, Martha deixa todas as outras lembranças ruins seguirem seu curso. Ernest é bom de papo; não pode permitir que ele a seduza e a convença a ficar.

•————•

Hoje, os livros voltam a Paris. Duas mulheres transportam carrinhos de carga e cestas de roupa para a calçada. Um homem as segue com luminárias, pinturas, manuscritos, mesas e cadeiras. Martha se mantém às escondidas, enquanto os observa subir e descer de um apartamento no terceiro andar acima da livraria. As letras na fachada do estabelecimento quase não estão visíveis: SHAKESPEARE AND COMPANY. Todos parecem animados e bastante felizes.

Martha e Ernest foram à Shakespeare numa de suas folgas da Guerra Espanhola, e Sylvia abraçou Ernest como se fosse um homem ressuscitado. Foi naquela livraria que Martha se apaixonou por ele. Por cerca de um ano, ela pensou que ter um ao outro na Espanha se tratasse apenas de sobrevivência. Talvez fossem os livros nas paredes, o jeito como Sylvia olhava para ele com adoração, o modo como ele dissera "Marty, Paris" quando olharam para os telhados íngremes e cinzentos da cidade... Mas foi naquele lugar que tudo pareceu se encaixar. Ernest conquistou seu coração não no Sloppy Joe's nem em Madri, mas entre os livros de Paris. *Nesto,* escreveria mais tarde no livro do qual era autora, comprado por ele na Shakespeare, *seja meu para sempre.* E na época queria mesmo dizer isto: as palavras *para sempre.*

Uma sineta anuncia sua entrada. Por um momento, Sylvia Beach olha para ela, inexpressivamente. Sylvia é conhecida por sua simpatia com todos, mas hoje, não consegue lembrar quem é aquela ali parada sobre seu capacho.

— Martha! — diz, recobrando a memória rapidamente. Há um indício de bigode quando Sylvia a beija. — Adrienne, venha aqui, rápido. Martha Gellhorn está aqui.

Uma mulher alta com um sorriso tenso entra no ambiente carregando uma cesta cheia de livros.

— Martha, querida — diz ela, acomodando a carga. — Que bom ver você. Deixa eu lhe trazer algo para beber. — E volta da copa com um copo de água batizado com granadina. — Sinto muito não termos nada mais potente. *Pas de gin, pas de whiskey, pas de vodka.*

Martha sorri.

— *Pas de problème.* — Adrienne senta-se junto à caixa registradora. O carpinteiro ainda a está instalando sobre a mesa, e as teclas tinem como se a caixa estivesse emitindo recibos de milhares de francos.

— O que aconteceu aqui?

Sylvia ergue as sobrancelhas um tanto grossas.

— Um episódio infeliz com um homem da Gestapo.

— Como assim?

— Digamos apenas que ele achou que merecia um exemplar de *Finnegans Wake* mais do que eu.

— Nunca soube que os fascistas gostavam de Joyce.

— Pois é. Ele perguntou quanto custava; respondi que aquele exemplar era meu. Então ele disse que, se não podia ter aquele livro, levaria todos os outros.

— E?

Adrienne ri: o riso é interessante, malicioso, nebuloso.

— Em duas horas escondemos tudo. Limpamos a loja inteira. *Les boches* não encontraram nada.

O carpinteiro avisa que terminou e Sylvia acerta a conta. Ela, em particular, parece mais velha, com as feições um pouco mais endurecidas, como se tivesse conhecido a fome nestes últimos anos.

— Como a guerra foi para você?

— Em alguns aspectos, ruim, mas não posso reclamar.

Passam-se alguns momentos de silêncio até Sylvia retomar a fala.

— Tínhamos um sistema excelente durante a guerra, não é mesmo, Adrienne? Eu saía à caça de frutas, frutas vermelhas. Adrienne fazia fila nas padarias. Ficamos tão obcecadas por comida quanto éramos por livros. E até mesmo os livros não tinham mais a mesma importância. Pensamos em comê-los, certa vez. Ou fumá-los, pelo menos.

— Ficaram em Paris o tempo inteiro?

— Um período curto em Vittel...

— Aquela estância termal?

— Bem, não é exatamente um spa quando você não pode ir embora.

— Um campo de concentração?

— Para Mulheres Expatriadas Americanas. — Sylvia diz essas palavras delicadamente, como se estivesse zombando de si mesma. — Não foi tão ruim. Primeiro nos levaram de Paris, mas não sabiam onde nos colocar. Depois nos colocaram no zoológico do Bois de Boulogne.

— No zoológico?

— Não tenho ideia pra onde os animais foram. Fiquei na jaula dos babuínos, o que me agradou bastante. Toda aquela macaquice.

— Essa — bufa Adrienne com um escárnio francês — foi uma piada ridícula.

Sylvia abre um sorriso. Talvez seja por isso que Ernest sempre tenha gostado dela, por causa dessa recusa em levar qualquer coisa a sério. Embora tenha feito tantos inimigos dentre seus amigos, Sylvia Beach ele sempre amou.

— No fim, acabaram nos levando a um hotel improvisado em Vittel. Aristocratas inglesas, artistas, prostitutas e freiras... além de incontáveis camareiras. Nunca consegui entender por que estavam ali. Consideravam tudo aquilo férias de luxo. Com razão. — Martha percebe que Adrienne desviou o olhar, incapaz de acompanhar a comédia da narração de Sylvia. — A Adrienne ficou aqui, no entanto, para ficar de olho nas coisas. Só para garantir que teríamos um pé no mercado da literatura reprimida.

Martha fica pensando quanto deve ter sido difícil para Adrienne estar presa em Paris sem Sylvia; ela parece achar aquela história toda decididamente menos cômica.

— E você, Martha? Por onde andou?

— Ah. Onde o *front* ia, eu ia junto.

— Ainda está cobrindo a guerra?

— Sim, claro.

— Olha, Martha, Ernest esteve aqui. — A menção do nome dele a faz se sentir estranha. A Shakespeare é um lugar prestigioso, e a determinação de Martha está começando a ser abalada. De repente ela sente uma necessidade urgente de encontrar Ernest e se certificar de que esteja bem. Durante toda a manhã, suas emoções oscilaram entre o ultraje e um louco desejo de estar perto dele; queria poder se sentir mais firme em suas ideias.

— Eu sabia que ele viria aqui primeiro — disse Martha.

— Ora, mas é claro, querida. "Paris sem um bom livro é como uma bela garota com um olho só." Quem disse isso, Adrienne?

Adrienne revira os olhos e leva o copo vazio de volta à copa.

— Balzac, *chérie* — diz ela, com o som da torneira ao fundo. — Mas se referia a um jantar sem queijo.

— Martha — continua Sylvia, ainda animada —, seu marido praticamente libertou a livraria! Ouvi uma voz familiar gritar "Sylvia! Sylvia!" e depois a rua inteira começou a entoar meu nome. Foi uma alegria, querida: realmente emocionante. Ele foi para o sótão verificar se os telhados estavam livres dos atiradores alemães. Depois se certificou de que a loja estava completamente segura, e então comemoramos com conhaque. Disse em seguida que sairia para libertar a adega do Ritz. Fantástico!

Aquela saudade que Martha sentiu momentos antes parecia ter se afundado até as proximidades de suas costelas. Aonde quer que vá, ela se vê sob a sombra da fama de Ernest. É exaustivo: a necessidade do marido de se autoengrandecer. Em seus artigos, Martha escreve sobre pequenas histórias, coisas observadas de perto; nas reportagens dele, há sempre Ernest, o grande escritor, parado no meio da história feito um ditador gordo discursando numa praça em um lugar qualquer.

Sylvia pergunta onde ela está hospedada.

— Ah. Estamos em lugares diferentes. — Os olhos de Sylvia se voltam nervosamente para Adrienne. — Foi uma decisão mútua. E Ernest? Onde ele está?

— No Ritz — diz uma voz masculina dos fundos da loja. — Ouvi dizer que ele também os salvou. — O homem que ela vira fora da loja aparece à sua frente.

— Harry! — Sylvia explode num sorriso. — Esqueci que estava aí! Ficou escutando nossa conversa esse tempo todo?

— Não me ouviu descer?

— Martha, você conhece Harry Cuzzemano? É um colecionador de livros. Ele conhece seu marido há anos.

— Só sua reputação.

Harry Cuzzemano se afasta das prateleiras. Uma longa cicatriz corre do olho ao queixo, com as suturas ainda visíveis.

— É um prazer conhecê-la, Sra. Hemingway.

— Teve algum progresso com a maleta de Ernest?

Ele solta uma risada apressada.

— Ah, desisti disso já faz algum tempo. Aparentemente, talvez nem tenha acontecido.

— Ah, mas eu duvido. Acho que é verdade. Nossa, imagina se alguém a encontra antes de você. Que perda de tempo teria sido!

Ele enrubesce. Sentindo perigo, Sylvia intervém.

— Se eu a encontrasse, venderia a Ernest por uma fortuna. Teríamos nossa própria ilha em Antígua. Imagina, Adrienne!

Martha foi flagrada por Cuzzemano inspecionando sua ferida.

— Um ataque de morteiro disparado pelos americanos uns dias atrás — diz, com a voz bem baixa. — Fogo amigo. — Ele ergue as sobrancelhas como se as palavras carregassem algum significado privado entre ambos.

— Preciso ir, Sylvia. Tenho que interceptar Ernest antes que ele resgate algum outro maldito marco.

— *Trop tard* — Adrienne quase canta.

Sylvia pega *Finnegans Wake*.

— Pelo menos leve algo para ler.

— Esse não é o seu exemplar?

— Um de muitos. — Sorri. — Ninguém deve ser persuadido a vender seus livros.

— Uma feliz lição para todos nós — diz Martha, enquanto olha para Cuzzemano, uma pessoa com quem só falara ao telefone e com a qual usara a linguagem mais vibrante que era capaz de se lembrar; linguajar dos seus dias de parquinho em St. Louis e que seu pai, o Dr. Gellhorn, jamais teria admitido em casa. Martha agradece a Sylvia, gesticulando com o livro.

— Apenas lembre-se de não se esforçar muito para entendê-lo — aconselha Sylvia. — Assim como as pessoas, eles são melhores quando não os entendemos por completo.

———•———•———

Martha atravessa a calçada e para na barricada da rue de l'Odéon, atrás de uma pilha de móveis velhos, um forno e algumas latas de lixo. Ela observa Sylvia e Adrienne numa conversa séria atrás da fachada da livraria. Sylvia balança a cabeça furiosamente e diz a palavra *"Non!"*. De certo modo, a presença de Martha havia mexido com o equilíbrio da loja.

Ela enfia o Joyce na bolsa a tiracolo e cruza a Pont Neuf a passos largos em direção ao Ritz. Lá existem fontes de desprezo por Ernest, mas nessa livraria está a lembrança de como foram maravilhosos juntos, aninhados feito refugiados de Madri, com os rostos corados pelo almoço de vinho tinto e perdiz; o amor que traziam da Espanha.

Em Madri, Martha sentiu certa timidez diante dele. Era como se a presença de sua mulher em Key West, meses antes, os tivesse deixado à vontade um com o outro no jardim tropical de Fife. Mas, em Madri, Ernest a viu comer pão seco e tomar café no hotel; e, quando as bombas caíam, depois do café da manhã, ele dizia:

— A-ha! — E limpava os lábios com um guardanapo. — Chegou a sobremesa.

Logo, por uma questão de hábito, ela passou a segui-lo de manhã até o quarto dele, pois era ali, dizia Ernest, que estariam fora da linha de tiro dos atiradores. Quando as bombas começavam a dançar em Madri, Ernest colocava uma mazurca para tocar. Às vezes conversavam e às vezes ouviam música. A brisa que atravessava a janela trazia o cheiro de pólvora, granito explodido, lama. Embora ainda não houvesse acontecido nada naquelas duas semanas, Martha começou a sentir que os outros repórteres a olhavam com cumplicidade. Ela desfrutava um pouco da ribalta que ele lhe emprestara. Fora isso, era uma ninguém: ainda não escrevera um artigo sequer sobre a Espanha.

Passadas semanas, ela aprendeu a desviar com cuidado das formas escuras deixadas pelos homens que foram removidas dos paralelepípedos. Certa manhã, encontrou um menino numa casa destruída. Sacos de areia bloqueavam a porta, mas a bomba forçara o telhado. Encontrou a criança debaixo da mesa da cozinha. O aniquilamento do menino deixou Martha em silêncio pela noite toda. Embora os outros correspondentes aparentemente tivessem percebido, ninguém a pressionou; quem saberia dizer o que os outros viram durante o dia? Ela se manteve isolada dos demais, como se sua solidão fosse a única maneira de honrar a criança morta. Em determinado ponto, adormeceu, enquanto o restante da turma bebia uísque — e alguns dançavam. Quando acordou, viu que todos haviam partido e que Ernest dormia na outra cama. Três pisos abaixo, os carrinhos transportando os mortos chacoalhavam.

Na manhã seguinte, Ernest estava sentado junto à janela aberta, vendo as pessoas formarem filas em busca de comida, embora houvesse quase nada nas lojas além de laranjas e cadarços. Quando viu que ela estava acordada, veio da janela em sua direção. Numa cama de solteiro, levantou as cobertas e a abraçou rente a ele.

— Coelhinha — disse —, quero me casar com você.

Naquela noite, ela o viu escrever um telegrama para a Fife. Apenas duas palavras: TUDO MARAVILHOSO.

Mas o compromisso de ambos na Espanha não era com a mulher de Ernest, nem mesmo um com o outro, e sim com a observação: assistir aos refugiados chegarem em suas carroças barulhentas, os cachorros gordos e as mulas mortas, os ônibus abertos por bombas. Viam pessoas partirem com pedaços de casas: portas, molduras de janelas e tampos de mesa. As casas eram marcadas por buracos, feito pele rachada. Apenas observar e colocar tudo em palavras: esse era o trabalho deles ali. E Martha, lentamente, começou a executá-lo: observar e escrever. Nos Estados Unidos, as pessoas se emocionavam com suas reportagens da Espanha.

Nunca deveriam ter deixado a guerra, pensa Martha, chegando ao final da ponte e se preparando para encontrar o marido no Ritz. A guerra foi a única coisa que os manteve vivos.

26. HAVANA, CUBA, 1939-40.

A casa se erguia das montanhas. As palmeiras que flanqueavam a *mansão* eram grandes como porta-aviões, e a fachada da casa, enredada por vinhas. Martha se virou para ver se o motorista ainda estava nos portões; estava um pouco nervosa por ficar sozinha naquela casa enorme.

Espreitou pelas janelas os aposentos: um banheiro, a cozinha, alguns quartos. Cada um precisaria de um escritório. Dentro, sentia-se um odor de água velha e, num dos cômodos, havia uma poça do tamanho de uma lagoa. Folhas tinham se acumulado nos rodapés, e enormes flores batiam silenciosamente contra as janelas, como se pedissem para entrar.

Noutro cômodo — que seria o seu quarto, decidiu Martha —, as vinhas cresciam tão densamente ao redor da janela que formavam uma cortina. Um espelho embaciado ainda estava pendurado na parede, e ela viu o próprio reflexo, vestido curto e tênis. Seria capaz daquilo? De ser a patroa daquela casa? Um gato adentrou o ambiente e olhou sem piscar para o reflexo. Por anos, o lar dos dois foi um quarto de hotel em Madri. Ali havia espaço, silêncio e paz. Ali podiam viver e escrever livros sem temer que a cabeça de alguém estivesse sob a mira de um atirador.

Na piscina, a água parada estava coberta por algas, e as quadras de tênis, tomadas de mato. O lugar inteiro estava caindo aos pedaços, mas, para Martha, era quase como o paraíso. Parada ali, em meio ao abandono da *finca*, lembrou-se da casa de Ernest em Key West:

como era organizada e bem-cuidada, atrás do muro de tijolos e da cerca de ferro. Aparentemente, o muro fora ideia de Fife: para manter o mundo do lado de fora e, segundo Ernest, o marido do lado de dentro. Mas Martha deixaria aquela casa aberta: permitiria que a natureza se arrastasse por ela.

— Achei — disse a Ernest, de volta ao hotel em Havana, inundado com as coisas dele. De brincadeira, ela começara a chamá-lo de Porco. — Encontrei nossa casa nova.

Chamava-se La Finca Vigía. A Torre de Vigia. Por algum motivo, parecia apropriado; como se parte da função daquela casa fosse montar guarda contra a flotilha de esposas de Ernest, que navegavam pelo estreito da Flórida para reivindicá-lo.

●———————●

— Vamos cometer um erro colossal — anunciou Ernest num dia de julho, sentados à beira da piscina na *finca*. Estavam celebrando o término do manuscrito definitivo de *Os sinos*. Como toque final, ele escreveu a dedicatória: "Este livro é para Martha Gellhorn." Queria ter dedicado a peça que escrevera dois anos antes a ela, mas Fife havia descoberto; então essa era a recompensa de Martha. Ela preferia assim. A peça era boa, mas este romance era mágico.

Sentaram-se à sombra das folhas da mata, que ela cortara na semana anterior; o rosto de Ernest agora se iluminava com todos os daiquiris que havia tomado desde a hora do almoço. Ele se levantou da espreguiçadeira e se apoiou sobre um joelho. Martha sentiu uma onda de pavor.

— Case comigo, Marty.

Ela olhou fixamente para Havana, branca feito uma nuvem além dos pantanais e canaviais.

— Você já é casado. Esqueceu?

— Logo não serei mais.

— Vai sonhando. — Ela bebericou o champanhe, embora uma dor de cabeça viesse ganhando forma desde a hora do almoço. — Ficará preso às garras daquela mulher por um bom tempo. Encontrarão pedaços seus grudados às unhas da sua mulher, no final de tudo isso.

Fife ainda remoía seus infortúnios em Key West. Ernest devia ter sido um verdadeiro merda para que ela ainda estivesse tão zangada com ele. Aparentemente, ela resistiria ao divórcio pelo tempo que fosse possível. Martha sabia que essa atitude era uma espécie de punição pelos tempos na Espanha.

— Ela falou que, se eu tivesse sido mais honesto desde o início, teria me libertado mais facilmente. Está aí uma bela católica para você ver. — E ele deu aquele sorriso que fazia seu lábio superior desaparecer sob o bigode. — Mas não pude resistir a você, Coelhinha. Você sabe disso. Casamento, Marty! Seria esplêndido!

— Arruinaria as coisas — ela se ouviu dizer. No canto de seu campo de visão, as folhas da mata se amontoavam, crescendo feito o tecido de um câncer. Teria de cortá-las outra vez. O champanhe exalava um aroma de maçãs, e a dor de cabeça começou a palpitar novamente. — Precisa aprender a não se casar, Ernest.

Ela precisava se livrar da inquietação de suas pernas, por isso andava enquanto falava, do outro lado da piscina.

— Podemos fazer o que quisermos assim. Você pode ir a Key West ver as crianças e Fife. E eu posso viajar a trabalho. O casamento acabaria conosco. Com nós dois.

As folhas se espalhavam em torno do rosto dele. O modo como olhava para ela: sua expressão era abatida e incrédula, como se tivesse anteriormente se convencido de que a resposta seria positiva. Mas o casamento, segundo ela, era para mulheres que queriam ficar sossegadas, jogar tênis com as vizinhas e tomar coquetéis no gramado em seus vestidos formais. Martha não queria nada disso. Queria estar com ele, viajando de guerra em guerra. Eram correspondentes, não companheiros de casa.

— Desculpa. Mas não é para mim.

— Você não me ama?

— Claro que eu amo. Mas isso não quer dizer que eu queira me casar com você. — Ela se irritou com ele: por arruinar aquele momento agradável, por comentar sobre a situação. Será que não enxergava que algumas coisas eram melhores não ditas? — Só não entendo por que você tinha que tocar nesse assunto.

———•———

Por semanas, ele ficou com uma cara que pareceia que Martha tinha lhe dado um chute na boca do estômago. Seus olhos a seguiam pela casa, embora não dissesse nada. Mas ela não pediria desculpas por tentar mantê-los vivos. Nunca lhe prometera nada, muito menos casamento.

Estavam na *finca* havia quase um ano. Nenhuma bala pulverizara as paredes. Quando faziam amor, não precisavam interromper o ato e correr para o abrigo do hotel. Não acordavam no meio da noite tentando estimar a proximidade de uma bomba que caía. Continuavam escrevendo, navegavam no *Pilar* e bebiam daiquiris no Floridita. Mas, naquele verão, Ernest estava com o semblante pesado.

Quando não conseguiu mais suportar, ela o fez sentar à mesa da sala de jantar. Numa tentativa de acalmá-lo, preparou o almoço preferido do marido: salada de camarões, vindos diretamente do refrigerador. Mas, quando ele viu o prato rosa-claro, não pareceu ficar alegre.

— O que eu quis dizer no outro dia — começou ela, tentando explicar — é que é complicado fazer meu trabalho e, ao mesmo tempo, ser uma boa mulher para um homem.

Ernest olhou para ela, amuado.

— Se nada acontece, nada muda — respondeu ele.

— Não acho que o casamento seria bom para mim.

— Casamento é excelente para mim.

— Sim, Ernest, você é um profissional! Quando morrer aos cem anos, vai ter cem viúvas. — Queria fazê-lo rir, mas ele nem mesmo abriu um sorriso. — Por favor, Ernest. Quem quer se casar?

— Eu quero.
— Por quê?
— Porque eu quero me casar com a mulher que eu amo. Para mostrar ao mundo que somos nós contra eles.
— Você já fez isso antes e não funcionou.
— A terceira vez é a que conta. Dessa vez é diferente.
— Por quê?
— Porque eu aprendi... O divórcio sai muito caro. — Ernest sorriu, mas então sua expressão ficou séria. — Porque sou louco de pedra por você, Coelhinha. Porque você é mais corajosa do que eu, mais engraçada, melhor repórter; porque é jovem e tão loura que me sinto como se acordasse ao lado de um dente-de-leão. Porque você é linda demais e muito destemida. Porque eu te amo. São motivos bons o suficiente para casar?
— Ah, Ernest — disse ela. — São bons motivos pra *você* se casar. Mas não pra mim. — Ela se aproximou de onde ele estava sentado e se empoleirou sobre o joelho dele. — Vamos viver em pecado e manter a desaprovação dos criados. Não queremos negar-lhes material para fofocas, não é mesmo?

Ernest não respondeu. Martha voltou à sua cadeira e o observou mastigar os camarões lentamente. O olhar em seu rosto: era alguma coisa parecida com admiração e alguma coisa parecida com medo.

Ainda naquele verão, Martha encontrou o livro que dera a ele e a dedicatória escrita na fotografia. No quarto que havia decorado escassamente, fitou as palavras *para sempre*. Tinha uma fantasia estranha, na qual, ao ser chamada novamente para um trabalho, poderia se mandar da casa em não mais que dez minutos. Sentia-se como um pássaro num poleiro: em casa, mas pronta para alçar voo. Queria, verdadeiramente, que aquela vida continuasse *para sempre* naquele morro, no alto de Havana. Não queria perder o que tinham ali — Cuba lhe parecia uma espécie de paraíso, longe dos enfadonhos Estados Unidos e de uma Europa decidida a se massacrar.

Se amor fosse tudo o que era necessário para um casamento, talvez então houvesse, de fato, amor o bastante.

Treze dias após o divórcio sair, Martha se casou com ele no salão de jantar da Union Pacific Railing, em Wyoming, em novembro de 1940. O jantar foi assado de alce. Ela fez um discurso e brincou, dizendo que passariam a lua de mel inspecionando as fortificações dos comunistas chineses. Havia apenas alguns poucos convidados — aqueles que conseguiram reunir com um prévio aviso de apenas duas semanas —, que riram, pensando que o papo sobre a China fosse uma piada. O alce estava sem gosto e borrachudo.

Numa de suas caçadas, Ernest abateu dois faisões e mandou a carne para a casa em Key West. Não chegou realmente a pensar no que sua ex-mulher poderia fazer com os frutos de sua terceira lua de mel.

— Ernest — Martha o admoestou na cama da suíte do hotel, deitada nua sobre as cobertas brancas e frescas, com o jornal do dia entre as pernas —, você não devia ter feito isso.

Ela podia imaginar o olhar de terror no rosto de Fife quando visse o abate da lua de mel de Ernest. Isso provocou em Martha uma pontada de deleite infame.

No jornal, algumas páginas adentro, havia uma nota sobre o casamento de Hemingway. "Uma junção de sílex e aço", foram as palavras do jornalista. Ela tentou imaginar qual dos dois cada um seria e qual daquelas duas coisas era a mais dura.

27. PARIS, FRANÇA.
26 DE AGOSTO DE 1944.

Oficiais norte-americanos e combatentes da Resistência francesa pululam pelo saguão do Ritz. Seus uniformes parecem deslocados em meio à mobília robusta e às cortinas com fios de ouro. O salão é tomado pelos ruídos de tamancos de madeira; nada de couro, aparentemente, nas solas. Martha fica feliz por não encontrar Ernest no saguão ou no bar. Divórcio não é o melhor assunto para se discutir enquanto se bebe um daiquiri.

Na recepção, o conciérge oferece um sorriso.

— Número 31, *Mademoiselle* — responde, depois que ela pergunta onde o Sr. Hemingway está hospedado. — Posso avisar a ele?

— Diga a ele que é Madame Hemingway. — Ela acrescenta: — *Sa femme*.

As bochechas dele enrubescem.

— Certo, Madame 'emingway.

Ernest deve estar se comportando muito mal para ter deixado o homem tão nervoso.

Um grupo de oficiais passa enquanto Martha espera, e ela sente os olhos daqueles homens a percorrerem de cima a baixo. Entreouve o conciérge sussurrar:

— *Oui, je suis sûr. Elle m'a dit "sa femme"*.

Por fim, ele sorri e gesticula na direção da escada.

Assim que começam a subir, o homem esquece seu nervosismo e começa a falar sem parar. Descreve novamente o que ela já ouvira: a lenda sobre como *Monsieur* Hemingway corajosamente havia reconquistado o Ritz dos chucrutes.

— E, depois, nosso barman perguntou a *Monsieur* Hemingway do que gostaria para brindar nossa liberdade, e ele respondeu "O de sempre, Benjamin!". Benjamin levou uma hora para preparar dry martinis para todos, mas estávamos tão felizes.

A luz os acompanha enquanto avançam; aquelas janelas permitiam a entrada do dia inteiro. Muitos dos balaústres foram perdidos, talvez para as barricadas da Resistência ou em fogueiras da Luftwaffe.

— Mas por que o Ritz teve de ser libertado? Vocês tinham o hábito de acomodar alemães?

Os olhos do porteiro se movem na direção do crachá de imprensa dela.

— Não se tem muita escolha quando a Luftwaffe solicita um quarto, Madame. Eles podem ser bem persuasivos. — Ambos caminham pelo corredor e então param diante do número 31. — Aqui estamos.

Ele aguarda, na esperança de uma gorjeta, porém Martha apenas lhe deseja uma *bonne journée*.

●━━━━━●

Ouve-se um barulho vindo de dentro do quarto: o som de uma garrafa de champanhe estourando; homens rindo; a batida dos ferrolhos das armas ao serem limpas. Aqui estamos, pensa ela, mais um Dia D. Martha se prepara uma última vez para fazer o que foi até ali fazer: pensa no carro, no tapa, no cargueiro cheio de dinamite. Respira fundo e bate à porta.

Passos se aproximam, mas o barulho ao fundo não diminui. Quando a porta se abre, é Ernest quem aparece, com um curativo ainda em volta da cabeça.

— Coelhinha! — Ele quase parece surpreso, como se esperasse que ela perdesse a coragem entre o telefonema da recepção e a porta. — Você está aqui.

Vê-lo quase a deixa sem ar, e ela sente por ele a mesma irrupção de amor que a assolara no hospital de Londres. Tem vontade de dizer "Sim, estou aqui, meu querido Ernest", mas, em vez disso, fala:

— Já faz um tempo, não é mesmo?

Sua intenção era soar neutra, mas ela pode ouvir a solidão se infiltrar em sua voz.

Ernest também deve ter percebido, pois parece aliviado.

— Olha só para nós, parados aqui feito grandes primatas. Entre. — E então ele para. — Espere um pouco. Deixa eu colocá-los para fora antes.

Atrás dele, há homens da Resistência e norte-americanos. Um está deitado numa *chaise longue*, com as botas sujas sobre o brocado e uma flute com champanhe nas mãos empretecidas de óleo. Ernest avisa-lhes, em ambas as línguas, que sua mulher está ali, a famosa repórter de guerra Martha Gellhorn; já ouviram falar dela? O orgulho toma conta de sua voz. Eles recolhem suas carabinas, mapas, sapatos polidos, lançando olhares furtivos na direção dela, ao deixarem o quarto. Na saída, alguns a cumprimentam como Sra. Hemingway, como se tivessem a curiosidade de testar aquele nome em seus lábios.

— Minha tropa irregular — diz Ernest.

Martha entra no quarto dele: muito maior que o dela no Lincoln.

— Quanto é a taxa de adesão?

— Uma garrafa de bebida. Uísque é o que lhe dá mais galões.

Uma bandeja sobre a mesa acomoda uma garrafa aberta de Perrier--Jouët atravessada por uma luz verde. Típico. A abundância parece seguir Ernest aonde quer que ele vá.

— Deixa só eu me lavar um pouco — diz ele, com as mãos cheias de óleo, numa pose de um homem preso. Uma fragrância paira no ar: ela se destaca dos odores do óleo de motor e da graxa; é sintética e adocicada. Perfume? É possível. Talvez estivesse recebendo meretrizes ali.

Mapas cobrem a penteadeira. Há documentos por todos os lados, e o que parece ser um longo rolo de papel higiênico escapa sob os papéis. Na janela, na rua lá embaixo, mulheres se reúnem, inspecionando alguma coisa. Martha se inclina para fora, mas tudo o que vê são longas saias.

Ernest retorna do banheiro com as mãos limpas. Quando senta na colcha de tons pastel, parece feliz como uma criança. Sobre a coberta de seda cor de rosa, há rifles do exército e granadas de mão. Outro balde de champanhe repousa sobre a mesa de cabeceira: ela se pergunta se o gelo teve tempo de derreter antes que seu marido terminasse toda a garrafa.

Martha aponta para a garrafa de Brut.

— Como conseguiu isso?

— Na adega do hotel. Meu plano é exaurir o estoque.

— E depois?

— Depois vou atacar o Lanson.

— Não foi isso que eu quis dizer.

— Eu sei. — Ele senta sobre as mãos e se inclina para a frente, erguendo o olhar para ela, sentada no ressalto da janela. — Estava aqui no Dia D?

— Vim com um navio da Cruz Vermelha.

— Oficialmente?

— Não. Oficialmente eu me tranquei no banheiro deles. — Ele abre um sorriso gigantesco para ela. Quando Ernest está no humor certo, ela sabe que ele adora sua bravura. — E a cabeça?

— Não me deixam tirar esse curativo dos infernos.

— Perca a cabeça e perca também seu sustento.

Ernest fica irritado. Detesta quando falam sobre quanto bebe. A brisa agita a renda da cortina, e o barulho das conversas flutua vindo da Place Vêndome. Mais mulheres apareceram e algumas delas discutem. Quando Martha se volta para o quarto, percebe que a credencial de imprensa de Ernest está apoiada em uma arma curta.

— Você trouxe a arma do seu pai? De Cuba?

— Achei que ele gostaria que eu a colocasse contra a cabeça de um nazista. Tendo em vista que a última coisa que ela tocou foi um bolo de chocolate.

— A Convenção de Genebra, Ernest: você é um repórter, não um soldado.

Uma sirene soa, e então ele se aproxima da janela. Os dois olham para o céu. Já fizeram isso inúmeras vezes antes; na verdade, tudo aquilo parece parte de um ritual reconfortante, uma recordação de quando estavam em Madri, juntos mas não casados.

— Quer descer para o abrigo?

— Não.

As pessoas na rua também não aparentam muita pressa.

Ernest coloca uma mazurca no toca-discos. A velha raposa; é a canção deles da época de Madri. Ela ouve o disco pular nas partes arranhadas; Martha o jogara na cabeça de Ernest durante uma das brigas mais acaloradas, na *finca*. Ela se pergunta sobre o motivo daquela discussão. Bebida, guerra, mulheres. O velho trio.

Ele também olha para o disco girando e então se volta para ela, com seus olhos maravilhosamente francos.

— Você está linda, Marty, sentada aí, com o sol refletindo nos cabelos. Senti tanto sua falta, Coelhinha.

Se ele não a tocar, pensa Martha, ela conseguirá manter o plano. Mas ele se aproxima; fica próximo a ela, tão perto que ela consegue ouvir sua respiração, consegue ouvi-lo engolir. Carinhosamente Ernest afasta uma mecha de cabelo do rosto dela e a coloca atrás da orelha. Ela invoca toda a sua determinação, mas então ele a beija no ponto onde a garganta se une ao ombro.

— Diga que sentiu minha falta.

— Porco — diz ela. — É claro que senti sua falta.

— Você estava tão longe. Agora podemos ficar juntos outra vez.

— Ernest.

— De volta à guerra, como nos velhos tempos.

— Ernest... — A sirene para. Um alarme falso, talvez. Na rua, as pessoas olham para os céus, curiosas. Martha se vira para dizer a ele o que fora ali para dizer, que não pode haver um futuro entre eles, não mais, mas agora ele está junto à cama, passando o gelo de um balde para o outro. Ele se serve de uma taça de champanhe da garrafa aberta. — O que estou tentando dizer...

— É que precisa de uma bebida? Eu também.

Ele soa jovial, mas, ao se servir de uma nova taça, Martha percebe que a mão dele está tremendo.

— Quanto você tem bebido?

— Como meu cereal com champanhe pela manhã e batizo meu chá com gim. — Ernest massageia as têmporas sob o curativo. — Eu não quero brigar por causa disso agora.

— Tudo o que fizemos — ela começa — foi brigar nesses últimos anos.

Ele lhe passa a bebida.

— Porque somos a mesma pessoa. Porque nós dois somos escritores.

— Não é uma desculpa válida. Passei dezessete dias num barco carregado de dinamite, enquanto você viajou de avião. Poderia ter me conseguido uma passagem.

Ele vira a taça, quase terminando-a num só gole.

— Eu não queria você aqui — diz. — Por que pagaria por uma passagem quando, antes de tudo, nem mesmo a queria aqui?

Martha nem toca em sua taça e pega a bolsa. Ela está farta do egoísmo monótono de Ernest.

— Eu não...

— Marty.

Ele a puxa de volta pela alça da bolsa, fazendo com que ela se sente sobre um dos seus joelhos. Segura as mãos dela, passando os polegares por suas palmas.

— Coelhinha. Lembre-se da Espanha. Precisamos da guerra para sentir a força um do outro. Não vamos mais voltar para Cuba, não. Se isso nos deixa mais unidos, vamos seguir o *front*. Sempre haverá uma guerra para acompanharmos. Somos uma equipe; somos indefesos um diante do outro. A decência não pode nos separar. — Os polegares dele ainda pressionam as palmas das mãos de Martha. — Você fala como se tudo já estivesse perdido. Mas pode pensar um pouco? Se podemos recomeçar?

Uma arma dispara. Ouve-se o barulho de tamancos correndo. Batidas de portas. Os parisienses entram em suas casas.

— Não é tão diferente de Madri — diz ela, e abre um sorriso triste por tudo que se perdeu desde então.

— Estaremos a salvo se isso for verdade.

— Não sei se quero que isso seja verdade... mesmo que seja. Ernest?

— O quê?

Ela olha para as mãos dele, marcadas por cicatrizes, e para sua cabeça enfaixada, e se levanta. Precisa se afastar dele ou nunca dirá as palavras.

— Acho que não somos bons um para o outro mais.

Ele parece ter sido pego de surpresa.

— Eu te amo — diz, quase com amargura —, como um bobo de merda. — Ernest se levanta, mas apenas para terminar a taça que ela não havia bebido. — Apenas leve em conta o que eu disse. Um novo começo, Marty, e podemos viver onde você quiser. Podemos viver numa trincheira se isso te fizer feliz, Coelhinha.

Ela diz a si mesma para responder não, para dizer a Ernest que já considerou tudo o que tinha para considerar, mas, em vez disso, Martha faz que sim com a cabeça, pois é uma boba no que diz respeito ao amor de Ernest Hemingway, que foi tudo o que conheceu nos últimos sete anos.

Ela o beija na bochecha e quase derruba sua bebida. Essa cena a recorda da turbulência que enfrentaram durante um voo, na época da lua de mel chinesa, quando Ernest, assim que a aeronave se aprumou, fez os outros correspondentes rirem, dizendo:

— Viram só? Não derrubei uma gota sequer!

Foi só depois que ele olhou ao redor para verificar se Martha estava bem. Ela ficou olhando pela janela, enquanto todos os outros correspondentes ao seu redor riam, perguntando-se quem era aquele com quem havia se casado. Álcool; era mesmo uma senhora amante.

Martha recolhe suas coisas e parte na direção da saída, passando por um enorme banheiro com pias duplas e um bidê tão grande que se poderia dar banho num cachorro. Ela está na porta quando uma rajada de vento entra no quarto, derrubando os mapas da mesa.

O longo rolo de papel higiênico que avistara antes cai e viaja pelo tapete, desenrolando-se por todos os cantos.

— Ernest! — diz, quase rindo.

Martha se abaixa para pegá-lo e então percebe que há coisas escritas no papel. É a letra de Ernest, em tinta preta, ocupando seis quadrados do papel higiênico.

— Aqui — diz ele, com a voz tensa e alarmada. — Deixa que eu cuido disso.

Mas Martha já tinha visto o que ele tentara esconder. O que está escrito no papel é um poema de amor. Há buracos negros nos pontos onde a tinta dissolveu o papel. Ela lê até o fim, enquanto as cortinas drapejam sobre Ernest, junto à janela.

O poema, vê Martha, chama-se "Para Mary, em Londres".

— O que é isso? Quem é Mary?

— Uma correspondente da *Time*. — Ele responde de maneira direta e sem malícia.

Martha dobra lentamente o papel sobre a mesa. Aquilo explica, então, o olhar de Sylvia na livraria: não é que Sylvia houvesse se esquecido dela, mas apenas pensava que Martha tinha sido substituída. Talvez Sylvia já conhecesse a outra mulher, fosse ela quem fosse. Martha encara fixamente o papel, incapaz de tirar os olhos do ridículo poema.

— Não entendo você. Diz que não suportaria me perder, mas ao mesmo tempo escreve poemas para outra mulher?

Ernest olha para ela com uma expressão suplicante, mas não responde. As cortinas de voal o envolvem como se fosse um noivo cercado pela renda do vestido de sua noiva.

— Mary de quê?

— Welsh.

— E quem é essa Mary Welsh? É seu caso? Sua amante? Sua próxima esposa?

Parece que Ernest vai dizer alguma coisa, mas não o faz. Martha pensa em como tudo aquilo é típico dele: quer a mulher, quer a amante, quer tudo. Não é que seja tão ávido por mulheres, mas, sim, cego diante do que acha que precisa, e, por isso, sai agarrando tudo o que vê. Esposas e esposas e esposas: Ernest não precisa de uma esposa; precisa de uma mãe!

Mesmo contra a vontade, Martha se enfurece. Como ele pode fazer isso com ela? Antes de mais nada, é constrangedor — constrangedor para todos, que fazem parte de mais uma confusão pública, obra de Ernest.

— Por que implorar para que eu volte se já tem outra pessoa? — Ernest dá de ombros. Vai ao armário e apanha outra bebida. Mais silêncio agora. — Vá em frente, Ernest. Bebe tudo. Esquece tudo isso. Já passou do meio-dia, então pode beber o quanto quiser; não é essa a sua regra? — Tudo o que ela recebe como resposta são os ombros de Ernest voltados para a janela, na direção da rua. — Você é ridículo. É pior que uma criança. Tente se libertar de uma relação antes de começar a sair com outra pessoa. Talvez seja um jeito melhor de um homem se comportar. Acabou, me ouviu? Já estou farta de você! — Antes de fechar a porta, ela espia a arma do pai dele, uma mancha escura no quarto, como os buracos pavimentados nas ruas escavadas. Ernest ainda não se virou para encará-la. — Não faça nenhuma idiotice — diz ela, ao sair do quarto.

●—————●

Na rua, Martha vai em direção ao círculo de mulheres que tinha visto do quarto. Estão armadas, agora, com panelas e facas. Uma delas carrega um cutelo de açougueiro. Entre as saias, ela vê uma égua caída sobre os paralelepípedos. Sua cernelha é lustrosa, sua crina, escura. Passam de mão em mão pratos e sacos de juta, que serão ocupados por uma pata, casco ou focinho peludo. Martha se afasta enquanto uma das mulheres faz um corte na garganta da égua, e o sangue escorre por entre os vãos dos paralelepípedos.

28. HAVANA, CUBA.
ABRIL DE 1944.

A rádio ultramarina aparentemente não chegaria àquela parte do mundo. Tudo o que Martha conseguia tirar da caixa era estática, além da transmissão de uma igreja evangélica da Jamaica. A busca enlouqueceria Ernest, mas ela queria notícias da Europa e não desistiria até consegui-las.

A *finca*, àquela altura, já se tornara habitável; as flores e a vegetação recuaram. O limo da piscina fora retirado e as folhas da mata eram cortadas toda semana — mas cuidar da casa não era, como admitia Martha, naturalmente seu forte. E era ela quem os criados importunavam quando estava escrevendo, não Ernest; era ela quem consultavam sobre cardápios e compras. "Vá perguntar ao Sr. Hemingway", respondia, enxotando-os do cômodo como se fossem crianças que lhe puxavam a saia. "Estou trabalhando."

Mas as buganvílias precisavam de cuidados, os cardápios tinham que ser elaborados e era preciso alertar o mordomo para que não ficasse o dia inteiro chupando palito de dente com tamanha indolência. Quando os dias eram bons, ela se sentia plena de felicidade; mas, quando eram monótonos, não conseguia despistar sua lentidão.

Em meio à estática do rádio, ela ouviu o som de gelo sendo picado na despensa. Ernest recorria à bebida cada vez mais cedo para relaxar das pressões do dia. Ele entrou na sala de estar com dois coquetéis de coco. Parecia um vagabundo cubano com sua camiseta branca suja. Ela estava prestes a repreendê-lo, mas lembrou que já o fizera naquele mesmo dia e então não disse nada. Chamá-lo de Porco não era tão mais piada assim.

Com o canto dos olhos, viu Ernest esperando por sua atenção. Não se apressou, ainda testando o dial. Chegavam notícias relativas à pesca da Flórida, de uma estação educacional local de Havana, até se ouvirem os sinos e o sotaque inglês do locutor. "Aqui fala Londres."

— Estou tão feliz por ter lhe comprado este rádio — disse ele, passando a bebida para ela. — Não há nada como ouvir as notícias frescas sendo berradas para nós.

— É isso ou então quatro dias de atraso até que cheguem com o barco dos correios.

— O Reich continua lá, quer a gente ouça as notícias ou não.

Eles sentam-se no sofá em silêncio para ouvir a transmissão, mas afastados. Os três livros que ela escrevera ali, na paz daquela casa, estavam perfilados junto aos de Ernest na estante à frente deles: *Um campo afetado, O coração do outro, Liana*. Era um bom lugar para escrever e um péssimo lugar para ficar entediado, embora escrever três livros em cinco anos não fosse nada mal. Um dia, vasculhando em busca de um título para aquele pequeno volume de contos, ela se deparou com uma carta de Fife para Ernest. Era outro desabafo, mas terminava de maneira bastante reflexiva, com as palavras "o coração do outro é uma floresta escura". Aquela expressãozinha pareceu realmente perfeita para Martha, que a surrupiou alegremente para seu título. Tentou imaginar se Fife teria batido os olhos em seu livro em alguma livraria local. Teria sido, segundo ela, uma bela surpresa para a pequena Fife.

Quando a transmissão terminou, Martha foi tomar banho, deixando o marido no sofá enquanto uma banda tocava um número de salsa em outra estação. Em outros tempos, a canção faria os dois se mexerem. Nenhum deles sabia dançar, mas ambos, em outros tempos, adoravam dançar um com o outro.

O chuveiro abafou a música. Enquanto se ensaboava pela segunda vez no dia, lembrou novamente a si mesma de que era feliz. Que vida era aquela! De sorvetes na casca de coco, gim-tônicas no gramado, mergulhos na água salgada pela manhã e tênis à tarde.

Mas às vezes a sensação era de que estava sendo soterrada. As treliças envolviam a casa. As flores no jardim pareciam tão imensas que poderiam engolir uma vaca. Às vezes sentia como se estivesse se afogando em dry martinis e flores. Ontem mesmo encontrara orquídeas crescendo no tronco de uma árvore. Martha voltou ao local com uma tesoura de jardinagem, planejando atacá-la pela raiz, mas só então percebeu quantas eram: grupos inteiros, e aglomerados de seda crescendo entre as frondes. Seria impossível remover tudo. Naquela tarde, ela se enfiou na cama, sonhando com uma catástrofe num clima frio.

Lembrou de seu primeiro dia ali, de como queria deixar a natureza entrar, pensando na forma como Fife havia enclausurado Ernest atrás de um muro de tijolos em Key West. Mas aquilo já era ridículo; a casa estava sendo totalmente engolida!

E Ernest! Ernest se comportava como um dos criados — o próprio subalterno. Parecia que tentava constantemente mantê-la feliz naquele lugar: alisá-la, como se fosse questão de apalpar os vincos de um vestido. Ele a enviara para Antígua, Saba, Barbados, para fazer reportagens sobre a guerra submarina; qualquer coisa que a ocupasse, mas que a mantivesse por perto. Mas tudo o que ela encontrara foram praias dignas de cartões-postais e um verão interminável. Só quando finalmente foi para a Inglaterra, no ano anterior, foi que teve aquela sensação familiar, a de estar na guerra, a de estar em casa.

●———————●

Martha voltou para a sala de estar de calça e camisa. Ernest estava no escritório dela. Ela tinha certeza de que ele perderia algo, ou tiraria do lugar, e havia lhe dito claramente que não o queria ali. Ernest olhava fixamente para o enorme mapa da Europa, as mãos nas costas, como se estivesse examinando uma pintura num museu.

Sem saber o que mais poderia dizer, ela finalmente soltou:

— Eu detesto ser sensata, sabia?

— Ah, Martha — disse ele, manso de início, quando então ela percebeu a polidez irônica em sua voz. — Onde você gostaria de estar? Com os que estão morrendo aqui — e bateu com o dedão sobre a Alemanha — aqui — agora sobre a França — ou aqui? — E, por último, Londres.

Sim, pensou ela, Londres na verdade parecia muito bom. O sotaque inglês do locutor a fizera imaginar um apartamento em Mayfair: as bombas explodindo sobre sua cabeça enquanto ela fechava o texto de uma reportagem, talvez com um roupão de banho e uma máscara de gás.

Martha o deixou em seu escritório. Na sala de estar, tentou outra vez mexer no rádio, mas ele a alcançou e desligou o dial.

— Odeio ser cautelosa, boa e bem-resolvida — disse ela a Ernest, perguntando-se por que fazia tanto calor naquele cômodo, por que a casa nunca refrescava. — Esse luxo — continuou, olhando ao redor para a tristeza arraigada nas posses do casal. — Essa toca! Não se cansa dela?

Ele colocou a perna com a cicatriz sobre a cadeira.

— É isto que a guerra faz, Marty: ela mutila, ela mata. Você acha que vai encontrar alguma coisa diferente, como se você fosse especial, mas não vai.

— Besteira! Quando nos conhecemos, você falou que eu deveria ir à guerra.

— E agora já foi. Parabéns!

Ela foi até a janela: lá fora, os canaviais brilhavam sob o entardecer cubano.

— Acho que você se entocou onde se sente à vontade — disse ela para o copo. Seu reflexo na janela era indistinto e tênue. — Acho que tem medo de ir embora.

— Está me chamando de covarde?

— O que estou dizendo é que estou infeliz aqui. Não quero viver como se estivesse envolvida em bolinhas de naftalina.

— Martha Gellhorn. — Ernest gargalhou com selvageria. — Repórter de guerra e masoquista. Não tem a menor ideia da merda que está falando, garota.

Martha abriu a porta da frente e saiu, parando nos grandes degraus de pedra. Precisava de ar. Tiveram aquela discussão inúmeras vezes. Era culpa dela, talvez, por achar que um dia receberia a resposta que desejava. Lá fora, os gatos estavam deitados à espera de pombos. Uma orquídea espichava seu fino pescoço cor de malva. O canto dos pássaros seguia despreocupadamente. À sua volta, Cuba amadurecia.

Ernest saiu para a varanda com um drinque. Entregou-o a Martha sem abrir a boca e então se sentou na espreguiçadeira feita de cana. Ouviu-se um zumbido, depois um estalo, e a cadeira se desfez em nada mais do que gravetos. Com os joelhos próximos das orelhas, era como um menino. Seu rosto parecia invocado, até que a viu cair no riso.

— Monte de tralha inútil — disse ele, pegando um pedaço e jogando no jardim, o que provocou o miado cômico de um gato. Martha riu outra vez. — Me diga agora por que gostaria de estar em qualquer outro lugar? — perguntou Ernest, gesticulando em direção à *finca*: a suntuosa ruína que lhes pertencia.

Sentou-se ao lado dela; sua camiseta cheirava a coquetel.

— O que posso fazer por você, Marty? — Agora suas palavras eram carinhosas. Pobre Ernest. Nunca amara outra pessoa mais do que o haviam amado.

Ela colocou o braço em torno dele.

— Vamos para a Europa.

— Sou um velho.

— Tem quarenta e quatro anos. Vai florescer novamente.

— Vai estar frio. A comida, horrível. Vou ficar cansado e me sentir inútil.

Ele deu um gole na bebida dela e a devolveu.

— Seria útil para mim.

— Não posso ser sua empregada, Marty. Não posso ser sua governanta.

— Então volte a ser um repórter.

— *Eu não quero*, Martha. Se você ficar aqui, podemos começar uma família. Tentar ter uma filha.

A ideia de ter filhos apenas a fez hesitar. No ano anterior, pusera fim a outra gravidez. Ernest tentou convencê-la a seguir em frente e tinha colocado na cabeça que seria uma menina, mas ela lhe disse que não seria uma boa mãe. Não estava, e sentia que nunca estaria, no clima de ser mãe.

— Isso de novo não. Por favor.

Ernest se lançou à frente dela e colocou as mãos em seus joelhos. Por favor, pensou Martha, que ele não seja carinhoso. Ela podia suportá-lo quando era grosseiro e opressor, mas não nos momentos em que era dócil e gentil.

— Coelhinha. Sei que já esgotamos um ao outro. Sei que não temos sido as melhores versões de nós mesmos, mas Deus nunca prometeu uma vida fácil a dois escritores tentando viver juntos. Coelhinha, por favor.

Martha olhou para seu rosto manso e suplicante, mas se manteve firme. Tomou um longo gole do drinque. O gim estava sem gás e forte.

— Preciso ir.

— Ótimo. — Ele se levantou. — Pegue seu *weltschmerz* e vá medir o pulso do sofrimento em outro lugar. A merda da guerra vai ser sofrida como sempre, sua putinha mimada.

Ali estava: o retorno de Ernest à sua melhor forma.

Ele pegou o drinque e entrou, chutando os restos da cadeira pela varanda.

— Sua escritora de merda! — falou de dentro da casa, em tom alto e veemente. — Ache você mesma um jeito de ir pra porra da Inglaterra então!

Martha pinçou um resto de sabão dos diamantes de seu anel de noivado e o jogou de lado. Observou dois pássaros se aninhando no alto da árvore e tomou o drinque num só gole. A noite caiu rapidamente sobre Cuba. A vida de esposa de escritor não era para ela. Estava a caminho da guerra.

29. PARIS, FRANÇA.
26 DE AGOSTO DE 1944.

Martha deixa o Ritz e volta para a Champs-Élysées. Então era isso? Aquela seria sua grande retirada do acampamento Hemingway? Naquela manhã, imaginara que sua libertação seria tão gloriosa quanto a dos parisienses hoje. Em vez disso, indo a oeste rumo ao jardim das Tulherias, o que continua a lhe voltar à cabeça é aquele poema enrolado sobre a lateral da cômoda feito o ciclo de um sonho. Um poema para Mary, seja ela quem for. Por que Ernest tinha que fazer as coisas daquela maneira? Aquele homenzarrão robusto pisoteava pela cidade — e ainda assim parecia não conseguir passar uma semana, um dia, nem mesmo uma hora por conta própria. Entre se divorciar da ex-mulher e se casar com Martha, deixou que se passassem 13 dias; parecia ser um homem que não tolerava ficar sozinho.

No jardim das Tulherias, os campos de flores estão vazios; as plantas, provavelmente carcomidas. Um tanque chamuscado ainda solta fumaça. Martha para no café do parque para almoçar, onde ataca uma tigela de caldo ralo e pede um café, embora, ao chegar, perceba que não se trate de café, e sim de chicória tostada com alguns grãos de sacarina. Sentada ao ar livre sob a luz forte, ela deixa toda a loucura daquela manhã lentamente clareando se esvair: no mesmo dia em que implorava para que ela ficasse, ele escrevia poemas para a amante. Ela não deveria ficar surpresa, já que Ernest sem uma mulher seria um escritor carente de uma esposa. Mas ela se sente traída pela entrada inesperada de Mary, como se seu roteiro cuidadosamente ensaiado tivesse sido captado por uma tropa de imbecis decididos a transformar aquele dia numa farsa.

Em Londres, Martha ouvira um rumor de que Ernest poderia estar *recebendo* alguém no Dorchester, o que ela considerou como uma trepada em tempos de guerra e não deu muita importância. Afinal, ela mesma tivera seu bom quinhão de indiscrições desde Havana. Pensa nas tulipas amarelas no hospital em Londres. Talvez fossem um presente dela — de Mary Welsh. Ou seria Walsh? Mas, para Ernest estar escrevendo poemas — e poemas de amor, ainda por cima —, devia ser um caso realmente sério. Martha quase chega a admirá-lo: que feito, pensa, querer casar com todas as mulheres com quem transa! Ernest Hemingway é tão bom em se apaixonar que acaba se tornando um marido execrável.

Martha fuma um cigarro para mascarar o café. O gosto é como se tivesse sido extraído da casca de uma árvore. Ela observa o mundo passar. Os parisienses apresentam-se felizes, mas ela se sente uma espectadora pesarosa das recordações do passado. Lembra quantas vezes Ernest e ela perderam as estribeiras bebendo gim e coco em Havana; da noite inteira que passaram inventando uma dança chamada O Passo de Hem-Horn, ambos bêbados demais para conseguir lembrar os movimentos quando tentavam executá-los. Vem a lembrança agora de quando Ernest, depois de tempos difíceis com a escrita, a levou para passear no *Pilar* e, olhando para o mar, disse:

— Isso, Marty, é a única coisa que importa.

Ele a havia tirado de uma angústia tão peculiar e tão vaga que só podia ter sido provocada pelo trabalho de escrever, e somente outro escritor poderia compreendê-la. Naquela tarde, Ernest batizou cada atum que fisgou com o nome de algum crítico que ambos detestavam. E, naquela noite, eles falaram mal à beça da nata da crítica nova-iorquina no churrasco que fizeram na *finca*.

Acima de tudo, ao terminar seu cigarro que vinha nas rações militares, Martha recorda do amor que ele tinha por ela. Talvez tenha sido apenas a própria ambivalência de Martha que fizera do amor dele algo tão intenso e furioso. "Eu te amo como um bobo de merda": Ernest parecia ter cuspido essas palavras apenas uma hora atrás, no Ritz, como se, de certo modo, sentisse nojo de si mesmo.

E agora tudo está terminando, pensa Martha, com um choque que ainda não sentira sobre o fim do seu casamento. Tudo de ruim está chegando ao fim, assim como todas as coisas boas, e ela se sente triste e desolada. Ah, Ernest! Por que, pensou, tinha que fazer isso com ela também? Mas nunca poderia haver só duas pessoas no desfecho de um casamento de Ernest. Não, pensa ela, com um pouco de amargura: sempre tinha que terminar com uma trinca vencedora.

●———————●

Conforme Martha se afasta do parque, apertam sua mão vigorosamente; ela recebe uma centena de abraços quando veem seu crachá de correspondente. De Gaulle deve aparecer às 15h, e as pessoas já se reúnem na avenida com uma garrafa de calvados ou de licor de ameixa. Ela precisa conseguir sua matéria rápido, antes que o local seja tomado por bêbados e pessoas comemorando.

Desde o que aprontou no Dia D, Martha anda encrencada com seu chefe na *Collier's*. Para acalmá-lo um pouco, decidiu enviar-lhe um texto leve sobre a moda parisiense. É isso que os americanos querem saber da Europa: não a situação dos judeus, nem o trabalho da Resistência, mas sim as atualizações acerca da bainha francesa. Então, pensa ela, deixe eles. Terão a bainha. De qualquer forma, precisa que o trabalho a faça parar de pensar em Ernest. Sempre que se viu sob algum tipo de preocupação, fazer reportagens provou ser a anestesia mais eficiente. *Travail: opium unique* — sempre foi seu lema.

Martha encontra um ajudante numa das lojas de roupas. Na vitrine, ele pendura bandeiras ao redor de manequins vestidos de peles e brocados, botões e rendas. Paris é como uma ave exótica quando comparada a Londres, onde não viu nenhum tecido à venda — nada de botões, nada de renda, nada de contas. Quando bate na vitrine, o homem pula e coloca a mão sobre o peito. Paris ainda está sobressaltada. Ele olha para o crachá no braço dela.

Deixa o manequim semidespido tomando um banho de sol à luz de agosto. Martha lhe oferece seu melhor sorriso e parte para o ataque.

— Me diga, que tipo de clientes eram os chucrutes, Monsieur?

Ele se ofende de imediato.

— Sou só o vitrinista — diz. Olha nervoso para a avenida, como se temesse que a multidão pudesse se voltar contra ele. Martha diz a si mesma para ir com calma: só precisa descobrir o que as mulheres faziam com suas rações de *rayon*.

— O que as mulheres podiam comprar, Monsieur?

O homem oferece um sumário cauteloso dos itens em falta: ganchos de metal, ilhoses, couro para solas. Contou-lhe sobre a mania dos chapéus enormes, pois podiam ser feitos com restos e sobras. Ela acredita já ter material suficiente para escrever alguma coisa, um artigozinho frufru, que seu chefe irá amar. Martha agradece e sai em direção ao hotel, onde, por uma hora, esquecerá a confusão do casamento com Ernest e se sentará diante da máquina para simplesmente *escrever*. Talvez comece o texto com um perfil do costureiro, para depois traçar um panorama da cidade em si: os livreiros junto ao Sena; as mulheres ricas em seus palanquins; as *semelles en bois*, que fazem toda parisiense soar como um cavalo de duas patas. Deixe as coisas de um jeito simples, diz a si mesma.

Depois de andar cem metros, Martha se dá conta de que se esqueceu de perguntar o nome do homem. Ela corre de volta, mas de longe vê que ele está falando com outra pessoa do lado de fora da loja. Outra repórter.

Irritante. A *Collier's* só vai querer sua matéria se for exclusiva. Ela está prestes a se dirigir à jornalista para mandá-la embora, mas para abruptamente. Há algo de familiar nesta mulher, que tem a mesma idade que ela e os cabelos louros e encaracolados colados à cabeça. Está muito bem-arrumada, usando um blazer e uma camisa, mas o paletó não consegue esconder todo o seu peito. Talvez Martha a conheça de Madri; talvez fosse outra hóspede do hotel Flórida, e já tenham tomado café da manhã juntas, entre metades de laranjas.

De trás de uma banca de jornais, Martha observa a repórter. Não, pensa, mudando de ideia, deve ser alguém do escritório de Nova York, ou do *Post* ou do *Times*. A *froideur* do homem da loja cedeu diante da abordagem mais calorosa da outra mulher — não há dúvida sobre quem conseguiu a melhor entrevista. Ele até está rindo. Ao fim da entrevista, a jornalista entrega-lhe um cartão e se apresenta, em francês. O choque causado pelo nome faz Martha arrefecer. É a mulher do poema de Ernest.

<hr />

Mary Welsh quase não se parece com uma repórter de guerra. O sutiã faz seus seios perderem a forma. Ela tem grandes cachos louros e macios, que os grampos não conseguem afastar de seu rosto. Enquanto ouve, mexe a cabeça com simpatia — provavelmente está acostumada a bajular pessoas para as colunas de fofocas ou para as seções femininas. É atraente, pensa Martha, até certo ponto.

Um repórter norte-americano acima do peso se aproxima para falar com ela bem no momento em que está guardando seu bloco de anotações. Mary parece radiante ao vê-lo, seja ele quem for. Conversam numa esquina da avenida, com os rostos próximos e íntimos em meio à multidão.

— Quer comprar alguma coisa?

Martha olha fixamente para o jornaleiro.

— O quê? — Ele então pergunta novamente se a Madame gostaria de comprar um jornal. — Não.

Martha não tem nenhum outro lugar para se esconder além da banca. Por isso, sem pensar muito no que dizer, ela vai até Mary Welsh. É uma emboscada, mas que não havia sido premeditada.

— Mary? — diz, sem ser ouvida. Buzinas tocam no local onde uma aglomeração se formara, e as pessoas gritam que o general está chegando. Um policial sopra seu apito, tentando manter alguma ordem. — Mary! — É forçada a dizer outra vez.

— Sim? — A mulher olha para ela com uma expressão neutra.

O homem gordo pisca. Seu rosto está rosado e molhado por causa do calor.

— Sou Martha. Martha Gellhorn.

Os olhos do homem brilham, cheios de algo parecido com medo; Martha fica feliz ao saber que seu nome ainda é capaz de provocar essa reação. Ele dá um aperto no braço de Mary.

— Vejo você amanhã. — Pelo modo como fala, é como se estivesse lhe desejando sorte, como se Mary estivesse entrando numa batalha. Martha então se pergunta se a relação de Ernest com aquela mulher seria de conhecimento público; talvez ela seja a única, no círculo de repórteres ao qual pertencem, que estava no escuro ainda. Detestaria que eles a vissem como uma tonta. O homem acena com a cabeça para Martha antes de ir embora, e, por alguns instantes, as duas o veem partir.

— Sei quem você é, Srta. Gellhorn — diz Mary. Ela coloca a mochila nos ombros e sorri, como se estivesse completamente à vontade na companhia da mulher de seu amante. — Você não lembra de mim, lembra?

Martha se vê forçada a recuar; havia pensado que seria ela quem conduziria a conversa.

— Se lembro de você?

— Nos conhecemos em Chelsea. No início do ano.

Martha se dá conta de onde a conhecia: não era de Madri nem de Nova York, mas de Londres. Foram apresentadas numa festa do *Herald Tribune,* mas Martha estava ocupada demais pressionando dois pilotos poloneses em busca de informação para prestar atenção em Mary. A única coisa de que se lembrava sobre essa mulher era o interesse particular que demonstrara por sua estola de raposa. O encontro entre elas, naquela noite, não deve ter durado mais que alguns poucos minutos, e nunca lhe passou pela cabeça que Ernest pudesse estar cogitando aquela mulher como esposa. Martha e

Mary, Marta e Maria, pensa ela: irmãs bíblicas, repórteres de guerra e, agora, companheiras na cama compartilhável de Ernest. E assim a roda da tristeza gira outra vez.

Mary acende um cigarro e apoia o cotovelo na mão. Parece submissa, como se seu corpo inteiro estivesse pronto para fazer o que lhe fosse ordenado. Como Ernest gostaria disso.

— Há quanto tempo vem acontecendo?

Mary dá de ombros.

— Eu não sei do que você está falando.

— Não banque a inocente.

Mary olha para os sapatos, mas parece longe de se sentir culpada.

— Ernest disse que você praticamente estava fora da equação. Que estava sozinho em Londres, que estava sozinho há meses.

— Dezessete dias foi o tempo que fiquei fora!

— Você não parecia tão sozinha na festa em que nos conhecemos.

— Isso é irrelevante. Quero saber o que está acontecendo.

— Nos encontramos para almoçar e para alguns drinques, só isso.

— Que tipo de propostas ele vem lhe fazendo?

— Acredito que isso não seja da sua conta.

Um grupo de estudantes se aproxima, tocando as sinetas de suas bicicletas e usando gorros, apesar das temperaturas de agosto. Cantam uma das canções da Libertação; alguns deles, inexplicavelmente, carregam escovas de latrina, que agitam no ar com uma alegria desmedida. Martha quer que se afastem o mais rápido possível; seus nervos estão à flor da pele e ela precisa de respostas. Eles passam pedalando, forçando Martha e Mary para perto da vitrine da loja.

— Ele fala com você sobre casamento? Imagino que sim.

Mary assente. Pode ser a sombra do prédio, que obscurece suas feições, mas ela finalmente tem a decência de parecer minimamente culpada.

— Ele não fala sério.

— Ah, ele fala mais do que sério — diz Martha. — Não tenho dúvida de que, em pouquíssimo tempo, ele vai querer casar com você. É isso o que você quer?

— Casar? Com ele? Não sei. — Martha olha com uma certa desconfiança para a outra mão dela. — O problema — diz Mary — é que eu já sou casada.

Martha percebe, agora, a aliança no dedo da outra. Subitamente, sente vontade de explodir em risos. Que absurdo! Que coisa mais *perfeitamente* ridícula! Parabéns, Ernest, por, mais uma vez, numa nova década, cada um e todos os envolvidos estarem sendo feitos de cornos e otários.

Um dos estudantes aponta uma escova de latrina na direção dela. Ele franze a testa, imitando a expressão de Martha, e então esboça um sorriso com os lábios. Involuntariamente, ela ri.

— Bem, isso *tende* a complicar as coisas — diz a Mary. Pelo menos, pensa Martha, Mary deve ser um pouquinho mais atrevida do que as virginais Hadley e Fife.

— Veja, Martha. Posso chamá-la de Martha?

Ela faz que sim com a cabeça. Mary gesticula na direção de um banco recém-desocupado na rua transversal. As duas mulheres sentam-se lado a lado com certo constrangimento, um pouco distantes.

— Martha, o que estou tentando dizer é que não teria te prejudicado se imaginasse que você ainda estava presente. Ernest insistiu firmemente que *você* havia terminado com *ele*. Não o contrário.

Seus nervos, que poucos minutos atrás estavam agitados e irritadiços, haviam se acalmado, e ela presta atenção às palavras de Mary. Martha não quer mais ser casada com Ernest. Ao redor dela, tudo está tomado por parisienses em êxtase: alguns amontoados nas varandas acima das duas, outros vestindo bandeiras caseiras, e crianças empoleiradas em árvores e postes. A ocupação acabou, e Martha não encontra em si mesma forças para dar a Mary a lição que se propusera a dar. Em vez disso, sente urgência de falar com sinceridade. Mary, também repórter, talvez até pudesse entender aquela estranha situação: a de amar aquele homem, mas desejar, mais do que a ele, a liberdade absoluta.

Martha vê uma garotinha em cima de uma árvore, com os joelhos ralados e os cabelos louros, procurando pelo general de Gaulle.

Então se lembra de quando era garotinha e, certa vez, se escondera na carroça do vendedor de gelo até tarde da noite. Quando seus pais a encontraram, ela só respondeu que queria ver o mundo. Movimento. Fuga. Martha sempre foi ávida por isso.

— Perdão por ter te abordado de maneira tão abrupta — diz ela a Mary. — Não quis ser rude. Estava chateada. Sabe, acabei de descobrir sobre sua relação com o meu marido... com Ernest. E foi um pouco chocante.

— Perdão— diz Mary.

Sentada ao lado daquela mulher, uma mulher a quem Ernest já havia dedicado um poema, Martha subitamente reconheceu Mary pelo que, de fato, ela era: sua passagem para sair daquele relacionamento. Naquela manhã, notara que Ernest não a deixaria terminar as coisas se houvesse alguma chance de acabar sozinho. O que ele teme é a solidão, além dos pensamentos brutais que o invadem quando está desacompanhado. Só quando tiver certeza de uma próxima esposa é que ele permitirá que a atual parta.

— Tudo o que eu quero é me livrar de tudo isso — diz Martha, lentamente, para Mary. — Quero o meu sobrenome no meu passaporte. Você está certa. Não quero mais ser a Sra. Hemingway.

— É assim tão pouco recomendável?

— Casar com Ernest? — Martha ri. — Não, não é verdade. Tive momentos maravilhosos. — E diz essas palavras sem qualquer ponta de mentira. — Simplesmente acabou. Para nós, pelo menos. É o fim de alguma coisa, só isso.

Mary faz que sim com a cabeça e lhe oferece um trago. Lábios que já compartilharam os de Ernest agora compartilham um cigarro americano. Martha olha para a larga avenida arborizada onde, imagina ela, em pouco tempo, passarão tanques e todos cantarão em êxtase por sua liberdade.

— Algum conselho? — pergunta Mary, dizendo as palavras em meio à fumaça. — Isto é, caso isso venha a acontecer.

— Não sei... Divirta-se? — Martha sorri. — Não é toda mulher que pode chamar a si mesma de Sra. Hemingway.

Mary ri.

— Isso tudo é um pouco estranho, não acha? Nós duas sentadas aqui falando sobre esse assunto.

— Ah, não — diz Martha. — Paris é o lugar onde essas coisas acontecem com Ernest, onde as mulheres tecem juntas o destino dele. Ele acha que é ele próprio quem toma as decisões. — Termina o cigarro e o esmaga sob a bota. — Mas não é.

As duas continuam sentadas, observando as preparações. Em seguida, Mary pede licença, dizendo que precisa mandar um texto antes de voltar para cobrir a parada. Juntas, elas percorrem a Champs-Élysées, a Sra. Hemingway e a amante do Sr. Hemingway. Antes de se despedirem, Martha lembra do olhar que Sylvia Beach lhe dirigira na livraria, naquela manhã.

— Posso perguntar, Mary — diz ela, quando estão prestes a se separar —, você esteve com Ernest na Shakespeare durante a viagem?

— A livraria?

— Sim. Sylvia perguntou quem era você?

— Acho que Ernest disse apenas que eu era uma amiga. Por quê?

— Por nada — responde Martha. — No que estava trabalhando, mais cedo?

— Em um texto breve sobre a moda parisiense, para a *Time*.

Martha sorri.

— O que foi?

— Parece que nossas estrelas se alinharam novamente. — Martha, então, desiste da ideia do artigo; deixará que Mary escreva primeiro. Elas abrem espaço entre as multidões e param na tabacaria em busca de mais cigarros. Martha segura a porta para ela e deixa a outra entrar.

30. PARIS, FRANÇA. 26 DE AGOSTO DE 1944.

Mary está à espera no saguão do Ritz quando Martha chega, depois de abrir caminho pelas ruas repletas de parisienses em festa. As bochechas de Mary parecem estar coladas aos ossos; não há nada da mulher astuciosa que encontrara naquela mesma tarde, e que pensou que nunca mais encontraria.

— Mary. — Martha senta ao seu lado. — Qual é o problema?

No início da noite, quando Martha estava prestes a entrar na banheira, após o que parecia ter sido o dia mais emocionalmente caótico de sua vida, ela recebeu um telefonema angustiado de Mary, do Ritz.

— Você precisa vir aqui — disse Mary. O coração de Martha bateu acelerado ao se lembrar da pequena arma apoiada na cômoda de Ernest. — Ernest está enlouquecido. Por favor, venha pra cá imediatamente!

Por isso que Mary está sentada, praticamente imóvel, num sofá do saguão. O Ritz está assustadoramente silencioso diante do barulho que vem do lado de fora.

— Ah, Martha — diz ela, mordendo o lábio. — Não sei o que fazer!

Martha a guia até o bar. Pede um drinque forte para si e outro para Mary.

— Me conte devagar o que aconteceu.

Mary toma um longo gole de uísque.

— Quando voltei pra cá hoje à tarde, depois do nosso encontro, flagrei Ernest no saguão tendo uma enorme discussão com um homem chamado Harry Cuzzemato.

— Cuzzemano. Continua.

— Ernest o estava acusando de todo tipo de coisas. Roubo, assédio, de persegui-lo com aquela história da maleta. O coitado tremia que nem vara verde. Eventualmente, consegui arrancá-lo do pescoço de Cuzzemano. Quando voltamos para o quarto, fiz ele se deitar.

As mãos de Mary ainda tremem; terá que se esforçar mais se quiser se acostumar ao temperamento de Ernest. Martha já o vira oscilar da ternura à tirania no curso de poucos minutos.

— Ele enfim acabou dormindo, e decidi datilografar um poema que ele escreveu para mim. Achei que ele ia gostar de acordar com um presente. — O branco dos olhos de Mary brilha de medo. — E também porque estava escrito em *papel higiênico*, Martha. Quando lhe mostrei o poema datilografado, ele pareceu satisfeito. Começou a ler em voz alta e, então, parou: disse que eu havia pulado uma parte. Falou que eram só umas duas linhas e que podíamos verificar. Eu não sabia o que dizer! Tinha jogado o papel no lixo assim que terminei. Corri para o meu quarto, mas o cesto estava vazio. A camareira sorriu quando lhe perguntei, dizendo: "Não se preocupe, Madame, os papéis não chegarão à Sûreté." Tive de contar a Ernest que o original se perdera. Mas, Martha, ele está lá embaixo desde aquela hora! Vasculhando o lixo, certo de que irá encontrá-lo. Não quer me dar ouvidos. Você precisa falar com ele.

Mary termina seu drinque. Martha também engole o seu.

●━━━━●

Objetos emergem da escuridão da adega: malas pré-guerra deixadas por turistas refugiados, bandeiras dobradas, velhos cardápios, jarros de mostarda e garrafas de vinagre. Alinhadas junto à parede estão algumas garrafas empoeiradas de champanhe — em sua hospedagem de 12 horas, Ernest não dizimara completamente o estoque. Martha chama o nome dele. Não há resposta.

Ela abre caminho, desviando de caixas, e chama por ele novamente. Deve estar ali embaixo, pelo que Mary disse. Ela o imagina acocorado atrás de uma das malas, com a expiração golpeando o ar e os olhos mais acostumados ao escuro que os dela. Martha não quer morrer de medo só porque Ernest acha que seria engraçado assustá-la. Tenta calcular quanto ele pode ter bebido desde o champanhe do meio-dia.

— Ernest! Pelo amor de Deus: responda!

Ela percebe uma linha de luz cinza na lateral da adega e a segue até o lado de fora.

Um homem está de pé com as mãos enfiadas nas latas de lixo. De algum modo, entre as garrafas vazias de vinho, caixotes de madeira quebrados e restos pegajosos de comida, Ernest ainda tem aquele ar de homem em contato com os deuses.

Suas mãos largam as latas de lixo, sebentas e imundas. Ele abre aquele sorriso rústico. Não está sozinho: dois funcionários do hotel estão um pouco mais à frente no beco, mas têm respeito demais por Monsieur Hemingway para intervir. É o queridinho do Ritz. O que devem pensar dele, ela se pergunta, apenas algumas horas depois do seu *tour-de-force* regado a dry martini, agora com os cotovelos afundados na sujeira dos ricos?

— Marty.

— O que está fazendo, Ernest?

— Senti tanto a sua falta, Coelhinha.

As palavras se embolam umas nas outras. Seus braços pendem, inertes. O cheiro podre do lixo exala de seu corpo. Ela o conduz até o meio-fio, onde podem se sentar.

Martha não diz nada até que ele se acalme.

— Você está bem?

Ernest olha fixamente para as mãos.

— A Mary perdeu o poema.

— Eu sei.

— Onde ele está, Coelhinha?

— Você sabe que todos os documentos são queimados quando são jogados fora.

Ele olha para ela. A loucura surge em seus olhos.

— Porcos nazistas! E se eles o roubaram? — Ele se levanta resfolegando e quase rola pelo chão antes de conseguir ficar em pé. Como um urso com o dedo do pé machucado, sai esbarrando em tudo pelo beco, chutando uma lata de lixo contra a parede. — E se Cuzzemano tiver apanhado? Esteve aqui embaixo, eu sei, tentando encontrar qualquer coisa. Ele levaria estas malditas mãos se pudesse cortá-las!

— Ernest, por favor. Duvido que Cuzzemano tenha feito um acordo com a camareira.

— Então é culpa daquela vadia... Mary! Por jogá-lo fora. — Ernest chuta um caixote e os funcionários do hotel se viram. — Ela chamou você aqui?

— Sim.

— Você não é mais minha mulher, Coelhinha?

Ele se aproxima e senta na calçada outra vez, olhando para ela com aqueles olhos bêbados e lacrimosos. Coloca as mãos sobre os joelhos dela, como naquela noite em Cuba.

— Eu não posso mais ser sua mulher. — A voz dela está cheia de ternura agora, pois é ela quem o está deixando.

— Mas eu quero que seja. Fico completamente solitário sem você.

— Agora você tem a Mary.

— O que a Mary representa para mim? Ela nem mesmo me quer. Não de verdade.

— Como você sabe disso?

— Digamos que pelo meu detector interno de merda.

Uma mulher gargalha na rua ao lado do hotel. Em seguida, um homem diz alguma coisa e os vigias noturnos também caem no riso.

— O que quer que eu seja?

— Minha mulher.

— Sou uma correspondente. Não quero ser apenas uma esposa.

Ernest se levanta, esticando a camisa para parecer que tem seios. Ele se move de um jeito afetado, com a voz em *falsetto*.

— "Uuuuuh! Eu sou Martha Gellhorn, a única repórter de guerra no pedaço!"

Ao dizer isso, ele solta os seios e pega um esfregão e um balde que estavam apoiados nas latas de lixo. Coloca o balde na cabeça e a alça no queixo. Com o esfregão, dá estocadas na direção dela.

— Bem, eu sou um cavaleiro errante e vou reconquistar você!

Ele dá mais algumas estocadas, e ela ri. Depois enfia o esfregão no rosto dela. Martha sente ânsia de vômito e o empurra para longe.

— Para, Ernest. — Ele não obedece e ela tem de ser mais firme. — Para, pelo amor de Deus.

Ernest larga o capacete e a espada e senta-se ao lado dela, repreendido. Martha nem o reconhece direito: sua pele está flácida; a barba, por fazer. Sua cabeça não está mais coberta pelo curativo, e a ferida de Londres se projeta como um caroço de pêssego. Ela queria acima de tudo que ele tivesse se cuidado mais; era como se não desse importância agora. Martha o chamava de Porco de brincadeira, mas era isso que Ernest parecia agora: gordo e molenga, com os olhos pequenos e a pele seca, e não o homem fascinante que conhecera num bar, numa tarde quente sete anos atrás.

— Estamos acabando um com o outro. Não sobrará nada além de ossos se continuarmos isso.

— Por favor, podemos continuar — diz, direto.

— Precisamos trabalhar muito e escrever. É tudo o que podemos fazer.

— Não escrevo nada desde *Os sinos*. — E pega a mão dela. — Estou acabado.

— Você tem quarenta e cinco anos, Ernest. Longe de estar em declínio. É um escritor maravilhoso.

— Tudo o que você queria era um editor, não um marido.

— Isso não é justo.

Naquela manhã, ela havia imaginado tirar algum prazer daquela situação, mas agora não sentia qualquer triunfo. Não haverá uma grande festa, bebidas ou beijos pelas ruas para marcar sua libertação. Não quando seu marido está vasculhando lixo, com a sujeira ainda nas mãos e a mente meio insana de bebida. Martha acende um cigarro.

— Estou com medo — diz ele.

— De quê?

— Estou morto. — Ele dá aquele sorriso torto novamente, mas faz tempo que ela não cai mais nessa. Martha se lembra de como Ernest o havia usado para conquistá-la, no Sloppy Joe's.

— Não seja bobo.

— Não estou sendo. Estou dizendo, essa coisa mataria um boi. Essa... — Perde o fio da meada. Seus olhos ficam duros feito pedras. — Eu sabia escrever. Agora tenho que pescar as palavras e, mesmo assim, elas não acertam o alvo. *Os sinos! Os sinos* foi fácil; era sobre nós, e a Espanha. Quanto mais tempo fico sem escrever, mais isso me dói. — Ele faz uma pausa. Fogos de artifício explodem em algum lugar ali perto. — Tem um buraco dentro de mim do tamanho de uma casa, Marty. Eu estou com medo.

— De quê?

— De mulheres ou de palavras. Vai saber?

— Ernest, querido...

— E se eu acabar que nem o meu pai? — É como um tiro no escuro. — Martha — diz ele, como se o verdadeiro nome dela tivesse saído do lugar mais profundo de Ernest; ele *sempre* a chama de Marty. Isto a assusta: aquele lugar, onde os horrores de Ernest ficam guardados, sólidos feito quartzo dentro dele. O que o deixa tão assustado? Martha sabe que ele tem medo de ficar sozinho. Tem pavor do caráter brutal de sua tristeza, mas há algo além, algo que ela não consegue nomear, muito menos ele. Há alguma coisa podre dentro de Ernest: um entulho formado por ele mesmo, como todo aquele lixo. Caso resolvesse escavar mais a fundo, ela teria de se comprometer com ele por muito tempo. E ela não consegue. Simplesmente não tem a energia necessária para consertar Ernest Hemingway em meio a todo o resto.

— Trabalho — diz ela. — O trabalho é a cura para nós.

— Quero ser um bom homem, um bom escritor.

— Seja um ou outro, Ernest, não os dois.

— Eu tenho vontade — diz ele, apontando para o coração — de mudar. Fique comigo para ver.

Martha olha para ele, examinando-o. Tenta imaginar se ele um dia dissera aquelas palavras para Hadley ou Fife.

— Eu não posso.

— Por quê?

— Simplesmente não posso.

Ele deve ter percebido como sua voz titubeou.

— Foi Mary quem a encorajou a fazer isso? Não vou mais vê-la se puder ficar com você.

— Mary pediu para eu falar com você sobre o poema.

— Parece que na França é onde eu perco o meu trabalho. E as minhas mulheres. — Ele abre um sorriso triste, esfregando a sujeira da mão nas calças. Passado um instante, parece bem sóbrio. — Tenho a terrível sensação de ter sido útil para você apenas quando estava com uma caneta em minha mão. Você me amava?

— Claro. — Martha olha para a costura de seus tênis. — Mas acho que está na hora de nos libertarmos.

— Tudo bem, Marty. Vou lhe dar o divórcio. Vou processá-la por abandono. Por todas as vezes que me deixou em troca de suas adoradas guerras. E depois, ou melhor, agora, por me deixar de vez.

Martha lhe dá um beijo na bochecha e os dois se levantam do meio-fio.

— Meu caro Ernest, você está com um cheiro terrível.

— Você também estaria se tivesse remexido o lixo.

— Você nunca foi chegado a uma higiene, urso velho.

Os funcionários do hotel aguardam sem fazer nada, sentindo que a situação chegou ao fim. Ela torce para que não contem a ninguém; espera que a fama dele tenha mais força entre os parisienses que uma triste história sobre Ernest Hemingway com as mãos enfiadas no lixo.

— Coelhinha — diz, parando pela última vez junto à porta. Ele deixa seus lábios repousarem sobre o pulso dela e depois o solta. — Na maior parte do tempo, foi bom, né?

— Foi. E vou sentir imensamente a sua falta.

É a verdade. Ele foi a outra metade de Martha por sete anos. Ela o segue pela adega, passando por caixas velhas, bandeiras e garrafas de vinho empoeiradas. Ainda no escuro, ele fala:

— Achei que tivesse deixado uma caixa com meus textos aqui, antes de eu e Fife embarcarmos de volta para casa. Mas também desapareceu. Outra coisa perdida.

●————●

Mary espera por eles no bar, o rosto marcado de lágrimas e o copo vazio. Martha cumprimenta Mary com um aperto de mão e beija a bochecha de Ernest; então, volta sozinha para o hotel Lincoln. Depois, nos meses que se seguiram, os dois escreveram algumas cartas e se encontraram novamente para discutir os detalhes do divórcio. E, de vez em quando, recordaram aquela tarde quente no Sloppy Joe's e as semanas que passaram no jardim de Fife e as manhãs ouvindo mazurcas em Madri e os dias serenos em que escreviam na *finca*. Martha havia sido sua amante por quase o mesmo tempo que foi sua mulher. E, apesar do azedume que ainda surgiria entre eles, ela lembra do velho urso com suas patas enfiadas no lixo, conversando com ela sobre medo. Mas, para todos os outros, Martha nunca permitirá que o famoso nome de Ernest saia de sua boca. E depois daquele ano, não o verá nunca mais.

MARY

31. KETCHUM, IDAHO. SETEMBRO DE 1961.

Mary está sentada na parte do estúdio tomada pela sombra. Cercada de papéis: revistas ainda embaladas, bilhetes de loteria, mapas da corrente do Golfo, rascunhos de romances, telegramas para amantes e esposas.

Todos os dias ela vai ao estúdio, como se seu trabalho fosse uma espécie de vigilância. No café da manhã, o desejo de ver tudo organizado a possui com uma energia violenta, mas vai embora em minutos. No fim da tarde, ela se vê na cadeira de Ernest, lendo suas cartas, embrulhada numa coberta da qual o cheiro dele está desaparecendo com uma velocidade aterrorizante.

Mary trouxe da *finca*, num barco camaroneiro de Havana, caixas de papéis e fotografias, manuscritos que valem milhares de dólares. Nas caixas há esqueletos de camundongos e também baratas; algumas quase tão grandes quanto os camundongos. Às vezes ela sonha em jogar um fósforo aceso no cômodo e acabar com tudo, com cada maldito pedaço de papel.

A voz de Ernest parece próxima quando Mary lê as cartas, como se trazida pelos ventos da cadeia de Sawtooths. Quando suas mãos ficam frias à noite, ela se imagina colocando-as no calor das mãos dele. Às vezes, sentada na poltrona dele, ela colocava seu queixo sobre a palma da mão de Ernest, e então liam juntos o que quer que ele estivesse lendo. Mãos: essa é a parte dele de que Mary sente falta. As mãos de Ernest não eram mãos de escritor: eram talhadas de cicatrizes e ásperas do mar. Se ela pudesse desejar ter de volta qualquer coisa, seria seu toque.

Às vezes ela escuta os passos de Ernest na varanda. Ele tira os sapatos no vestíbulo; pendura no cabide o casaco de neve. Entra em casa com uma espingarda no ombro. Talvez traga um faisão debaixo do braço, pronto para a panela: sangue coagulado nas penas, com o olhar distante. Às vezes ela ouve seu nome de um quarto vazio. *Mary.* E continua o que está fazendo porque não é louca; sabe que a casa está vazia. "Olha o jardim, Mary. Os coelhos chegaram cedo." Sua voz como um fantasma.

E então vem o som do tiro de espingarda daquela manhã. Ela o escuta, também, repetidas vezes, mesmo quando está na varanda vendo a neve cobrir as montanhas de Idaho.

Este é o problema de ler as cartas. Elas o ressuscitam.

À noite, Mary se pergunta como seria ouvir o som do seu choro: não é suave, de modo algum, e nem sutil; é mais parecido com um cão ferido uivando para a inquietação da lua. De manhã, a cozinheira lhe dá uma toalha que deixou descansando em água de pepino, na geladeira, desde a noite anterior. Mary a pressiona contra os olhos, enquanto fuma o primeiro cigarro do dia. Esse negócio de ser viúva tem seus raros prazeres.

Além do deque, as árvores estão à beira de se transformar. Em algumas semanas, ela poderá esmagar as folhas debaixo da bota. Prende a fumaça na boca. Já se passaram muitos dias de setembro e o escritório de Ernest ainda está uma bagunça; é uma cidade de papel. Ela se agarra àquele pensamento; apenas suicidas deixam seus papéis em ordem.

●━━━━━━●

Certa tarde, Mary encontra uma cópia do tributo de Ernest ao presidente.

Ernest recebera a solicitação de Washington com um sentimento próximo ao pânico inconsciente. Na ocasião, há muito tempo, ele vinha sendo um escritor infeliz. A perda da capacidade de escrever significava que ele perderia a capacidade de expurgar seus pensamentos de si mesmo. Escrever era o mesmo que adentrar numa casa maravilhosa: um lugar limpo e bem iluminado, onde a luz caía em grandes blocos sobre os belos assoalhos de madeira. Escrever era estar em casa; era conseguir enxergar direito.

A solicitação pedia poucas linhas escritas à mão, destinadas ao Sr. Kennedy. Naquela semana de fevereiro, Ernest sentou-se em seu estúdio, olhando com nervosismo para a gordura de sua barriga. A infelicidade pairava bem perto. Muitas vezes Mary se perguntou por que ele não podia desistir desse negócio desgraçado. Tinham dinheiro suficiente de direitos autorais, ofertas de filmes e de revistas. Se ele pudesse enviar as histórias de Paris e depois se dedicar a caçadas ou pescarias, teria muito mais chances de ser feliz. Mas escritores e suas aflições não podem se separar. Por nada desse mundo.

Mary foi até a cidade para encontrar o tipo adequado de papel e cortá-lo no tamanho certo. Quando voltou, colocou-o sobre a mesa.

— Você só precisa escrever algumas frases.

Ernest olhou para o papel com um espanto sombrio: como se estivessem lhe pedindo alguma coisa inescrupulosa, feito assassinar um bebê.

— Quer minha ajuda, querido?

— Não. Sou eu que tenho de fazer isso.

A quantidade de frases não ultrapassava as de um mero telegrama.

Quando Mary voltou ao estúdio depois do almoço, nada ainda fora escrito. Ernest segurava o papel ciosamente, como um estudante com uma prova na mão. Olhou para ela.

— Não consegui escrever nada — disse, inspecionando a folha em branco.

— Tente só uma frase. Diga apenas que você deseja tudo de bom ao presidente. — Os olhos de Ernest estavam lentos, nublados pela bebida. Ela se perguntou quanto ele teria tomado naquela manhã.

— Quer que eu fique?

Ernest fez que não com a cabeça.

— Vou terminar de tarde.

Mary o beijou, mas ele pareceu não perceber o gesto.

Ela foi além do pasto dos cavalos. Caminhou o meio quilômetro até Warm Spring Road, lembrando-se do homem por quem se apaixonara no Ritz. Que perspectiva a vida deles parecia ter naquelas noites passadas no quarto 31. Como seria maravilhosa a vida com Ernest Hemingway! E agora? Agora ele parecia incapaz de sequer registrar as coisas que um dia haviam lhe dado prazer. Às vezes discutia com ele, porque não sabia o que fazer dele ou de si mesma. A depressão de Ernest sentava-se à mesa com eles no café da manhã e no jantar.

Mary sabia que não devia, mas estava cansada de aturar os maus humores dele. Tinham envelhecido juntos: conheciam os defeitos e fraquezas um do outro; sabiam quando estavam sensíveis ou zangados; em que momento pedir perdão depois de uma discussão, e, antes de mais nada, como evitar a escalada da raiva. Mas os últimos meses — ou anos, talvez, desde os acidentes de avião — haviam sido duros. Em seus humores mais sombrios, ele ficava inatingível. Pior, podia ficar selvagem. Quinze anos de casamento jamais a acostumariam às afrontas do temperamento de Ernest. Fora o próprio marido quem a cobrira com alguns dos insultos mais ofensivos que já teve o infortúnio de receber.

Andou até chegar à neve.

A luz havia desaparecido do estúdio quando ela voltou. Ernest estava sentado no inerte lusco-fusco, cercado por livros. Quando acendeu a luminária da escrivaninha, viu que seus olhos estavam irritados no ponto em que os coçara.

— Não sei o que fazer — disse ele. Olhou para o papel. Era tão capaz de escrever nele quanto em uma lâmina de gelo. As persuasões da mulher o fizeram desistir de tentar naquela noite.

Mas o dia seguinte foi a repetição do primeiro. E o outro dia também.

— Algumas frases bastam, querido — disse ela, no decorrer da semana, quando Ernest estava cercado de frases inacabadas e rascunhos descartados.

O tributo para o presidente foi concluído uma semana depois. Antes de colocá-lo no envelope, Mary verificou a mensagem novamente. Os caracóis da caligrafia do marido faziam-na pensar em um instrumento de tortura, como as braçadeiras e as laçadas dos aparatos medievais, em que eram fixadas as mãos e grampeadas as línguas. Ah, Ernest, pensou, poderíamos ser felizes se você simplesmente parasse de escrever.

•————————•

Passados dois meses, Mary ainda dorme tarde na casa recentemente esvaziada. Tem 53 anos e ainda vive como uma adolescente: acorda tarde e vai para a cama às 3h ou 4h da manhã. Seu sono é pesado, e, quando acorda, nada lembra dos sonhos ou sequer se sonhou. Os amigos querem que ela fale com alguém, um profissional, sobre a manhã em que encontrou Ernest. Não é tanto o que viu naquela manhã, mas o som que ainda a persegue durante o dia: foi como se o gavetão de uma cômoda tivesse saltado do móvel e caído no chão. Mesmo que seja apenas a cozinheira mexendo nos talheres, ou uma porta dos fundos que bateu por causa do vento, a cabeça de Mary é levada para a explosão da arma naquela manhã.

É sobre isto que o médico quer que ela fale: a cena em si. Ele diz que não falar — não falar sobre essa cena em particular — tornará mais difícil, para ela, lidar com o luto. O médico diz que a memória é como o estilhaço na perna de Ernest: falar é mantê-lo sob controle; não falar é deixá-lo supurar e virar cisto. Mas Mary não pretende compartilhar nada: não com os charlatões ou biógrafos, nem com a sua confederação de ex-mulheres. Todo mundo a está pressionando para falar. *Fale! Fale! Fale!* Como se aquela lembrança fosse algo a ser espalhado para Deus e o mundo.

De qualquer maneira, Mary já falou o bastante. Depois que o legista foi embora, ela telefonou para as mulheres e para os filhos dele. Na caderneta de endereços, encontrou o número de Hadley e o de Martha, em Londres. Por alguns momentos olhou para o nome de Fife no caderno: uma linha preta riscava seu nome. Pobre Fife. Tinha amado Ernest quase como uma questão de fé ou de doutrina. Fora ela quem mais o amara? Certamente foi a que mais lutou para ficar com ele, pensou Mary, lembrando como Martha o havia descartado, como um casaco pesado num dia de extremo calor em Paris.

Foi para Hadley que ela contou primeiro.

— Foi um acidente com uma arma — disse, sentindo a dureza em sua voz.

— Aonde ele estava indo àquela hora da manhã?

— Caçar patos — respondeu Mary. — Tínhamos planejado.

Houve um silêncio do outro lado do telefone. Mary viria a entender aquela pausa nos próximos meses, aquele declive na conversa, depois de dizer as palavras: "um acidente" e "Ernest se atrapalhou com a arma". Ninguém, além dos empregados, acreditava nela.

— Não achei que acabaria assim — disse Hadley. — Meu Deus. Nunca imaginei um mundo sem ele.

Hadley estava muito velha para fazer a viagem, mas disse que Bumby iria — Bumby e a mulher, que esperava um bebê.

— Vou pedir a ele que leve rosas vermelhas. Ele não vai se lembrar por que são importantes.

Mary telefonou para Patrick e Gregory contando o que havia acontecido com seu pai. Então ligou para Martha, e foi Martha quem correu do telefone gritando quando Mary disse aquelas palavras. "Ernest morreu. Um acidente com a arma." Ela não esperava aquilo. Não de Martha.

32. LONDRES, INGLATERRA. MAIO DE 1944.

Eram ambos casados quando se encontraram naquela tarde, no restaurante da Charlotte Street. Mary não viu nada demais quando o Sr. Hemingway a convidou para almoçar: ele havia acabado de chegar a Londres, e sua ignorância em questões militares já era famosa entre os correspondentes norte-americanos que estavam lá desde o começo. Ela havia presumido que o almoço seria uma maneira de Hemingway colher informações sem o constrangimento de encarar um repórter do sexo masculino.

Ela precisou de pouco tempo para se aprontar. Achou batom suficiente para as bochechas e os lábios e misturou um pouco de rolha queimada com água para os cílios. No espelho, seu rosto aparentava firmeza. Nunca descreveria a si mesma como bonita, mas, aos 36 anos, seu rosto ainda dava para o gasto. Mary sabia que o que os homens gostavam nela era sua perspicácia, sua prontidão para o riso, seu desejo de continuar cantando e bebendo quando todos já tinham ido dormir. O que ela tinha, em vez de um rosto que chamava a atenção, era uma grande capacidade de se divertir.

Ainda havia poeira da noite passada em seus cabelos. Tentou penteá-los e desenroscá-los, mas eles não cediam. Era impossível ficar limpa naquela cidade, de verdade. Mas o Sr. Hemingway teria de aceitar, pensou ela, ao pegar suas coisas, com a intenção de ir até o escritório da *Time* lá pelo fim da tarde para entregar uma reportagem.

O Sr. Hemingway estava atrasado. Mary sentou-se a uma das mesas do lado de fora, desenhando linhas na toalha de algodão listrada com a unha do polegar. Estava com calor no terno de lã e desejou ter escolhido uma mesa na área interna. Teria sido mais discreto para ele também. Em grandes letras pretas, o aviso do lado de fora do restaurante dizia: ESTA CASA FICARÁ ABERTA DURANTE O HORÁRIO AUTORIZADO, EXCETO NO CASO DE UM ATAQUE DIRETO.

Mary pensou na mulher dele, Martha Gellhorn, que havia chegado a Londres recepcionada por uma espécie de fanfarra real. Na festa em que a conhecera, ela impressionara Mary pela personalidade intensa. Todo mundo no pequeno apartamento em Chelsea parecia deprimido e pálido, mas Martha estava linda e bronzeada, com suas vogais marcantes do meio-oeste e uma estola de raposa cinza, cujas várias caudas caíam logo abaixo de suas omoplatas. A noite inteira ela fora flanqueada não por um, mas por dois pilotos poloneses.

Cada pessoa com quem Mary conversou falava aos sussurros sobre a famosa Martha, recém-chegada, sem o marido, e sobre suas façanhas na Espanha, na Finlândia e na China.

— Dizem por aí — contou-lhe a amiga — que ela chegou num navio carregado com dinamite. E que seu casamento está na corda bamba. O dela com Hemingway. Imagina. Um solteiro daqueles em Londres. Vai ser arruinado pelas mulheres inglesas antes que os hunos possam encontrá-lo.

Martha Gellhorn ocupava o ambiente com muita presença: consciente de ser a atração do recinto, e escolhia ignorar aquilo.

Mary bebeu o ponche. Tinha gosto de corda e óleo de oficina. Tentava reunir coragem para falar com aquela mulher. Admirava a carreira de Martha desde que ela mesma começara no *Chicago Daily News* — embora trabalhasse nas páginas femininas, não no setor internacional. Enquanto Mary reportava sobre as tendências de cor, bailes de debutantes e se o verão seria a temporada da seda ou do linho, lia os brilhantes despachos de Martha vindos de Madri. Admirava-se por Martha ter conseguido progredir muito mais na carreira do que ela, uma vez que tinham a mesma idade. Assim que a guerra começou na Europa, Mary prometeu a si mesma que estaria lá.

E ali estava ela, a famosa repórter, enrolada em raposas, protegida por poloneses. Mary emborcou outro copo de ponche.

Sua amiga a arrastou pela sala para apresentá-la.

— Martha Gellhorn Hemingway, esta é Mary Welsh Monks. Nossa, como seus nomes são grandes...

Martha ofereceu a mão e a estola escorregou, revelando seus belos ombros.

— Apenas Martha Gellhorn. — A cor em seu rosto intensificou--se. — Posso aceitar o outro sobrenome em casa, mas não quando estou trabalhando. Prazer em conhecê-la, Mary. Ou deveria ser Sra. Welsh Monks?

Mary estava a ponto de dizer-lhe que ela, também, não usava o sobrenome do marido; que ela, também, era repórter e o quanto admirava os textos espanhóis de Martha na *Collier's*, mas a outra já havia lhe virado as costas para levar um copo de ponche à boca do piloto alto. O segundo piloto incentivou-o, em sua língua nativa, e o polonês alto virou toda a bebida num só trago, tremendo em seguida. Martha riu. Uma risada sonora e atrevida. Ela disse algo em polonês e os pilotos riram também.

Mary afastou-se do pequeno grupo: era feita de matéria mais sólida para se amedrontar com os joguinhos da Srta. Martha Gellhorn. Ou qualquer que fosse seu sobrenome.

Mais tarde, naquela noite, Mary notou que a estola fora largada nas costas de uma cadeira. Típico que uma estrangeira desconhecesse que qualquer londrina pudesse matar para ter aquela coisa que parecia tão quente. Mary deslizou a mão sobre uma das raposas — lembrava pelo de cachorro. Na boca, os dentes eram afiados.

— Epa! — Ouviu alguém às suas costas. Mary virou-se, sentindo o rosto aquecer, como se sua intenção expressa fosse furtar a estola. — Isso é meu — disse Martha. — Acho que não devia deixar as coisas largadas por aí.

Martha pegou a raposa e fechou-a com um gancho invisível pouco acima dos seios, exibindo uma dentadura alvíssima ao sair.

— *Ciao* — disse, e começou a deixar o apartamento de Chelsea. Os poloneses a seguiram, logo atrás.

⎯⎯⎯●━━━━━━━●⎯⎯⎯

Ernest chegou para o almoço com dez minutos de atraso, cheio de desculpas, mas sem pressa. Assim como sua mulher, estava gloriosamente bronzeado. Era maior do que Mary lembrava do primeiro encontro, quase imponente. Era possível ver em seu rosto o efeito dos excessos, provavelmente bebida — o veneno de todos os correspondentes em Londres.

— É um belo terno, Mary — disse, sentando-se à frente dela.

— Obrigada. Improvisei de um terno do meu marido.

Ernest varreu a poeira da toalha de mesa com a mão. Nela, viam-se as linhas que ela traçara com o polegar enquanto esperava.

— Ele está em Londres?

— Raramente; por isso não precisava do terno.

Ernest sorriu.

— E então você o levou ao seu modista, que o atacou com as tesouras? Não é bem o jeito de tratar as coisas do seu ex-marido.

— Seria uma maneira excelente de tratar meu ex-marido. No entanto, ele não é meu ex-marido. Noel Monks ainda é meu marido.

— Noel Monks? Claro — disse ele, como se não o surpreendesse que ela ainda estivesse casada. — Eu o conheci na Espanha.

Mary já sabia disso. Depois que ela lhe contou que ia almoçar com Hemingway, Noel escrevera para ela, dizendo que se lembrava de Ernest da Espanha como um falastrão e grosseiro. Mas o homem sentado diante dela não parecia nenhuma das duas coisas agora. Na verdade, achou graça por ser ele quem estivesse parecendo um pouco nervoso. Abriu o cardápio de cabeça para baixo e virou-o para a posição correta com um pequeno beicinho. Ela se perguntava o que ele acharia da comida aqui.

Pousou o cardápio sobre a mesa.

— Tenho a impressão de que você gosta da guerra, Mary.

— De modo algum. Não dá para gostar de uma coisa dessas. — E gesticulou para um prédio, bombardeado há muito tempo, onde meio metro de cortina ainda drapejava na janela arrombada.

— Mulheres correspondentes de guerra. São como táxis; você não vê nenhuma em quilômetros, e, de repente, aparecem aos montões.

— Os soldados nunca se queixam.

— Não. Não se queixariam de você.

— Ou de sua mulher.

Houve um silêncio por alguns momentos enquanto Mary se concentrava no cardápio. Ernest tinha um ar aristocrático, mas uma leve hesitação também, como se não soubesse ao certo o que estava fazendo nesta cidade de caldo de carneiro e avarias de bombardeios. O garçom chegou e anotou os pedidos. Ernest levou algum tempo para se decidir e fez o homem esperar à toa junto ao meio-fio, enquanto os carros despejavam sua descarga no calor.

— Você a conhece? Minha mulher? — perguntou, assim que o garçom se afastou.

— Eu a conheci numa festa faz dois meses. Ela não se lembraria de mim; nossa apresentação foi muito breve.

— Ela ficaria irritada ao ver outras mulheres fazendo a mesma coisa que ela. — Ernest correu o dedo ao longo da parte serrilhada da faca. — Martha atravessou o oceano até aqui num navio carregado de dinamite. Isso mostra o quanto ama a guerra. Disposta a explodir em pedaços só para ver outros explodirem em pedaços também. Minha mulher: tem cada ideia.

— Ela impressionou todo mundo, certamente.

— A festa era de quem?

— De uma amiga do *Herald Tribune*.

— Ela estava com alguém?

Mary fez que não com a cabeça. Se Ernest quisesse saber o que os pilotos poloneses significaram para Martha Gellhorn naquela noite, cabia a ele descobrir. Ajeitou-se na cadeira; sua mãe lhe mandara uma nova cinta-liga, que estava um pouco frouxa depois dos anos passados na famélica Inglaterra. Acidentalmente, ela chutou o pé dele e se sentiu ruborizar.

— Desculpe.

Mas Ernest estava com a cabeça em outro lugar.

— Minha mulher tem uma ideia muito fixa sobre como quer que sua vida pareça aos outros. E isso sempre envolve pessoas engajadas em atos de violência excepcional. Não fica feliz a não ser que algum pobre desgraçado perca sua vida. Pois é. A perda de um homem é o lucro de uma mulher.

— Então por que você veio para cá?

— Forçado a obedecer.

— Ernest Hemingway: forçado a obedecer. Que ideia.

A comida chegou. Ernest olhou para o caldo marrom com as batatas do tamanho de moedas. Veio com uma fatia de torrada.

— Por que não fiquei em casa? É uma boa pergunta.

Mastigou o pão como se houvesse areia misturada à farinha. Então tirou uma pontinha e jogou as migalhas para um pombo. Suas asas soavam como uma batedeira de ovos.

— Cuidado. Quase encarei um pelotão de fuzilamento porque joguei fora um pedaço de queijo mofado. — O sanduíche dela, com uma mera sugestão de carne enlatada, estava maravilhoso; não comia nada que prestasse havia semanas. Tentou não devorá-lo muito rapidamente, mas, quando ergueu o olhar, Ernest parecia satisfeito, como se estivesse gostando de presenciar seu apetite. — Sua mulher tem reputação de ser muito destemida.

— E ela faz questão de deixar isso bem claro.

Mary ergueu as sobrancelhas e lembrou as palavras da amiga: "Seu casamento está na corda bamba. O dela com Hemingway."

— Não há muito espaço para ser destemida num casamento. Muito menos quando as duas pessoas são Martha Gellhorn e eu. Você não escreve, né, Mary?

— Só jornalismo.

Ernest pareceu gostar da resposta dela. Seus olhos escuros olhavam os dela, enquanto as pessoas dentro do restaurante o observavam: o famoso escritor que viera à Europa para se inteirar. Ele comeu a sopa com pouco interesse, e a conversa se encaminhou para a guerra. Ela soube, então, que o teor do encontro seria trabalho, embora sentisse, quando saiu do apartamento, que havia algo mais embutido nesse convite para almoçar com Ernest Hemingway. Mary lhe contou sobre a fuga de Paris em 1940, sua retirada até Biarritz, o barco de volta à Inglaterra. Contou-lhe do bombardeio de Londres: das asas totalmente destroçadas, uma poltrona que pendia de um edifício com o terno de domingo ainda dobrado sobre seu encosto. O modo como, no início, quando as pessoas ainda se assustavam com as sirenes de alerta; as mulheres corriam para os abrigos com espuma de sabão nos cabelos. A nuvem de poeira por toda parte. A incapacidade de se manter limpo. A alegria de herdar um pote de pasta de amendoim com a quantidade de um copo de óleo do amendoim separado em cima.

— Óleo! — disse ela. — Finalmente eu poderia de fato fritar alguma coisa!

Ernest anotou as sugestões terapêuticas que ela lhe dera de leitura. Enquanto terminava seu sanduíche, perguntava-se se ele autografaria algo para ela. Poderia vender depois para um dos livreiros na Cecil Court. Pelo que ela poderia trocar? Um limão-siciliano, talvez. Ou até mesmo um ovo! Tinha um exemplar de *Por quem os sinos dobram* no apartamento. A dedicatória, ela tinha visto, era para Martha Gellhorn. Ficou imaginando há quanto tempo devia ter sido aquilo.

Quando os pratos foram retirados, Ernest tirou uma bela laranja da sacola. Os pedestres olharam para ele com horror, como se segurasse uma cabeça humana.

— Para você — disse, oferecendo-lhe a fruta. — Em agradecimento a tudo isso — acrescentou, gesticulando para suas anotações. — Por me ajudar a não parecer um idiota na frente dos nossos estimados colegas.

A cor da fruta era quase um insulto. Mary levou-a até o nariz. Seu cheiro era de partir o coração.

— Vai acontecer um tumulto se eu a descascar aqui — disse ela, olhando para os pedestres em Charlotte Street. — Vou ser levada à corte marcial por agitação pública.

— Podemos levá-la ao seu apartamento. E comer lá.

Ali estava. Não devia ter duvidado de si mesma. Não tinha como ser só trabalho, não quando um homem e uma mulher almoçavam juntos. Mas então ela se lembrou das palavras de Martha naquela noite, quando pegara a estola de raposa. "Isso é meu." Mary olhou para Hemingway que ainda era, estritamente, daquela mulher, estivesse seu casamento *na corda bamba* ou não.

— Acredito que a Sra. Hemingway não gostaria disso.

— Não acho que a Sra. Hemingway se importaria.

Com grande relutância, Mary devolveu-lhe a laranja.

— Talvez não, mas o meu marido se importaria.

Ernest desafivelou as presilhas da mochila dela e colocou a fruta lá dentro.

— É toda sua — disse, e então parecia ter falado algo como "e eu também", mas disse dentro do guardanapo, limpando a barba, e ela sabia que provavelmente tinha escutado errado.

— Obrigada, Sr. Hemingway — respondeu ela, sorrindo. — Não sei lhe dizer há quanto tempo eu não como uma laranja.

— Você pode, se quiser, me chamar de Papa. Todo mundo me chama assim.

Mary riu.

— Claro. Papa será, então. — E Papa realmente pareceu ter ficado feliz com a aprovação dela.

<hr style="width:15%" />

De volta a casa, ela removeu o rímel de cortiça e o batom e sentou-se à mesa, animada. Havia deixado de lado o prazo de fechamento da matéria para ir para casa comer a fruta imediatamente. Quando enfiou as unhas na casca, mergulhou o nariz no borrifo. Cheirava a paraíso. Mentalmente, agradeceu a quaisquer deuses que tivessem trazido Ernest Hemingway para a sua vida, e, no dia quente de primavera em Londres, com a guerra muito provavelmente terminando, e terminando para todas as pessoas certas, ela enfiou os dentes num mundo súbita e indizivelmente doce.

33. KETCHUM, IDAHO.
SETEMBRO DE 1961.

É final de setembro; o ar está mais frio. De manhã cedo, a artemísia fica coberta de geada, parecendo pele de coelho. Na semana que passou, Mary desistiu de organizar os papéis de Ernest; suas cartas jazem abandonadas no estúdio.

Em vez disso, ela caminha pelos morros, seguindo túneis de roedores e pegadas de raposas. Em pouco tempo, os morros vão estar cobertos de neve, mas por enquanto estão escuros como o couro de um grande felino que Ernest e ela podiam ter alvejado na estepe africana. O céu está cinzento, uma poça de água parada.

Às vezes ela vai até o bosque: as folhas do cedro e da bétula já estão na muda. O outono chegou tão rapidamente, e a floresta é feita de tons de mostarda, ferrugem e sangue. Tendo amado tão intensamente aquela beleza, Mary se surpreende que Ernest esteja cego para tudo aquilo agora.

Os telefonemas da imprensa continuam, apesar de ela, em toda entrevista, dizer as mesmas palavras, sem titubear: "Ernest estava limpando a arma quando ela disparou acidentalmente." E então aquela pausa, o silêncio da descrença, antes de tentarem pressioná-la nos minutos que lhes foram concedidos. "Ernest era um exímio atirador", diziam, "o que fazia acordado tão cedo, àquela hora da manhã?" "Ia caçar patos", ela responde, sempre as mesmas palavras. Eles iam caçar patos àquela manhã.

Na noite anterior, Ernest havia cantado para ela com a boca cheia de pasta de dente. *Tutti mi chiamano bionda... Ma bionda io non sono!* Aprendera a canção com gondoleiros em Veneza. Enquanto dobrava as roupas, Mary sorria ao ouvi-lo cantar aquela letra sem sentido. Agora, ele andava cada vez mais bem-humorado. A escrita parecia ter melhorado.

Porto i capelli neri! foram as palavras trinadas que vieram do banheiro.

Mary gritou para ele de seu quarto.

— O que vamos fazer amanhã, querido?

— Que tal caçar uns patos?

— Que ideia excelente.

Ernest querer sair de casa, mexer-se ao ar livre, fazer coisas, era muito bom. Talvez ela pudesse até o encorajar a finalizar um daqueles rascunhos de Paris; dizer-lhe que deviam mandá-lo a um editor. Ela queria que sentisse de novo a aprovação mundial. Ele publicara tão pouca coisa na década, desde *O Velho*; não era de admirar que se sentisse derrotado.

Ernest veio ao quarto de Mary para lhe dar um beijo de boa noite. Ele estava meigo e afetuoso naqueles últimos dias. Ela sentiu a língua dele insinuar-se brevemente em sua boca para um beijo molhado; ainda tinha o gosto de pasta de dente.

— Boa noite, querido. Durma bem.

Do seu quarto ela o ouviu dizer:

— Boa noite, docinho!

E então ele continuou entoando sua canção. Sua voz, um barítono forte; seu italiano, aprendido na guerra, ainda maravilhoso. *Tutti mi chiamano bionda... Ma bionda io non sono!* As palavras tornaram-se um sussurro enquanto ele arrumava as coisas em seu quarto.

Mary fechou os olhos, contente. Finalmente, pensou, ele está de volta. Amanhã, teriam um dia de caça aos patos; ela faria o prato favorito dele e lhe diria, com ternura, como o mundo ficaria louco pelas memórias de Ernest Hemingway. Aninharia o rosto em seus cabelos e, talvez à noite, depois de uma garrafa de vinho, eles fariam amor. Então a porta se fechou, cortando o som da voz dele. Mary caiu no sono, pensando no que o dia seguinte lhes reservava.

O próximo som que ela ouviu foi o detonar da arma.

Os jornalistas não acreditam nela, mas Mary não se importa. Não precisam acreditar. Não dava a mínima importância para a opinião de um funcionário do *Times*. Por que cargas d'água Ernest estaria tão animado na noite anterior? Por que embrulharia em celofane as sobras da janta? Ou compraria o bilhete de loteria para o sorteio da próxima semana? Ou faria planos para as férias que iam tirar, ou deixaria suas cartas naquele estado, se não fosse porque estaria ali, nas semanas seguintes, para arrumar toda a bagunça? Ele detestava a maneira descuidada que seu pai escolhera como saída; não teria feito o mesmo. Não teria escolhido deixá-la tão só.

Íamos caçar patos, diz ela, para quem quer que seja, e a conversa morre ali. Mary lembra seu próprio treinamento como jornalista na guerra: afaste o entrevistado do roteiro que ele preparou previamente e conseguirá a verdadeira história. Por isso ela diz as mesmas palavras de novo e de novo. E se agarra a elas.

No lago, ela observa os patos e as garças na água. Inala o aroma do chão do bosque enquanto as aves aquáticas se aproximam; elas gostam de testá-la ao máximo. Ela deixa uma perdiz, gorda e cor de ferrugem, bicar o terreno ao redor de suas botas. Se o seu marido estivesse ali, teria atirado nela e a comeria no almoço. Mas Mary não tem a menor vontade de caçar agora; todas as suas armas estão trancafiadas.

Ela adotou o hábito de sentar-se à beira da água durante o verão; e continuou no outono. Sempre que senta ali, uma lembrança vívida da infância vem à tona. É uma memória de patinar no lago congelado, em Minnesota. Imagina que devia ter sete anos, porque a data que ela entalhara na porta da serraria fora 1915.

O gelo veio cedo naquele ano, numa noite sem vento, deixando a superfície do lago tão lisa quanto um prato. Mary deslizou sobre o gelo, sentindo as lâminas escorregarem até construir a sua própria trilha escura sobre o rinque. Perto do capim alto, o gelo era mais fino, e ela ficava longe dessas partes, embora gostasse de ver as trutas dardejarem debaixo do gelo.

Havia uma serraria num canto do lago. Tinha a cor de sangue coagulado, contra o branco da paisagem. Na porta, viam-se entalhados as datas e os nomes das corajosas crianças que testaram seu peso sobre o gelo mais fino do canto. Mary tinha acabado de gravar o número 5 no gelo quando ouviu o mesmo som seco que o machado de seu pai fazia quando era cravado na madeira. Debaixo de uma de suas botas, o gelo começou a se romper.

Mary tentou dar pequenos passos para o lado, como sua mãe lhe ensinara, mas, quando se mexeu, o gelo começou a romper sob a outra bota. Uma água negra começou a subir pelo buraco. Sem aviso, todo o gelo debaixo dela começou a ceder. A água encheu suas botas.

Agarrou-se à maçaneta da porta, que apenas girou quando ela a torceu, e nada mais na serraria podia suportar o seu peso. Gritos vieram da margem. Agora não havia nenhum gelo debaixo dela, e não conseguia mais segurar a maçaneta. Sentiu-se cair no buraco de água escura e mergulhar no imenso frio.

● — ●

O lago agora está calmo, enquanto os patos nadam, e a luz, que declina através das bétulas prateadas, começa a ir embora. Ernest sempre descrevera sua solidão como estrábica — como se o fizesse olhar de esguelha, como se não pudesse enxergar direito. A solidão de Mary hoje é uma dor, uma canção.

Em sua cabeça, uniu os dois acidentes como num enxerto, uma vez que Ernest não queria morrer, assim como ela não queria estar sob o gelo. Talvez ele tivesse apenas escorregado, como acontecera com ela quando criança. Talvez ele tivesse tentado pegar o guarda-mato do gatilho, como ela colocara sua pequenina mão na porta da serraria, mas a maçaneta lhe escapara. E talvez o dedo de Ernest, que repousava suavemente na arma, possa ter forçado o gatilho sem querer. E então ela se pergunta se o momento havia sido igual para ambos: enquanto a bala detonava e enquanto ela era jogada para dentro do gelo. Foi um momento não de ultraje, mas de curiosidade. "O que está acontecendo comigo?", ele poderia ter pensado. "O que eu estou fazendo aqui embaixo no escuro?"

34. PARIS, FRANÇA.
SETEMBRO DE 1944.

— Papa — disse o soldado —, tem uma senhora aqui que veio ver o senhor.

O soldado parou entre a porta e as ombreiras. Enquanto apurava o ouvido para o interior do quarto, o jovem olhou para ela com um ar de superioridade.

— Não sabia que davam um destes com tanta facilidade — disse, apontando com a cabeça para a braçadeira sobre o uniforme dela, de onde saltava um "C" de correspondente. Seus olhos varreram os seios achatados pela jaqueta militar.

— Quando você está nesse ramo há tanto tempo quanto eu, eles praticamente distribuem.

Disseram alguma coisa atrás dele, que respondeu:

— Não, não ela.

Fora assim toda a semana: era necessário passar por todos os lacaios antes de chegar a Ernest.

— Diga a ele que é Mary Welsh.

Assim que seu nome foi repetido, Ernest apareceu, e o jovem soldado rapidamente ficou de lado.

— Oi, docinho — disse ele. Ela o beijou na bochecha, tirando a mão dele de sua bunda. Sua felicidade naquela semana parecia perto da delinquência. A maioria das pessoas sensatas, certamente todos os seus amigos, a advertiram contra qualquer tipo de aliança. Capacidade de atenção sofrível, alertaram.

— Minha Vênus de bolso — sussurrou-lhe ao plantá-la perto da janela, enquanto suas tropas irregulares saíam da sala. Ainda sentia o cheiro extremamente forte da perna de cavalo que haviam cozinhado no fogão a gás, poucas noites antes. — Champanhe? Ainda não acabamos com o estoque.

Havia uma tigela cheia de laranjas numa mesa de canto.

A suíte estava tão bem-servida quanto a messe de um general. Aonde quer que Ernest fosse, estava munido de bebidas que os outros correspondentes não viam havia anos. Ia às festas levando potes de geleia, pasta de amendoim, presunto em lata, pêssegos em calda. Mesmo que não tivesse escrito um único livro, ainda assim seria uma celebridade instantânea, com seu famoso guarda-roupa cheio de quitutes no hotel Dorchester. Em Londres, saíram juntos para outros almoços e jantares: ambos atentos a seus cônjuges ausentes. Na maioria das vezes, ela o colocava a par da movimentação das tropas, das linhas de ataque, das batalhas dos últimos cinco anos. Depois de seu acidente de carro, ela levou-lhe tulipas amarelas, no hospital St. George. Quando o beijou perto da atadura, sentiu o cheiro de sabonete e cânfora.

— O que aconteceu? — perguntou, no quarto empoeirado da clínica.

— Batemos num caminhão-cisterna de aço. Não consegui enxergar porra nenhuma.

— Chama-se apagão, seu bobo. — Ela ajeitou as tulipas num vaso. — Tome. Estas flores te farão bem.

— Você é boa pra mim. — Ela sorriu. O rosto de Ernest tinha um ar delirante; ele tratava sua concussão com uma garrafa de champanhe. Mary derramou o resto da bebida na pia, enquanto ele protestava, mas o fazia com um sorriso, como se gostasse daquele lado maternal. Disse que Martha viria visitá-lo no finzinho da tarde, o mito em pessoa. Ergueu os punhos e desferiu alguns *jabs*. — Quer ficar por aqui? Pra ver quem dança melhor uma valsa irlandesa?

Mary apenas sorriu e rejeitou o convite. Depois da festa em Chelsea, dos pilotos poloneses e daquela indelicadeza muito peculiar sobre a estola de raposa, não tinha desejo algum de rever a Srta. Gellhorn.

———•———

Ernest abriu uma nova garrafa de espumante e eles viram a rolha cair nos paralelepípedos lá embaixo. Sob os telhados de mansarda do outro lado, a dona da confeitaria, com seu grande avental, varria a poeira de sua loja. Homens faziam fila diante de uma banca para comprar seus jornais vespertinos. Ainda havia a mancha cor de vinho na rua em que o cavalo fora morto uma semana antes, e as bandeiras que pendiam das janelas começavam a parecer esfarrapadas e poeirentas. Paris começava a se acostumar com a liberdade.

A garrafa de champanhe tilintava contra o balde de níquel. "*Vive la libération, et vive ma Mary.*" Ernest brindou com a taça dela, a cabeça ainda coberta por ataduras. Estava de farda; os pés, descalços, mas parecia a um mundo de distância do homem afundado no lixo na noite anterior. Mary se pôs a pensar sobre essas profundas variações de humor: como ele, neste momento, estava seguro e em posse dos seus sentidos. Pensou também em pedir desculpas pelo poema perdido, mas desistiu. Lembrou as palavras de advertência de Martha.

O rosto de Ernest, sentado na poltrona diante da janela, era banhado pelas últimas luzes.

O champanhe estava delicioso.

— Sem meias. — Ela apontou o cigarro para os pés dele e depois jogou as cinzas pela janela.

— Perfeito para dançar o jazz-sem-meias — disse ele, coçando o tornozelo com os dedos do outro pé. — Minha primeira mulher e eu moramos em Paris, sabe. Um apartamento em cima de um moinho. Nos piores dias, a serragem caía dos nossos olhos aos borbotões.

— O que aconteceu?

— Com Hadley?

Ernest deu de ombros e se levantou. Colocou um disco num fonógrafo e baixou a agulha. Fazia tudo com uma delicadeza que não combinava com suas grandes mãos. Um som repleto de chiado seguido de um piano. Chopin: uma mazurca. Por algum tempo ele ficou de pé, observando o disco girar. E então olhou para ela novamente, o rosto pálido.

— Às vezes tenho essa sensação de que as coisas estão se repetindo. Eu coloco a agulha no mesmo lugar, na mesma faixa, e espero uma música diferente. — Ele não havia bebido nada enquanto ela bebericava seu champanhe. Então pegou a taça e emborcou tudo de uma vez. — Como você acha que Freud teria me classificado?

— Um neurótico?

Ernest deu-lhe um sorriso triste. Virou sua taça de novo, mas percebeu que não havia mais nada dentro dela.

— Lembro que a vi numa festa em Chicago, quando nos conhecemos. Ela usava um vestido azul até os joelhos. Parecia nunca ter ido a uma festa antes. Quando conversamos, não se mostrou tímida, mas cheia de candura e muito equilibrada. Eu senti que poderia dizer o que quisesse pra ela. E pensei: é isso. Com certeza, essa é a mulher com quem eu deveria me casar. Eu tinha vinte e um anos. — Enquanto se servia de uma nova taça, observou as borbulhas. E, em seguida, completou a taça de Mary. — Hadley tinha uma qualidade extraordinária. Uma capacidade insana para a bondade. Foi por isso que me apaixonei. Agora me diga por que eu enjoei de uma mulher dessas.

— Familiaridade?

— A velha porra da familiaridade. Eu era um tolo.

Era estranho ouvir Ernest desabafar. Em Londres, só haviam conversado sobre a guerra, ou então, com um tipo de intimidade irônica, Ernest brincava, dizendo que Mary se tornaria sua mulher. Mas era tudo uma troça: afinal, o que poderiam fazer se os dois já tinham marido e mulher? Pobre Noel. Aceitara o trabalho de reportagem no norte da África e a deixara para trás numa Londres enlouquecida pelos bombardeios. Noel era doce e adorável — mas ela nunca se divertira com ele tanto quanto nesses últimos meses, com Ernest.

— Você não precisa se sentir culpado — disse Mary. — Paul e Hadley sempre me deram a impressão de serem muito felizes juntos.

— Você conhece o Paul?

— Só como o Sr. Mowrer. Foi meu chefe em Chicago. No *Daily News*.

— Minhas mulheres têm uma capacidade incrível de se encontrar sem que eu esteja um pingo envolvido.

— E Pauline? — Suas palavras saíram com a baforada do cigarro. Ela afastou a fumaça para a janela com a mão, sabendo que ele não gostava do cheiro.

— Fife?

— Sim. Ela se casou de novo?

Ele fez que não com a cabeça.

— Eu me sinto mal pelo modo como as coisas terminaram.

— Ela ainda está em Key West?

Ele assente.

— Hash diz que ela ainda mantém a chama acesa. É a expressão que ela usa. Fife... — E olha ao redor no quarto. — O que dizer a respeito de Fife? Foi a mulher mais corajosa que eu conheci. Houve ocasiões em que fomos incrivelmente felizes. Mas grande parte do tempo éramos inúteis. Tudo o que fazíamos era brigar. — Ernest serviu o que restava do champanhe nas taças e enfiou a garrafa de cabeça para baixo no balde. — Essa é uma linha de interrogação curiosa.

— Conheci Martha. Acho que gostaria de conhecer as outras.

— Às vezes eu olho pra trás e não consigo entender como a coisa se processa. Como todas se desmantelaram. Todas e cada uma delas. — Ernest parecia um tanto ofuscado por tudo aquilo; sentado na poltrona do Ritz, fazendo um retrospecto de suas décadas de mulheres perdidas. — Você fica pensando de quem seria a culpa, mas ela foi de todos nós. Entendo isso. Só que eu fui mais culpado do que todo mundo.

Tirou a agulha do disco. O quarto ficou em silêncio. Olhando para ele ali na poltrona, sem sapatos e sem meias e com a cabeça ainda ostentando um turbante do acidente de carro, Mary lembra um garoto que viu a caminho de Paris, sua cabeça envolta em ataduras, morto numa sarjeta na Normandia. Seus olhos azuis eram velhos: enrugados e avermelhados. Sua barriga estava inchada, como se estivesse grávido de seis meses. Foi tão triste vê-lo ali, tombado, sozinho com sua farda americana em terra francesa. Ela afastou-se da janela e segurou a cabeça ferida de Ernest entre as mãos.

— Cuidado — disse. — Cuidado com a sua pobre cabeça.

— Você me perdoa, não?

— Você está aqui agora, Ernest. E não é culpado de nada.

— O que estou dizendo é que vou persistir com você.

— Lembra a velha porra da familiaridade?

— Não. Eu me sinto diferente desta vez.

— Como pode alguma coisa ser diferente?

— Sou um velho.

— Velho! Você não tem mais de quarenta e cinco anos, com certeza.

— Exatamente. Isso já é velho o bastante pra mim.

Ernest pegou a taça dela e colocou de lado.

— Velho demais, cansado demais, apaixonado demais, docinho, para fazer tudo de novo. Você vai me acompanhar em meus anos outonais e, também, nos hibernais. Vamos lá, juntos, aposentar a nossa solidão. — Ele a beijou, acariciando seu rosto com a ponta do nariz. — Você não vai conseguir se livrar de mim. Vou ser fiel como um cão. Esta é a última vez, prometo. Você é minha última parada.

— Vamos fazer assim. Se você dedicar seu próximo livro a mim, eu penso na sua proposta.

— Quer dizer que vai ser minha mulher?

— Não. Quer dizer que vou pensar a respeito.

— Combinado.

Ela riu.

Naquela noite, Mary passou algumas horas insones. O quarto estava quente, embora tivessem deixado a janela aberta para que a brisa entrasse. No fim da noite, mas ainda não perto do amanhecer, Mary ouviu uma cantoria vinda da rua e foi até a janela. Um grupo de homens passava a garrafa de mão em mão.

Après la guerre finie,
Tous les soldats partis!
Mademoiselle a un souvenir,
Après la guerre finie!

Os homens balançavam suas garrafas para lá e para cá. Quando a viram no alto, à janela, um deles fez um gesto com a garrafa.

— *Venez!* — E todos os outros se juntaram. — *Venez!*

Mary sorriu e colocou o dedo sobre os lábios, fazendo o gesto de silêncio.

Terminou o cigarro e voltou para a cama. Ficou a pensar no que significava aquela sensação: se podia ser chamada de felicidade ou se seria mais adequado chamá-la de medo. "Vou persistir com você", dissera Ernest, mas ela não tinha como provar aquelas palavras.

Sob a luz da noite, ela acordada, ele dormindo, Mary sentiu uma certa onda de poder. Com uma sensação de extravagância, puxou o lençol. Aquele era o lado dele que ninguém mais via. Olhou para ele como se tentasse memorizá-lo, como se fosse escrever um artigo, como se tentasse traduzir em palavras a qualidade do corpo erótico de Ernest. Mas o que a impressionou foi como ele era cheio de cicatrizes. Rompida por estilhaços há muitas décadas, sua perna direita era completamente tracejada entre a panturrilha e o joelho. Pedaços da bomba, dissera ele, ainda estavam dentro de seu corpo. Seus joelhos estavam descoloridos pela força do acidente de carro em Londres, e as pontas dos dedos, escurecidas como se tivessem sido queimadas pelo frio. Havia uma cicatriz oval em sua outra perna — parecia um ferimento de arma de fogo. O milagre é que ele conseguira ficar inteiro no fim das contas.

Ernest parecia vulnerável assim: nu e adormecido. Os danos que havia feito a si mesmo, as cicatrizes, meramente serviam como prova de sua nudez. Ela sentiu uma grande onda de felicidade, um prazer de marajá. Tudo isso, pensou, com garantia de posse: tudo isso é meu.

Mary ajoelhou-se entre o V de suas pernas e deslizou sua boca sobre ele. Sentiu Ernest acordar sob ela, acariciando-a atrás das orelhas. Um tiro ecoou na rua lá embaixo, e os homens trocaram suas canções pelo grito de *Ré-sis-tez! Ré-sis-tez!*

Ernest aproximou-a de si com um beijo. Colocou as mãos nos cachos louros e macios e insinuou-se dentro dela.

— Eu te amo — disse ele. — Faria qualquer coisa pra te fazer feliz.

Disse essas palavras enquanto a olhava, em transe, intoxicado, como se ela fosse uma espécie de santa ou salvadora, como se tivesse vindo para livrá-lo de todos os males do mundo.

Mais tiros ecoaram sobre os telhados de Paris. *Ré-sis-tez!*, gritaram os homens. *Ré-sis-tez!*

***

Nas semanas seguintes ficaram passeando pelas ruas de Paris, comendo o melhor que podiam, almoçando com Picasso e suas namoradas, no Marais, comprando livros recomendados por Sylvia, na Shakespeare, fazendo amor à noite, ainda ao som do estalido das armas, que chegava pela janela. Moravam no Ritz; e o objetivo, disse ele, era acabar com o estoque do hotel — só sairiam de lá depois de deixar o local totalmente seco.

Então, certa noite, numa briga boba sobre algum detalhe sem importância, Ernest lhe deu um soco. Foi forte, bem no queixo. Ela colocou as mãos no rosto, atônita. Como ele pôde fazer aquilo, perguntou-se, depois daquelas semanas maravilhosas? Foi ao seu quarto para pensar no que estava fazendo com um homem daqueles.

— Estão falando algumas coisas sobre mim e Hemingway — escreveu aos pais. — São apenas rumores. Não há nada confirmado.

35. KETCHUM, IDAHO.
SETEMBRO DE 1961.

O estúdio de Ernest é um palácio de papel. Há livros por toda parte: os dele, em diversas línguas, e de amigos e editores, pedindo elogios. Centenas de telegramas e cartas de condolências, aos quais ela ainda precisa responder, a certa altura, quando tiver energia. *Do outro lado do rio* está na escrivaninha. Ela não sabe por que Ernest o tirou da estante, na noite anterior a sua morte. A dedicatória diz: "A Mary com amor." Caixas de papéis jazem pelo chão: semanários franceses, edições do *Economist* de Londres, manuscritos lacrados e cartas de outras pessoas; tudo à espera de que ela os coloque numa ordem mais ou menos apropriada. Mas Mary quer ser mulher de Ernest, e não sua testamenteira.

Ela coloca as mazurcas para tocar e se embrulha na colcha dele, fazendo uma tenda com os últimos resquícios de seu cheiro. Da poltrona de Ernest, ela ouve os esforços do piano nos difíceis ritmos, a agulha empaca, no mesmo lugar de sempre. É a música deles de Paris. Ela a transporta ao seu quarto no Ritz: o cheiro de cordite entrando pela janela; Mary fazendo amor com esse homem que queria se tornar seu marido. Lera, certa vez, uma entrevista com Martha, em que ela contava como eles ouviam Chopin enquanto os aviões bombardeavam Madri. Não importava que a música fosse compartilhada entre eles. Ernest tinha, por princípio, que ser compartilhado. Não havia duas mulheres no casamento dela; havia sempre quatro, Hadley, Fife, Martha e Mary. Ela só precisava não ficar de coração partido.

Mary tenta separar as cartas em ordem cronológica. Acha algumas de Harry Cuzzemano, o maricas que vivia implorando para arrancar coisas dele. No fundo da cabeça, ela se pergunta se encontrará alguma carta de mulher desconhecida. Talvez seja por isso que vem adiando a tarefa. Não tem a menor vontade de descobrir que Ernest mentira para ela. Há algumas de uma Adriana, uma jovem por quem Ernest ansiou, ela sabia, com muito desejo, por muitos anos. Mas ela nunca se sentira ameaçada por Adriana: não passava de uma adolescente quando Ernest a descobriu como sua nova obsessão. E Mary podia ver que, embora Adriana o quisesse como amigo, não queria nada a mais. E então desaparecera da vida dele. Como todas as demais.

Ela olha para o cofre sobre o armário envidraçado. Ernest sempre guardava a chave trancada em sua escrivaninha. Até agora ela resistiu a abri-lo. Tem medo do que tem lá dentro: ele sempre pedira a ela que não perguntasse. O conteúdo a intriga. E se houver ali cartas de uma desconhecida? Uma mulher desconhecida, esforçando-se para sair da escuridão, como uma larva cega na noite.

●────────●

O som do telefone a afasta do estúdio. Ela está ofegante quando o alcança, na cozinha.

— Ah, Mary, achei que não ia conseguir falar com você. O que tem feito?

— Organizado as coisas de Ernest — diz a Hadley. — Está levando bastante tempo. — Mary senta-se diante da bancada da cozinha, sobre a qual os obituários de julho estão empilhados. O *New York Times* e *Los Angeles Times*, o *Herald*, o jornal local. A foto de Ernest está na primeira página de todos eles. Toda manhã, ela encara o rosto dele enquanto faz café ou assa uma torrada e sente uma fúria súbita por ele não estar ali para tomar o café da manhã com ela. — Tem tanta coisa — diz aos papéis.

— Ele guardava muita porcaria, né? Papel de bala. Listas de compras. Programação de rádios.

— Alguma coisa tem de ser jogada fora, só não sei o que ainda. — Mary vê seu nome nos artigos sobre a bancada. "O Sr. Hemingway matou-se acidentalmente enquanto limpava uma arma esta manhã, às 7h30." Na manhã seguinte, todos os obituários usavam a mesma citação.

— Pensou em voltar a trabalhar?

Mary ri.

— Não faço reportagens há dezesseis anos, Hadley. Seria preciso limpar a poeira do meu bloco de anotações.

— Só estou preocupada porque acho que você precisa de um propósito.

Mary enrola o fio do telefone no polegar, vendo-o ficar cor de amora. Quando solta o fio, o sangue flui. Ouve um estalido na linha. Talvez Ernest tivesse razão e o telefone estivesse mesmo grampeado. Mas por que estariam ainda na escuta, meses após sua morte, ouvindo sua primeira mulher e a viúva inconsequente?

— Eu tenho um propósito.

— Como está ficando o livro de Paris?

Hadley refere-se ao manuscrito em que Ernest vinha trabalhando nos últimos anos. Ele começou a escrevê-los depois de descobrir, em 1956, alguns baús que havia deixado no Ritz, quando fugia do primeiro casamento para começar o segundo. Mary não devia ter perguntado por que Ernest jamais jogava fora uma folha de papel; ele tivera tanto azar com coisas perdidas. E essa descoberta parecia um resgate: encontrar todos aqueles cadernos de anotações o fez querer escrever de novo.

— Os advogados vão fazer uma festa. Precisarão de uma leitura voltada apenas para acusações por difamação.

— Às vezes ele era assustadoramente franco, né?

— Tem uma história ótima sobre a virilidade de Fitzgerald. Ernest o cobre de comentários tranquilizadores, de que é um tamanho normal, *et cetera*, mas você pode ouvi-lo rir ao fundo. É maravilhoso.

Caminhadas às margens do Sena, turnês insanas de automóvel junto com outros americanos, esse tipo de coisa. Muita comida: que vinho branco se deve beber com ostras, em que momento esparramar o ovo cru num *steak tartar*. Tem uma história lá sobre você.

— Não sobre a mala? — A voz de Hadley ficou um tanto ansiosa.

— Não, não — diz ela, tranquilizando rapidamente a amiga. — É muito doce. "Eu gostaria de ter morrido antes de amar alguém a não ser ela", coisa do tipo. Na verdade, tudo faz com que eu me sinta um pouco como uma peça sobressalente. Como se a nossa vida fosse apenas um apêndice de uma vida incrível que ele teve antes.

— Aqueles anos de Paris... Não repare. Ernest apaixonou-se loucamente por eles depois do fato consumado. Foram esplêndidos e terrivelmente difíceis, ao mesmo tempo. — Hadley faz uma pausa. — Tem alguma coisa sobre mim e Fife?

Mary presta atenção ao construir a frase.

— Tem muita coisa sobre a... *infiltração* dela. Você e Ernest se saem bem da situação toda, enquanto Fife, bem, ele a faz parecer um diabo vestindo Dior. Fico feliz que ela não esteja mais por aqui para ler isso. Não é a versão que eu conheço de nenhuma de vocês. Ele começou a ter uns pensamentos estranhos no final. Falava sobre certas questões que nunca havia mencionado antes.

— Ele estava bem diferente nestes últimos anos.

Mary ignora o comentário. Ela sabe a que ponto Hadley quer chegar com isso.

— Estava pensando que poderíamos chamá-lo *Paris é uma Festa*. Está numa de suas cartas.

— Acha que ele iria gostar? Eu acho que sim. Você me deixa ler antes de ser publicado?

— Claro. Hash?

— Sim?

— Eu quero que ele volte pra casa. — E olha para o rosto de Hemingway no obituário do jornal. — Sinto tanta falta dele.

— Eu sei.

— Não é justo.

— Mary. — Hadley suspira.

— O quê?

— Aquelas mudanças bruscas de humor... A paranoia de que você me falou. O álcool. Você não vê? Mascarando como se tivesse sido algum tipo de acidente, não pode...

— *Foi* um acidente.

— Eu acho que ele estava muito deprimido.

— Ele estava melhor, Hash. Você devia ter visto na noite anterior. Tinha recuperado seu velho ânimo.

— Aparentemente, isso...

— Foi um erro. Só isso.

A porta dos fundos bate e o coração de Mary se acelera. Ela vê novamente os retalhos do roupão xadrez. Sangue e dentes nas paredes do vestíbulo. A arma pousada em cruz contra o corpo de Ernest. Mas a empregada entra na cozinha e seu coração se acalma.

— A arma disparou acidentalmente. Foi isso. E é o que deixa a coisa tão triste.

●————————————●

Naquela noite, Mary sonha com ele. Estavam de volta ao *Pilar*, deslocando-se para a terra. Ao se aproximarem, a orla passou de escura a clara e algas do Golfo cercaram o barco. Nada além de nuvens esparsas no céu e uma brisa leve que os encorajava rumo à claridade da praia.

Ernest enterrou-a na areia, dando-lhe seios colossais que subiam até seu pescoço e cravejando-a com conchas brilhantes e seixos. Quando lhe deu uma longa lambida molhada pelo rosto, ela riu tanto que a barriga de areia sacolejou.

— Que gostinho salgado delicioso tem o seu rosto! Eu podia ficar horas aqui!

Ele lambeu suas pálpebras e narinas molhadas e os buracos de seus ouvidos até que ela não aguentava mais de tanto rir. Pediu que a liberasse da areia para que pudesse apertá-lo junto ao coração.

Quando acorda, é com um soluço, ofegante, como se tivesse passado tempo demais debaixo da água. Seu travesseiro está molhado de lágrimas. Tinham se divertido assim numa praia em Bimini. Ela queria que ele pudesse ter desfrutado de mais momentos como esse. A alegria de tudo aquilo; de estar vivo.

Lá fora, o tempo está revolto e as árvores oscilam ao vento. Mary tenta se livrar dos resquícios do sonho. Odeia esses sonhos em que Ernest está vivo e, no entanto, em suas horas acordada, fica desejando intensamente que ele volte à vida. No deque, Mary toma um copo de água e fuma um cigarro. Privilégio de viúva.

Pensa: e se não foi um acidente? A pergunta vem à tona como uma bolha de ar escapando de um naufrágio. Gregory lhe havia perguntado isso no funeral; ela fingiu que não escutou. Os três filhos de Ernest ficaram lado a lado diante da sepultura, e Mary então pensou em quanto gostaria de ter lhe dado uma filha. Mas, depois do primeiro aborto, apenas meses depois do casamento, Ernest lhe dissera que não pediria que ela tentasse de novo. "Não pediria a um homem que saltasse de um edifício sem paraquedas. Você significa mais para mim do que uma filha", foi o que Ernest disse. Mas, parada ali, vendo seu caixão ser baixado à terra, ela se pôs a pensar se uma filha não poderia, de certo modo, tê-lo salvado de si mesmo.

Mary termina seu cigarro. Está prestes a voltar para casa quando vê um grande veado atravessar o jardim, na última luz do quarto minguante. O animal é majestoso. Seus chifres são imensos e suas pernas mostram uma caminhada tão suave e solene que era como se ele nem sequer chegasse a tocar o chão. Criatura solitária, com tanto peso em sua cabeça; ela se indaga como consegue suportar a carga.

36. HAVANA, CUBA, 1946.

Na noite de seu casamento, Mary trancou a porta do quarto para que ele não pudesse entrar.

— Mary, me deixa entrar!

A maçaneta subia e descia, e a porta, já enfraquecida pelos cupins, sacudia nas ombreiras.

— Seu bruto! Vai embora!

Mary segurou firme a maçaneta, até que ouviu os passos de Ernest se encaminharem para a sala de estar. Ela imediatamente começou a fazer a mala: o *terno* de lã feito com os trajes civis de Noel, seus vestidos de algodão, seus poucos livros, recordando do dia em que havia chegado e tirado tudo das malas. Tão animador, tão glamorosa, Finca Vigía lhe parecera depois do inverno em Paris!

Agora, ela não via a hora de voltar aos climas mais frios. Queria voltar a Chicago, onde o clima era constante e agradável. "Quanto tempo durou seu casamento com Ernest Hemingway?", suas amigas das páginas femininas do *Daily News* perguntariam, talvez até para aumentar em alguns centímetros suas colunas sociais. Mary já podia ver as manchetes: QUARTO CASAMENTO DE HEMINGWAY DURA MENOS DE UM DIA.

Naquele momento, a única questão que importava era se deveria sair ou não ainda usando o vestido de noiva. Podia passar por roupa de viagem, pensou — ambos eram tão veteranos em casamento; nenhum deles quisera causar muito rebuliço. Mary desprendeu o buquê de flores do vestido e o jogou numa cesta de papéis.

Com a mala pronta, ela se preparou para o confronto. Ernest estaria sentado junto à lamparina da sala de estar, sendo observado por um antílope africano e bebericando uísque, pronto para dar suas desculpas emolientes. Mary passaria por ele sem drama e iria embora de carro. Não daria ouvidos aos protestos de Ernest; ele estava se tornando muito habilidoso em suas justificativas.

Na manhã em que chegou a Cuba, Mary sentiu o cheiro de hibisco e limão logo que o carro guiado por Ernest adentrou a Finca. Diante dela estava a enorme mansão branca, reluzente como um seixo debaixo do sol caribenho. Flores escarlates esparramavam-se pelos degraus. Ele ficou do lado de fora do carro, estudando o rosto dela em busca de uma reação.

— Ah, Ernest — disse ela, pegando em sua mão. — É *gloriosa*.

As árvores faziam o barulho de um aviário. Ele a conduziu para que subisse os largos degraus de pedra, apontando para a piscina e para um antigo pé de Paineira-rosa. Em seguida, levou-a para a sala de estar, cujas paredes eram cravejadas de cabeças de animais.

— Estou me sentindo a própria Elizabeth Bennet — disse ela.

— Como assim?

— Essa poderia ser a sua Pemberley, Hemingway.

— Refresque a minha memória: o Darcy e a Srta. Bennet se casam?

— Ela tem dúvidas quanto a ele, mas se convence do contrário quando vê sua casa.

— Gostou da casa?

Ela fez que sim com a cabeça.

— Um bom sinal, então.

Gatos se enrodilharam no tornozelo dela.

Ernest a deixou no quarto destinado a ela, para que desfizesse a mala. Mary abriu os móveis para ver o que havia por dentro. As gavetas deslizavam bem; tudo cheirava a madeira e estava limpo e vazio. Rosas frescas enfeitavam a mesinha de cabeceira, e as videiras defronte às janelas pareciam pesadas como reposteiros. Aquele quarto, ela sabia, provavelmente havia sido de Martha.

Mary deitou-se na cama com a roupa de baixo. Enquanto assistia ao ventilador de teto girar, perguntou a si mesma se não estaria louca. Abrira mão do trabalho na *Time*, do apartamento de Londres, do marido bondoso, para habitar aquele paraíso de luz cítrica e ar quente e adocicado. Quando Ernest era bom, ele era arrebatador, mas, quando bebia em excesso, conseguia ser vil. Mary se perguntou, também, qual seria sua função ali. Administrar o pessoal da casa? Ir pescar e caçar com Ernest? Não seria mais uma correspondente com suas próprias reportagens e seu salário. Um pássaro de descrição exótica gralhava do lado de fora. Teria ela bastante coisa para fazer?

Ouviu uma batida à porta. Levantou-se, procurando um roupão ou um robe. Sentia-se um pouco nervosa com ele. Depois de seis meses de vida íntima, mas independente, em Paris, cá estavam eles em Cuba, como marido e mulher.

— Quer ir dar um mergulho, Mary? — perguntou Ernest, do outro lado da porta.

— Só um minuto.

Colocou o maiô e foi se olhar no espelho. Estava branca como papel; sua pele não via sol de verdade desde a Libertação. Apertou o robe junto ao peito e abriu a porta.

Ernest tinha uma tigela nas mãos.

— Pêssegos no champanhe — disse, oferecendo-lhe. — Ficaram de molho por uma noite inteira. Um verdadeiro espetáculo.

A colher que ele estendeu tiniu no chão. Ele a apanhou, limpou-a com uma lambida, colocou-a de volta na tigela e sussurrou no ouvido de Mary:

— Estou muito animado para te ver.

Na piscina, quando ela tirou o roupão, ele lhe deu um sorriso enorme — um sorriso arreganhado e que, ela viria a aprender depois, reservado para quando fisgava um peixe que parecia um verdadeiro monstro. Quando começou a nadar, sentindo o aroma de jasmim e eucalipto bafejado pela brisa e vendo as palmeiras a mais de um quilômetro na direção de Havana, Mary soltou um suspiro. Ali poderia muito bem ser Pemberley, de fato.

●———————●

Uma hora depois do casamento, Mary batia a porta do conversível.

— Eu queria ficar, Ernest.

Era uma viagem de meia hora, de Vedado a Finca; Ernest saiu da mansão espanhola cantando pneus.

— Não com aqueles palhaços.

— Palhaços! São nossos amigos!

— Marjorie estava bêbada. Não reparou na voz pastosa?

— *Você* está bêbado, Ernest.

Os brindes de casamento tinham corrido bem, na casa de um de seus amigos, até Marjorie fazer uma piada de mau gosto sobre Mary estar levando Ernest com tudo o que ele valia: royalties, livros, editoras e o resto. Ernest agredira a pobre mulher e saíra puxando Mary pelo pulso para fora do apartamento.

Enquanto dirigia rumo ao mar, um rebanho de cabras postou-se diante do carro; o infeliz pastor vinha atrás delas, vociferando palavrões em espanhol.

— Tempos bíblicos os que estamos vivendo! — gritou Ernest, ela não sabia nem para quem, mas o pastor evidentemente achou que a injúria se dirigia a ele e começou a replicar aos berros, num espanhol cubano tão carregado, alguma coisa sobre Ernest ser a mãe de alguém, ou seria sua mãe alguma outra coisa? Ele mesmo não conseguiu entender.

Em torno deles, ajuntaram-se pessoas em bicicletas e motocicletas, que conseguiam se desviar das cabras; enquanto isso, o Lincoln ficou parado no Malecón. As lantejoulas do vestido de noiva de Mary pinicavam sua pele e o buquê de orquídeas exalava um cheiro assustadoramente doce.

Ao seu lado, Ernest estava ficando cada vez mais acalorado e raivoso. Vento algum balançava as palmeiras. Ele era um tolo se achava que poderia maltratá-la assim diante de seus amigos. Era um brutamontes e um bêbado; como ela havia sido tonta de se casar com ele.

— Me leve de volta. Pelo menos me deixe desfrutar o dia do meu casamento, ainda que o meu marido não queira me acompanhar.

— Ernest não respondeu, mas partiu chispando de perto das cabras, quase decapitando uma delas. Dirigia em alta velocidade; ela morreria antes de poder entrar com o pedido de divórcio. — Mais devagar, pelo amor de Deus!

Ele acelerou ainda mais e as palmeiras-imperiais do vale passavam cada vez mais rápido.

— Mais devagar, seu doido!

A minutos de casa, o céu abriu as comportas. Não havia tempo — e pouquíssimo desejo de cooperação — de subir a capota do conversível. Cuba tornou-se uma sólida gota de chuva. Ela botou a jaqueta sobre a cabeça.

O carro parou guinchando diante da *finca*. O terno de casamento de Ernest grudava-se ao seu corpo; Mary estava ensopada. À tradicional maneira espanhola, os empregados, uniformizados, alinharam-se do lado de fora da mansão, cada um segurando um pequeno presente. Havia um casal com um guarda-chuva, pronto para recepcionar os recém-casados. O que eles não esperavam era encontrar o Sr. e a Sra. Hemingway encharcados até os ossos e dardejando olhares assassinos um para o outro.

Mary bateu a porta e gritou:

— Vá tomar mais um gole de cicuta, seu animal! Já que este casamento saiu tão bem quanto o anterior!

Entrou na casa como um furacão, quando ouviu atrás de si o espocar de um champanhe e a voz um tanto perdida do jardineiro dizendo "*Felicidades, Señor y Señora Hemingway...*"

Agora a mala estava aos seus pés, pronta para Nova York.

Ouviu batidas na porta, mais suaves dessa vez.

— Docinho?

— Estou partindo.

— Por favor, abra a porta.

— Não quero falar com você.

— Mary, me desculpe por ter agido como um asno hoje à tarde. Eu só queria passar o fim do nosso dia com você.

Quando ela abriu a porta, Ernest exibiu aquela cara de cachorro abandonado e estendeu um copo de uísque. Ofereceu-lhe. Com relutância, ela tomou um gole, sentindo o calor da bebida.

— Não vamos nos casar de novo nunca mais, docinho.

— Certamente não um com o outro.

Com a luz por trás de si, ele parecia mais velho do que os anos que tinha: seu cabelo estava embranquecendo nas têmporas. Estava com os óculos que a vaidade não lhe permitia usar fora de casa, embora precisasse deles, ela sabia, mais do que era capaz de admitir.

Ernest puxou o seu vestido, mas ela ficou imóvel.

— Docinho, você não me deixaria, não é? Não tão cedo... Fique pelo menos para trocar o vestido. Você ainda está gotejando nos ladrilhos.

Ernest conduziu-a até a cama e eles se sentaram.

— Convença-me de que não troquei um casamento maravilhoso por um que é um desastre.

— Meu gênio, às vezes... Sinto muito.

Sorriu para ela. Não estava perdoado, ainda não.

— Ernest?

— Sim?

— Por favor, prometa que vai ser bom pra mim.

— Prometo, docinho. Lamento tanto. Vou ser melhor. Você vai ver.

— E quero outra coisa.

— O que você quiser — disse ele, expansivo.

— Tire da parede aquele miserável mapa de guerra da Martha.

Eu não aguento ver aquele monte de alfinetes enfiados por todos os lugares.

Ele riu e disse:

— Com todo prazer.

Mary abriu mão de sua antiga vida com o prazer de mergulhar num banho quente. A fria Europa parecia a uma vida de distância. Riu, inclusive, ao pensar na sofreguidão com que desejara que sua carreira chegasse à altura da de Martha. Não chegara sequer perto — mas havia, no entanto, herdado a casa da mulher. Lembrou suas palavras arrogantes na festa em Londres. "É minha", Martha dissera, agarrando as caudas de raposa, numa postura de superioridade. Pois bem, Mary pensou, olhando para os hibiscos da mansão ao redor, não mais.

A vida na *finca* era algo com o qual ela não sonhara. Mary saía nas tardes quentes matando cupins, supervisionando a carpintaria, renovando a casa. Faziam longas viagens de pesca no *Pilar*, para Bimini, para Cojímar, trazendo marlins e dourados para o jantar. Todas as manhãs, ela nadava, nua, oitocentos metros antes do almoço; à tarde, havia a promessa de daiquiris gelados. Férias na Itália, em Nova York, na França, a festa dos touros em San Fermin, planos de safáris no leste da África. No aniversário de cinquenta anos de Ernest, deram um almoço no jardim para todos os amigos: guisado de frango, sopa de abóbora-d'água, sorvete em cascas de coco.

Depois, todos de olhos vendados, fizeram uma competição de derrubar cocos; o prêmio para quem conseguisse abater um seria uma beijoca nos lábios de Ernest — inclusive para os homens da festa. Mary usou a velha Winchester de Martha para arrebatar seus troféus e ganhou três dos beijos mais longos da tarde.

— Feliz meio centenário, fofo — disse ela, enquanto observavam Patrick e Gregory, agora dois mocinhos, atacarem os cocos.

— Você é minha heroína — respondeu, envolvendo-a num abraço.

Que vida dadivosa! E quando ele publicou *O velho e o mar*, depois de um longo tempo sem que ninguém desse muita atenção a seus escritos, o mundo novamente ficou louco por Ernest Hemingway. Elogios, vendas e um prêmio Nobel; era como se nada pudesse melhorar.

37. KETCHUM, IDAHO.
SETEMBRO DE 1961.

Do bosque, ela vê um carro indo em direção à entrada. O capô aponta para a casa, seu único objetivo só poderia ser a casa. O céu esta manhã está tão alto e soberano; o veículo parece minúsculo em meio à vastidão de ar. O coração de Mary vacila. Visitantes.

Mais de perto, nota que é um velho Ford, embora não haja um motorista visível agora que parou diante da casa. Sua pintura está tão prejudicada que parece ter sido apedrejado pelos nativos de Idaho. Um homem olha através de uma das janelas da sala de estar, apertando as mãos contra a vidraça. Dá alguns passos para trás e examina as paredes de concreto, como se estivesse avaliando o tamanho de um oponente. Mary não consegue enxergar muito, no começo, entre o colarinho e o chapéu. Mas, quando ele volta para o carro, vê de quem se trata.

Ernest se reviraria no túmulo ao ver Harry Cuzzemano na entrada de sua casa.

— Sra. Hemingway — diz e sorri para ela, como se tudo aquilo fosse perfeitamente normal. Ele melhorou com a idade. O peso suavizou seu rosto. A cicatriz que parecia tão lívida no Ritz ("fogo amigo", Mary se lembra de ouvi-lo dizer no saguão) esmaeceu, embora ainda corra por boa parte de seu rosto. — Como é bom ver a senhora. — O aperto de sua mão é macio.

— Sr. Cuzzemano. É uma surpresa. — Mary se sente observada por ele; imagina que mudou muito desde que se encontraram em Paris há tantos anos.

Seu rosto se torna grave.

— Sra. Hemingway, lamento a sua perda.

Ela aceita os pêsames com um gesto de cabeça.

Sempre teve uma certa afeição por Harry Cuzzemano, acreditando que fosse o alvo dos humores mais odientos de seu marido. Ainda assim, ele sempre soube como despertar o desagrado de Ernest. Às vezes ele parecia até cortejá-lo, como um animal estendendo o pescoço para o laço da corda: cartas, telefonemas de madrugada, cópias de anúncios em jornais franceses descrevendo em detalhes a mala perdida. Parecia capaz de qualquer coisa para chamar a atenção de Ernest; até mesmo de provocá-lo.

— O que faz aqui?

— Imaginava que, antes mesmo que eu chegasse à entrada da casa, Ernest me teria sob sua mira. Achei que agora estaria mais seguro — diz, como se fosse uma resposta à pergunta dela.

— Está a caminho de algum lugar?

Harry Cuzzemano assente com a cabeça, mas não continua.

— De onde veio?

— Do sul.

Seus olhos azuis são tão intensos que Mary acha difícil sustentar o olhar.

— Quer entrar? — pergunta, porque não sabe o que mais dizer.

Cuzzemano assente com a cabeça e, com seu passo longo, caminha até a porta do vestíbulo.

— Esta está fechada. — Mary ainda não se moveu. — Vamos dar a volta por trás.

●———————●

A expressão de Cuzzemano muda assim que entra na casa. Não seria justo acreditar que ele não se comoveu por estar ali. É como se a sala inteira emanasse uma aura solene.

— O homem em pessoa — diz ele, imediatamente tomado pelo retrato que pende no entalho da parede. Ernest olha para a sala; seus olhos parecem os buracos gêmeos de uma espingarda. A barba branca quase toca a moldura; seu sorriso é quase tão largo. Ela o chamava de Papai Noel quando achava que a barba precisava ser aparada.

— Foi tirada nos seus sessenta anos.

— Devia tê-lo visto quando jovem. Era como um deus. — Cuzzemano está perto do retrato. — Muito parecido, muito mesmo.

Mary se pergunta o que ele quer dizer com isso, uma vez que Cuzzemano não via Ernest há mais de uma década. O colecionador de livros vai do retrato para o sofá, e senta-se, apoiando as costas em uma almofada. Seus olhos viajam pela sala, registrando as cabeças, as peles e os livros. Ela vai ter de revistá-lo em busca de documentos e prataria antes que saia.

Mary senta-se no sofá da frente e está prestes a perguntar o que pode fazer por ele quando Cuzzemano começa a falar.

— Sabe, Ernest sentiu uma aversão quase instantânea por mim. — Seu tom é improvisado, como se voltasse ao tema de uma conversa anterior. — Mesmo em Antibes, quando ele ainda não era ninguém. Nunca entendeu que eu estava tentando fazer coisas por ele. Encontrar malas. Romances perdidos, poemas. Zelda e Scott nunca me desprezaram como Ernest.

— Talvez porque o senhor não tivesse vergonha de pedir dinheiro emprestado para a bebida.

— Os Hemingway, os Fitzgerald, os Murphy. Céus, como eu queria ser parte daquele grupo dourado, a turma da Riviera. Mary, aquelas pessoas... — Ele expira. — Elas faziam parte dos eleitos.

— Que importa isso agora, Sr. Cuzzemano? Todo mundo já se foi.

Os olhos de Cuzzemano fixam-se na quina da mesa.

— Quando Zelda morreu no incêndio, eu não conseguia parar de pensar naquela noite em Antibes. Quando Ernest a ergueu numa manobra de bombeiro e Scott começou a metralhar figos. Aquela noite na Villa America foi *mágica!*

Mary nunca ouviu essa história sobre Zelda e os figos e se pergunta se seria verdade. Seus amigos diziam que Cuzzemano era um grande dissimulador quando queria.

— Pobre Zelda — diz ele. — Ela odiava Ernest. Era a única. Todo mundo se apaixonava por ele, homens e mulheres. As pessoas queriam agradar-lhe a todo custo; Fife principalmente. Ela era do meu time. Uma verdadeira fã. — Ele ergue as sobrancelhas. — Sempre pensei — diz lentamente, como se essa fosse sua última chance de fazer valer suas intenções — que eu encontraria a mala de Ernest. Coloquei anúncios nos jornais de Paris. Entrevistei mensageiros de hotel, guardas ferroviários e a mulher da loja onde Hadley comprou cigarros. Claro, nunca deu em nada. Mas sempre achei que a encontraria. Então eu a devolveria e ele me perdoaria e desejaria ser meu amigo. Como fui tolo. E equivocado.

Mary observa Cuzzemano. Deve estar no fim da casa dos cinquenta agora, um pouco menos que Ernest, mas seu rosto, de algum modo, não tem idade, como se não fosse afetado pelo tempo.

— Café?

Ele assente e olha mais uma vez para o retrato de Ernest.

Quando ela volta à sala de estar, Cuzzemano continua no sofá. As mãos cobrem perfeitamente os joelhos. Ele lhe oferece seu melhor sorriso.

— Biscoitos! — diz a palavra com uma exclamação infantil.

Mary coloca o prato sobre a mesa de café. Ela se pergunta se ele teria assaltado os tesouros da sala enquanto preparava a bebida na prensa francesa.

Lá fora, o tempo virou. A chuva escorre pelas janelas. Mary acende a luz.

— O que posso fazer pelo senhor, Sr. Cuzzemano? Qual é a natureza de sua viagem? Uma peregrinação, talvez, ou um leilão? Ou é uma jornada de absolvição?

— Gostaria de ter de volta minhas cartas.

E o diz sem qualquer reserva ou relutância.

Mary serve o café enquanto ganha tempo para encontrar uma resposta.

— Leite?

Ele faz que não com a cabeça.

— Açúcar? — E ele recusa de novo. Mary senta-se com sua xícara e fala: — O que quer fazer com as cartas?

— Eu quero... — Cuzzemano umedece os lábios, pronto para um biscoito, que acaba devolvendo ao prato sem comer. Parece nervoso.

— Quero me apagar dos registros.

As janelas atrás dele são apenas água, e uma espiral de vapor sobe de sua xícara.

Mary pensa sobre as cinco ou seis cartas que encontrara no estúdio, assinadas com sua caligrafia extravagante: *H. Cuzzemano*. Era uma assinatura bastante inocente para o homem que os vinha sugando por décadas; uma pulga no pelo de um grande cachorro, negociando seus manuscritos, suas cartas, seus papéis.

— Por que eu deveria concordar? A família não tem qualquer ingerência nessa questão.

— São cartas de um louco, Mary. Como eu o atormentei e intimidei... Eu fui — diz ele, tomando um gole de café — obsessivo. Vejo isso hoje. Deixe que eu me apague da história. Queimei as cartas que ele me mandou. Me dê as cartas, Mary, e eu as destinarei ao fogo. E não serei sequer uma nota de rodapé na história.

Os olhos de Cuzzemano são persuasivos. Ele pega o mesmo biscoito e dá uma mordida.

O ferrolho do estúdio desliza sem ruído. Mary abre a janela para deixar o vento açoitar o ranço da sala. Do lado do espelho, está a mesa alta de Ernest, na qual ele escrevia de pé. Sua máquina de escrever fora limpa e ganhara uma nova fita poucas semanas antes de sua morte. Como se ele estivesse pronto para voltar às páginas.

Ali está tudo o que ela trouxe da *finca:* todos os papéis que conseguiu salvar. Arquivos cheios de receitas médicas, cartas de advogados, editores, editoras internacionais, gerentes de banco. O papel fora atacado pela putrefação da selva. Em Cuba, sugerira — sem nenhuma brincadeira — que um empregado saísse com o *Pilar* e o afundasse. O que ela podia fazer com um barco daquele tamanho? Um barco precisava ser cuidado, pintado, mantido em doca seca, amado. Por isso ela disse, com toda a seriedade, que deviam ir ao largo e afundá-lo, deixando que o mar tragasse suas amuradas. "Desapego", essa era a palavra certa, pensa Mary, ao dar uma olhada no estúdio. Abrir mão de coisas queridas. Às vezes ela sonha em se desapegar de tudo; de todo e qualquer maldito pedacinho de papel.

Mary encontra as cartas dos colecionadores de livros e procura por mais, em outro fichário. Empilha qualquer traço de Harry Cuzzemano que consegue achar. Vai haver mais, ela está certa disso. Pouco antes de trancar a porta do estúdio, Mary novamente vê, atrás da estante envidraçada, aquele cofre. Pensa em encontrar a chave para abri-lo. Em vez disso, tranca a porta do escritório.

38. HAVANA, CUBA. 1947.

Passaram-se anos até que Mary percebesse que outra mulher ocupava um espaço em seu casamento.

O ano com Ernest fora maravilhoso: era o casamento que havia esperado nos seus desejos mais otimistas. Caça ao pato no oeste e jogos de tênis na *finca*. Ver as orquídeas nascendo, as primaveras subindo pelas paredes, os lírios acenando seus gorros brancos. Tomar água de coco gelada com gim. Beber e dançar na Havana Vieja. Festas com escritores e artistas. Ela nunca passara tanto tempo sem obrigações e maravilhava-se por não sentir nenhuma nostalgia de sua vida como jornalista. Aqui havia luz e calor e o bom Ernest no travesseiro ao lado de manhã. Era como se, somente depois do casamento, ela tivesse se permitido se apaixonar por ele.

E então outra mulher apareceu: uma mulher com roupas elegantes, um olhar de renovação e o jeito certo de fazer as coisas. Uma mulher que já conhecia os contornos do coração de Ernest, que sabia o que ele desejava e o que não desejava, enquanto Mary ainda começava gradualmente a aprender todas essas coisas, sozinha.

Fife havia chegado.

Patrick, com 18 anos, sofrera um acidente de carro terrível naquela primavera. Fife então escrevera que somente sua presença aceleraria a convalescença do filho.

— Ela não ligava a mínima em Key West — disse-lhe Ernest. — Agora só vai sossegar quando estiver com ele. Bem, imagino que o rapaz queira estar com a mãe. Você não se incomoda, não é?

Viveram assim durante meses na *finca*: Ernest, Mary e Fife, com Patrick na casa de hóspedes, recuperando-se. Ernest parecia feliz nessa época, como um cachorro cujas orelhas foram afagadas. E, depois do ciúme inicial de ter a ex-mulher em sua casa, Mary teve de admitir que gostava de Fife: sua honestidade atrevida, seu carisma perverso. Embora fosse uma década mais velha que Mary, seus cabelos ainda eram negros como macadame. E ela ainda irradiava um glamour impressionante, como se fosse permanecer para sempre uma filha dos "Loucos Anos Vinte".

Descobriu que Fife tinha um conhecimento imenso: sabia planejar uma refeição elaborada — e com quais vinhos se harmonizaria —, decorar a mesa e, acima de tudo, o que fazer com os hectares de jardins: ela e Mary podiam passar horas falando de plantas. Gostavam de beber juntas e, às vezes, se escondiam de Ernest, nos momentos em que ele tinha dificuldades na escrita e, por isso, dava o seu melhor como camareiro da casa. Então elas iam ao roseiral e se embebedavam até antes do jantar. Mary gostava de ter uma amiga por perto, mesmo que fosse uma ex-mulher de Ernest.

Fife tornou-se um acessório na *finca*, até se tornar natural que, à noite, eles jantassem só os três na varanda, debaixo de uma videira que Fife ajudara a escorar contra a parede. O jeito como olhava para ele durante o jantar: não era ciúme, Mary percebeu; era amor. Fife ainda era muito apaixonada por ele. Mary lembrou as palavras de Ernest naquele dia, no Ritz. "Ela é a mulher mais corajosa que conheço." Sim, certamente é, Mary geralmente pensava ao observar a ex-Sra. Hemingway rindo de uma das piadas bobas de Ernest enquanto comiam a sobremesa de pêssegos ensopados. Mas Fife, para Ernest, era uma mulher confinada à história.

— Seu cabelo sempre teve essa cor? — perguntou Fife, tocando os cachos dos cabelos de Mary, tarde da noite, enquanto Ernest ainda estava no barco. Ambas estavam um pouco ébrias, sentadas à beira da piscina da *finca*. Fife havia preparado um dry martini maravilhoso.

— Eu mudei uma vez — disse Mary —, com água oxigenada. Ernest ficou maluco, mas eu nunca me incomodei por serem castanho-claros.

— Eu pintei uma vez ainda mais louro que os seus. — Fife coçou o escalpo abaixo de seus cabelos castanhos e curtos. A luz verde da piscina transformava suas bochechas em buracos sombreados. — Porque eu sabia quanto ele adorava as louras. Mas Martha — disse ela. — Martha é que era a tal.

— Ele ficaria feliz num campo de mulheres com cabelo da cor de dentes-de-leão.

— Eu não tenho dúvidas.

Deitaram-se nas novas espreguiçadeiras. Fife havia encorajado Mary a substituir as velhas, que estavam muito deterioradas.

— Lembro quando a conheci, essa Martha Gellhorn. Tinha um sotaque esquisito: tipo anglo-meio-oeste. Proust, disse ela, era um verdadeiro *pedantchi*. Discutiu o *futchuru* da literatura. — Fife riu. — Na noite em que nos conhecemos, achei que Sara Murphy fosse jogar um prato de sopa nela. De certo modo, você não imagina que seu marido vai ser roubado em sua própria sala de visitas. — Fife olhou para a luz distorcida na água da piscina; sua boca era uma linha reta. — Nem chego a crer que Martha realmente quisesse se casar com ele. Gostaria que sim. Isso então tornaria o que aconteceu, de certo modo, desculpável; que eu não estivesse perdendo a pessoa mais importante da minha vida para uma mulher que o tratava feito um joguete. Uma pessoa inconsequente. — E então ela disse, com uma lentidão agonizante: — Ele era tudo para mim.

— Acho que ele significava algo para ela, Fife.

— Ela se livrou dele depois de quatro anos. Quatro anos, Mary. E eu dei a ele doze! *O que esperam que eu faça agora?* — Fife segurou as lágrimas, como se a dor ainda estivesse em carne viva.

— Ernest certa vez descreveu você como a pessoa mais corajosa que ele já conheceu.

— Corajosa? Ora, ha, ha. Nada sexy, não é? — disse ela. Respirou fundo e suspirou. — Fico feliz que ele esteja com você, Mary. Mais do que tudo, eu quero que Ernest seja feliz. — Ela fez um gesto com a taça. — Um remédio bem-vindo. — E emborcou o resto do dry martini, estalando os lábios. Chupou então a azeitona e a cuspiu na taça. — Céus. Estou alugando você com o meu blá-blá-blá. Vou te deixar em paz.

Fife plantou um beijo em sua testa. Mary notou que os seus olhos eram bonitos, claros como gim. Seu bafo sugeria que havia tomado mais de dois dry martinis naquela noite.

Quando voltou para casa, encontrou Fife no banheiro, olhando para os grafites farmacêuticos nas paredes. Anotações à tinta cobriam o reboco; contagens da pressão e do peso de Ernest, comparadas por datas. Os armários estavam cheios de equipamento médico: frascos âmbar e pacotes de ampolas, medicamentos para o coração, para os olhos. Fife parecia pesarosa, como se ansiasse por protegê-lo.

— Garanta que ele esteja se cuidando — disse a Mary, apertando sua mão, ansiando talvez por tocá-lo novamente. Embora Ernest se mostrasse cauteloso com relação a ela, Mary não se sentia assim. Tinha Fife muito em conta como sua amiga.

———●————————●———

Jinny telegrafou a notícia da morte de Fife da Califórnia, no segundo dia de outubro de 1951. Um ataque do coração às três da manhã, nada pôde ser feito. Na noite anterior, Ernest e ela haviam brigado feio por causa de Gregory. Jinny disse a Ernest, pelo telefone, que ele havia matado sua irmã e arruinado sua vida no momento em que a conhecera, vestida com uma pele de chinchila numa festa em Paris.

— Seu desgraçado! — Mary ouviu ao telefone. — Ela lhe deu tudo!

Ernest discutiu um pouco, mas deixou a irmã extravasar sua dor.

No ano da morte de Fife, eles foram até Key West para organizar as coisas da amiga de Mary. Passaram duas semanas na casa de Fife, cercada pelo muro de tijolos e pelos bicos-de-papagaio agonizantes, sentindo que não deveriam estar ali sem ela. Uma noite, do estúdio de Ernest, Mary viu o marido nadar sozinho na piscina de água salgada. Seu corpo parecia tão degradado quanto um carro velho.

Quando parou na extremidade mais funda, uma lágrima rolou por seu rosto. Mary sabia que ele amara Fife mais do que tinha dado a entender: por dar-lhe aquela vida na casa dos trinta; por deixá-lo escrever, e escrever tanto; por ser a melhor amiga possível, depois da morte do pai dele. Mary lembrou as palavras de Fife à beira da piscina, na *finca:* "Ele era tudo para mim." Como um tributo à amiga, ela não desceu para consolá-lo. Em vez disso, deixou Ernest nadar sozinho, perdido em suas lembranças desta bela casa, nos trópicos do esplêndido jardim de Fife.

Parecia errado perder uma delas. Errado que ela tivesse morrido tão jovem. Errado que não conseguisse enxergar que era capaz de superar a perda de Ernest. Era como se todas elas tivessem que viver tanto quanto Ernest, porque todas eram necessárias, de certa forma, como testemunhas. Nas narrativas de suas vidas, que Mary imaginara mais de uma vez, todas sobreviveriam a Ernest — e o próprio Ernest viveria muito tempo. E, no fim, todas se reconciliariam e cada uma assumiria sua identidade: Hadley Richardson, Pauline Pfeiffer, Martha Gellhorn e, finalmente, ela própria, Mary Welsh.

Uma família muito estranha. Irmãs tão improváveis.

39. KETCHUM, IDAHO.
SETEMBRO DE 1961.

Quando Mary volta do estúdio, Cuzzemano não está nem na sala de estar nem na cozinha. Talvez tenha ido embora em meio ao cantar dos pneus sobre o cascalho triturado. O que ela deveria fazer? Telefonar para a polícia? Ligar para Hadley? Ou mesmo para Martha? Seria considerada uma otária por ter permitido que ele entrasse na casa. A essa altura, podia perfeitamente estar a caminho de uma das casas de leilões de Nova York.

Mas os pertences de Ernest ainda estão onde deveriam estar: sua vara de pesca, máquina de escrever, primeiras edições, óculos com aros de metal. Nada sumiu. A casa está em silêncio.

Mary está prestes a telefonar, quando vê uma sombra através do vidro fosco da porta interna. Uma fresta mostra os cachos oleosos e o talho da cicatriz de Cuzzemano. Ele está sentado na borda de pinho onde Ernest se sentara diversas vezes para tirar os sapatos. Ao seu redor, veem-se pulôveres, casacos com capuz, botas de neve. Está quieto como um santo.

— Não usamos essa entrada, Sr. Cuzzemano. Eu lhe disse isso.

Seus olhos se abrem e revelam aquele choque de um azul suave.

— Mary. — Sua língua passeia pelos lábios.

O vestíbulo não é realmente um quarto, mas uma passagem do exterior para o interior da casa, onde eles colocavam casacos e cachecóis, botas lamacentas e armas. Em toda a sua vida, ela não passara ali mais do que poucos minutos por vez. Esse espaço nada significava para ela até o momento em que ouviu aquele tiro. Nesse dia, viu seus chinelos descerem as escadas de dois em dois degraus, enquanto gritava "Ernest! Ernest!" para, então, encontrar o marido sozinho no vestíbulo; havia sangue na maçaneta, na qual ele havia tentado se apoiar enquanto caía.

Ela repete:

— Não usamos este cômodo.

— Foi aqui?

Ela se concentra na manga de um dos casacos de caça de Ernest.

— Sim.

— Ah, Mary, como você aguentou?

— Foi um acidente — diz ela. — Só aconteceu. — Cuzzemano pega um dos jornais da cozinha e lê em voz alta a citação de Mary. Não olha para ela como se fosse uma tola, mas como uma mulher que, de certo modo, ficou órfã. — E você veio me persuadir de que não foi assim, é isso?

— De maneira alguma, Sra. Hemingway. A senhora é a única, a única, que pode saber o que aconteceu.

As folhas do cedro estão imóveis agora. Manchas de luz aparecem nos pontos em que o céu está mais escuro; nova ameaça de chuva. Hesitante, ela caminha até o vestíbulo pela primeira vez desde aquele dia. *Vestíbulo:* uma palavra que pertence à arquitetura de uma igreja, pensa Mary, e é essa a sensação que se tem ali — muito silencioso e parado, como se esse cômodo fosse o santuário da casa.

Da janela, ela vê um bando de pássaros negros alçarem voo da árvore mais próxima. Sem pensar, diz:

— Plantei aquelas árvores enquanto Ernest estava na clínica. Ameixeira. Tramazeira.

— Clínica?

Mary não se vira porque não quer ver seu rosto. Só seus amigos mais íntimos sabem da clínica.

— Por qual motivo ele ficou lá? — pergunta Harry.

— Pressão alta — diz ela, sabendo que, embora acredite ser verdade, é também uma mentira.

Os pássaros voam bem alto agora e nenhum deles rompeu a formação. Juntos, inclinam-se lateralmente no ar e enfrentam o céu vespertino. Seus movimentos são como os do vento agitando um milharal. Voam para o leste, até desaparecerem completamente.

— Foi terapia de eletrochoque. Para depressão. — Ela se pergunta por que está desabafando com Cuzzemano, logo ele. — Ele chamava aquilo de *fritar bacon*. Demorei para convencê-lo a ir.

— Sim.

— Não ficou muito tempo. Conseguiu convencer o médico de que estava bom de novo, não sei como. Quando fui buscá-lo, ele estava sentado no consultório do médico com a mala pronta, igual ao Gato Risonho. Eu deveria ter brigado com ele. Deveria ter feito ele ficar. — Mary junta as mãos. — Mas não o fiz.

— E então?

— Uma semana depois — diz, arrebatada —, ele não era mais o mesmo.

Mary aproxima-se do banco e senta-se ao lado de Cuzzemano. Ficam sentados por um tempo no vestíbulo onde Ernest morreu, observando as nuvens cor de malva se fecharem e o aposento escurecer. A chuva, primeiro aos pingos, recomeça, e então cai torrencialmente. É bem recebida. Martela no telhado do vestíbulo. As ameixeiras sacolejam na tempestade.

Sentados perto um do outro, ela sente algum consolo por ele estar ali.

— Fico pasma que Ernest não possa mais ver as cores. Que não tenha mais palavras. Fico perplexa, não, eu *estranho* que ele não sinta mais esse prazer. Depois que a gente lê suas palavras, parece um ultraje que ele não esteja mais aqui para colocar no papel tudo o que está acontecendo. — Mary sorri. — Você devia ler o manuscrito de Paris, Harry. Vai fazer as pessoas *gargalharem*.

Durante minutos eles observam as sombras projetadas pelos galhos na superfície da parede interna. É o estilo de luz que surge depois de uma tempestade: profunda e maciça, capaz de encher vales. Essa alquimia de água e luz, essa beleza do outono em Idaho.

— Você sabe que Ernest gostava de caçar animais grandes. Leopardo, leão, búfalo, tudo que fosse enorme. Quando ele voltou de uma viagem à África, um dos gatos da *finca* estava doente, com os ossos dos quadris perfurando a pele. Ele disse que não havia nada que pudéssemos fazer. Perguntei-lhe por que tinha que ser tão rápido, e Ernest disse que o gato logo iria começar a sentir. Alguém foi buscar sua arma. Ele abraçou o gato, aconchegando-se ao seu pescoço e dizendo como ele era um gatinho bonito. E então lhe deu um tiro bem ali no terraço, à vista de todos; arrancou sua cabeça com um tiro. Nunca escutei ele chorar como naquele dia. Não era um homem insensível ao sofrimento dos outros. É uma pena que você só tenha visto seu lado mais cruel. E fico impressionada que o tenha amado mesmo assim.

Cuzzemano oferece-lhe um meio-sorriso, e ela pega em sua mão.

— Não se preocupe. Ernest sempre atraiu obsessivos. Você foi apenas um entre muitos. E secretamente, às vezes, eu acho que ele se sentia lisonjeado. Ninguém nunca correu atrás de Fitzgerald.

Mary então pergunta sobre a cicatriz. Sempre lhe pareceu existir uma história mais longa por trás da linha rosada que ia do seu olho até o queixo.

— Fogo amigo — diz Cuzzemano, mas novamente não dá maiores explicações.

Quando a tempestade passa, Mary vai buscar suas cartas na sala de estar.

— Se encontrar mais alguma, eu a destinarei ao fogo. Tome aqui.

Ela lhe entrega as cartas. Cuzzemano já tem as mãos abertas como se estivesse pedindo a bênção.

— O perdão da história.

Na pista de entrada, ele a beija na bochecha com o lado bom do rosto. Depois, se senta ao volante e dá a partida. Ernest contara a ela sobre o encontro casual que tiveram na Riviera, em 1926, e como ele havia, no início, encorajado o colecionador de livros a procurar aquela mala, achando-se sortudo por ter um investigador particular grátis. Ernest disse que se arrependera desde então — o tremendo sanguessuga que Cuzzemano havia se tornado. Mas Mary, pelo menos, fez as pazes com ele. Gostaria de poder estender esse perdão a Ernest, mas ele não é seu para que possa dar.

Antes de partir, Cuzzemano toma um gole de um cantil de bolso, como se ter vindo à casa do seu herói o houvesse exaurido. Algo em sua boca suave, o jeito como ela espera pelo choque do líquido, lembra-lhe Ernest. Antes de ir embora, ele dá uma última olhada na casa e suspira. É um fã, e isso é incurável.

— Se cuide — diz ela.

Depois que ele parte, Mary fica acompanhando a esteira de fumaça do carro até o rio Big Wood. Senta-se no tronco cortado de choupo-do-canadá com seus pensamentos, feliz por estar novamente só.

Eles costumavam sentar-se nesse tronco, olhando para o vale ao longe, até que Ernest começou a ficar excessivamente amedrontado. Tanto espaço, ele dizia, podem nos pegar de qualquer ângulo.

— Ernest — chamava Mary. — Ernest. — Como se seu nome pudesse trazê-lo de volta a si mesmo. Ela se perguntava o que diabos havia afugentado sua sanidade e o deixado desse jeito, um homem com medo da própria sombra.

No bosque, ele era uma criatura selvagem.

— Mary — dissera, com um novo vigor em seus olhos. — O FBI. Eles estão na escuta. — Fora até o rio: papiro e junco inclinavam-se em sua corrente. Esquadrinhara o vale procurando um local favorável onde o inimigo pudesse estar escondido; depois voltara correndo para o tronco. — Estão tentando me pegar. Vão me arrastar para a cadeia. Dizem que não tenho pagado meus impostos. A Receita Federal, eles estão no cerco também. Ouça, vou escrever uma nota sobre você. Vou dizer que você não tinha nenhum conhecimento das nossas finanças, que tinha apenas uma vaga noção da contabilidade. Vou dizer que você não sabia o que havia em nossas malas quando viajávamos. Você não está entendendo, não é?

Mary olhara em seus olhos, tentando conectar-se à velha versão de Ernest, a que ela conhecia e amava, a que entendia o mundo tal como ele realmente era.

— Não entendi o que você quer dizer, querido.

Ele jogara os braços para cima como se fosse às árvores que estivesse entregando sua sanidade.

— Venham me pegar, seus CANALHAS!

No bosque, as árvores guardaram seu silêncio.

Ernest caminhara pelo capinzal como se o cutucasse com uma vara em busca de franco-atiradores.

— O dia está arruinado! — gritara. — O dia está *arruinado!* — Nos minutos em que ele virara as costas, Mary arrancara do peito um grande soluço, antes de ir ao pantanal para tentar trazê-lo de volta.

Foi naquela tarde que ela telefonou para a clínica.

40. KETCHUM, IDAHO.
SETEMBRO DE 1961.

Uma fogueira diurna sempre pareceu esquisita para Mary. É instintivo acender uma fogueira de noite, mas ela quer fazer isso antes que o dia se apague. O jardim cheira a pinheiro, terra revolvida e almíscar, como se o veado que ela vira noutro dia tivesse deixado para trás o seu cheiro.

Mary faz um amontado com os ramos que foram derrubados pelos ventos. Então, traz jornais da cozinha num caixote no qual costumava guardar laranjas. O rosto de Ernest a encara da primeira página, e Mary recorda-se do deleite com que Ernest lera seus próprios obituários em 1954, quando o avião em que viajavam caíra nas cataratas de Murchison. Quando o segundo avião, o de resgate, entrou em chamas na pista, Ernest resolveu usar sua cabeça como um aríete para sair da aeronave prestes a explodir. Foi uma piada, Mary pensou, mas uma piada terrível e sangrenta.

Nenhum editor esperou os corpos serem retirados dos escombros.

— Ora — disse Ernest na manhã seguinte, enquanto lia uma das notícias de sua morte, vinda da Índia. — Parece que ninguém gostou de *Do outro lado do rio,* mas todo mundo me concedeu a perpetuidade por *O velho.* Eu fui um cavalheiro charmoso com carisma suficiente para seduzir e levar para a cama mulheres famosas. Minhas quatro mulheres foram todas vampirizadas para os meus desígnios por meu sorriso irresistível. — Ele ria agora, como se degustando realmente todos os sabores da perda do mundo. — E eu fundei o bizarro estilo de vida na Paris boêmia que todos os escritores desde então tentam emular, embora todos fracassem. Fui campeão de boxe, caça, pescador de águas profundas. Ah, sim, e eu também criei uma nova escola literária. O que acha disso, Srta. Mary? Nada mal para um sujeito de cinquenta e quatro anos.

Mas quando Ernest acordou, na manhã seguinte, seu travesseiro estava ensopado de fluido cerebral. Como tonificante, tomou champanhe gelado "para clarear meus pensamentos", disse ele. Mas não era como no hospital em Londres, onde havia tentado impressioná-la; ali, ele não se desgrudava da garrafa. Em vez disso, enxotou-a vigorosamente com suas mãos queimadas e ainda ensanguentadas.

Depois dos acidentes, ela sentiu que alguma coisa mudara em Ernest. Seus humores, que eram sempre oscilantes, pioraram; a bebedeira se intensificou; sentia mais dificuldade de colocar as palavras certas na ordem correta. Não conseguia mais falar a frase direta e sucinta. Disse a ela que o álcool ajudava, mas se bebesse toda vez que sentia dor nos rins, na coluna ou no baço, estaria bêbado o tempo todo e não conseguiria escrever. E escrever, dizia, era a única coisa que ainda justificava continuar por aqui.

Houve também, depois dos desastres, as festas loucas na *finca* e as viagens maravilhosas no *Pilar*, durante as quais comiam cavala com limão e iam catar conchas nas praias da ilha. Tinham uma vida maravilhosa — mas, em seu íntimo e sozinho, ele começou a acreditar nas coisas ruins que pensava sobre si mesmo.

Agora, sempre que ela o encontrava à sua escrivaninha, era com um olhar maligno, um olhar quase magoado, como se lhe fosse negado o prazer que, desde que juntara, aos 25 anos, sua primeira coletânea de contos — uma edição impressa que chegava a duas centenas de exemplares —, ele via como seu direito. Escrever. Estava drenando a força vital dele.

A essa altura, ele bebia vodca ou gim em vez de vinho e, quando não havia nenhuma bebida na casa, tomava colutório. Um dia, quis furar as orelhas como a tribo Wakambi, que conhecera durante um safári, e então, no meio da noite, a acusou de tratá-lo com tanta crueldade quanto sua mãe havia tratado seu pai. Repreendeu-a por não levar a sério o perigo da quantidade de impostos que deviam e de como ficariam falidos se ela não prestasse atenção à conta bancária.

Mary ficou confusa sobre o que deveria fazer com ele. Ele lhe pedia que o impedisse de ter um colapso, mas ela não sabia como poderia evitá-lo. Talvez devesse afastar todo álcool dele, insistir na sua estada na clínica para que se submetesse a mais sessões de terapia de eletrochoque, sugeri que fosse a um psiquiatra, mas é muito difícil ajudar alguém dessa maneira — principalmente quando o paciente é Ernest Hemingway. Tudo o que ela podia fazer era acreditar que ele voltaria a ser o homem que era na *finca*, dos dias sonhados de luz melíflua e felicidade, dos tempos em que colocava o braço em torno dela e dizia: "Você é minha heroína."

● — ●

Mary alimenta a pilha de lenha com os obituários. Leva para o jardim carrinhos de mão cheios de revistas, semanários, jornais, cujo papel já se transformava em polpa mofada. Nada disso tem muita importância. Algumas revistas ainda estão em seus invólucros; elas estarão disponíveis nos arquivos públicos, caso os pesquisadores queiram, um dia, conjeturar todos os maus-tratos da mãe de Ernest presentes numa leitura particular de *The Economist*. Haverá queixas; claro que haverá. Ela mesma poderia escrever a manchete da fogueira desta tarde: Viúva de Hemingway queima seus tesouros. Mas não encontra em si mesma nenhum motivo para lastimar.

Em todos os jornais e revistas há a palavra *acidente*, mas um ano atrás Mary vira Ernest caminhar na direção das hélices em movimento de um avião estacionado. Gritou do outro lado da pista, mas sua voz não conseguia superar o ruído dos motores e dos caminhões. Ele só foi parado a poucos metros do avião, por um de seus amigos; seus olhos extasiados pelas lâminas que giravam.

Depois da decolagem, ele observou, da janela de seu assento, uma manada de corças nos campos nevados.

— Querido, todo mundo tem seu próprio fardo de escuridão. Bem no fundo — disse ela, esperando consolá-lo.

— Sou só um velho desesperado.

— Você não é velho. Gostaria de poder te ajudar.

Meses depois, ela o encontraria de manhã, bem cedo, no vestíbulo. Estava com seu roupão xadrez, tinha a espingarda atravessada sobre suas pernas, feito um cachorro doente. Disse-lhe o quanto o amava. Falou dos seus maravilhosos manuscritos de Paris e de como muita gente não via a hora de ler aqueles textos. Falou do jantar que ia preparar para ele naquela noite, dos novos livros que chegariam na semana seguinte e de como seria maravilhoso lê-los. Dois cartuchos estavam a postos no peitoril da janela. Lentamente, Ernest entregou-lhe a arma. Deve ter sido a última vez em que Mary esteve no vestíbulo até aquela manhã.

———•——————•———

Os jornais de julho são os primeiros a pegar fogo. Chamas coloridas saltam do papel enquanto os galhos soltam fumaça. A fogueira cresce, brilhante e quente, no jardim. Baratas e esqueletos de camundongos saltitam nas chamas. Uma festa e tanto, pensa Mary, com um sorriso.

Mas talvez Ernest carregasse mais do que o fardo de escuridão de todo homem. Talvez a escuridão enchesse sua garganta e mente como a mais escura de suas tintas. Não se deve pedir a nenhum homem que viva com tanta tristeza e tão pouca promessa de alívio. Ernest escolheu partir, ela finalmente pensa, vendo o fogo enegrecer os papéis. Ele a amava, mas não podia mais viver.

Com a fogueira a toda, Mary se afasta das chamas. Aquele calor tão agradável desperta nela a vontade de assar castanhas ou *marsh-*

mallows. Faça um festival, dê à coisa um ar de festa. Ernest adoraria. Ele sempre soube dar excelentes festas.

Ela pensa em Harry Cuzzemano e em suas cartas, que, provavelmente, também serão jogadas numa fogueira em algum lugar, onde quer que ele more. Com que empenho ele tentou encontrar a mala perdida para o seu herói. Mary lembra suas palavras naquela tarde: *"Malas. Romances perdidos. Poemas."*

O fato de Harry Cuzzemano saber do poema perdido a impressiona. As únicas pessoas com algum conhecimento sobre aquele poema eram ela e Martha. Lembra as palavras da camareira: "Não se preocupe, madame, não vai chegar à Sûreté." Talvez a camareira trabalhasse para Cuzzemano, como Ernest dissera, e a longa tira de papel higiênico agora estivesse encaixotada em meio à sua coleção particular. Ora, se ele tem o poema, deixem-no guardá-lo. Mary não tem mais energia para disputas. O passado — ela pensa, enquanto os papéis se transformam em cinzas —, o passado agora já acabou.

●————————●

Galhos, revistas e jornais agora são apenas brasa nos fundos do jardim. A noite está escura, e o cheiro de fumaça de madeira acompanha Mary casa adentro. A cozinha, vazia. A sala de estar ainda guarda, no lugar em que Harry havia se sentado horas atrás, o prato de biscoitos e as migalhas.

Mary se dirige ao estúdio.

A tranca da porta desliza. Ela pega a chave na gaveta da escrivaninha, a chave do cofre de Ernest. Abre a porta de vidro do armário e o carrega até a escrivaninha. O objeto reluz como um dente. Ela se pergunta o que pode haver ali dentro. Não seria um ato de fé, pensa, levar o cofre para baixo e jogá-lo na fogueira, para nunca ficar sabendo de seu conteúdo? Mas ela não pode fazer isso. Depois que a chave abre a fechadura, a tampa cede com facilidade.

No topo está um dos livros de Martha: *Os problemas que eu vi*, com um marcador de páginas da Shakespeare and Company. Dentro dele, uma foto de Martha presa à contracapa; no verso, uma dedicatória. Embora a tinta as tenha borrado, as palavras ainda são legíveis: "Nesto, seja meu para sempre." A data é maio de 1938, quando Ernest ainda era casado com Fife. Debaixo do livro de Martha há uma carta de Fife enviada para o hotel em Madri. "Volte logo, querido. O estúdio está pronto e há comida em abundância."

Mais para o fundo da caixa, cartas trocadas entre Hadley e Fife. Ela se pergunta como foi que ele as adquirira. Que coisa estranha ver essas velhas cartas de ex-esposas a mulheres mortas. "Não seria divertido se passássemos as férias em Juan neste verão, todos nós — *un, deux, trois?*" Cartas vão e voltam entre elas — embora a maioria seja de Fife — até que a correspondência subitamente para. Como é de esperar, Mary pensa, quando um marido pula da cama de sua mulher para a da melhor amiga dela.

A seguir há um álbum, um álbum de esposas. Em cada foto, uma esposa fantasma paira atrás deles. Cada década tem seu tríptico.

Mary está para trancar o cofre quando se dá conta de que não há nada sobre ela ali. No quarto, asperge seu perfume em um lenço. Corta uma mecha de seus cabelos louros, mais grisalhos agora do que quando se conheceram, e os amarra com uma fita. Escolhe uma de suas melhores reportagens da *Time*, dos tempos em que começaram a flertar na Londres assolada pela guerra, quando ele lhe ofereceu uma laranja num restaurante da Charlotte Street e pôs o resto de suas vidas em movimento. Essas serão as coisas que ela deixará para ele; essa é a herança de Ernest.

No estúdio, quase como uma reflexão tardia, ela encontra uma foto de Ernest pescando. Ele tem um ar feliz, com seu sorriso e ombro largos. Está num mar de águas calmas, talvez à espera do puxão prateado da cauda de um marlim. Talvez fosse o que ele sempre tivesse almejado — a quietude, a quietude como um prelúdio do sono. Ela coloca sua fotografia em cima de todas as demais. Que coisa incomum essa, ver Ernest sozinho.

Para fechar o cofre, Mary tem de comprimir tudo. Ah, Ernest, você foi um homem que teve mulheres em excesso. Isso quase a faz rir. No deque, Mary toma uma taça de vinho e fuma um cigarro. Ela aguarda, esperando que o veado volte ao jardim com seu passo delicado. Ocasionalmente, das montanhas, pode ouvir o uivo de um coiote. Lá embaixo, no jardim, as árvores já perderam quase todas as folhas — o inverno chegará em breve e a neve virá cobrir a terra. "E, mais do que tudo, ele amava o outono." Foi o que ela escreveu em sua lápide, no bosque de salgueiros e álamos.

O cigarro sibila na grama molhada, ao cair no jardim.

Mary lembra novamente sua queda no lago de Minnesota. Lembra que pensou ter afundado no buraco aberto de água. *É isso aí.* E se pergunta se esse pensamento seria semelhante ao de Ernest meses atrás, quando tomou a decisão de entrar no vestíbulo cedo, naquela manhã de julho. *É isso aí,* ele pode ter pensado. *E o mundo acabou.*

POSFÁCIO

Esta é uma obra de imaginação. Para começar a conhecer as vidas reais das esposas de Hemingway (e das outras mulheres brevemente mencionadas neste romance), a melhor fonte é a biografia grupal *The Hemingway Women*.

A vida de Hadley Richardson, de solteirona assumida à primeira Sra. Hemingway, é amplamente retratada na biografia *Paris Without End*, de Gioia Diliberto, que dá continuidade a *Hadley: The First Mrs. Hemingway*, de Alice H. Sokoloff. Em sua biografia, Sokoloff baseou-se muito em entrevistas com Hadley Hemingway Mowrer; os áudios podem ser ouvidos em www.theHemingwayproject.com. O romance de Paula McLain, *The First Wife*, fornece uma representação ficcional do primeiro casamento de Hemingway.

Conforme notou a biógrafa Ruth A. Hawkins, Pauline Pfeiffer teve a má sorte de não sobreviver ao marido e, assim, não conseguiu dar sua versão dos acontecimentos. Uma biografia nova, generosa e muito necessária de Pauline Pfeiffer, que detalha sua influência editorial sobre Hemingway e a importância do apoio monetário de sua família à carreira de Ernest, é oferecida por Hawkins em *Unbelievable Happiness and Final Sorrow: The Hemingway-Pfeiffer Marriage*. Muitos conhecem Pauline Pfeiffer por seu papel em *Paris é uma festa*, como uma "ricaça" que se "infiltra" no casamento de Hemingway. No entanto, a versão restaurada de *Paris é uma festa*, publicada em 2011, inclui material previamente excluído — parte do qual lança uma luz mais favorável sobre Fife. Muitas fotos da casa que Fife e Hemingway dividiram em Key West, na Flórida, podem ser encontradas em www. Hemingwayhome.com.

Os romances e contos de Martha Gellhorn ainda são publicados; suas reportagens estão reunidas em *The Face of War*. Suas cartas (muitas para Hemingway) foram publicadas em *The Selected Letters of Martha Gellhorn* (ed. Caroline Moorhead). Gellhorn foi objeto de duas biografias: *Martha Gellhorn: A Life*, de Caroline Moorhead, e *Beautiful Exile: The Life of Martha Gellhorn*, de Carl Rollyson. Fotos de La Finca Vigía podem ser vistas em www.Hemingwaycuba.com.

E, por fim, Mary Welsh Hemingway botou no papel seus pensamentos sobre o casamento com Hemingway, no único livro de memórias escrito por uma das mulheres do autor, intitulado *How It Was*.

Para fotografias das mulheres e uma lista mais longa de livros recomendados sobre o Sr. — e a Sra. — Hemingway, procurem em www.naomiwood.com.

AGRADECIMENTOS

Sou extremamente grata à minha editora na Picador, Francesca Main, que emprestou seu discernimento, sua perseverança e sua paixão ao longo da escrita e da reescrita de *Sra. Hemingway*. Se Ernest teve a sorte de contar com Max Perkins, eu sou muito sortuda por ter você. Meus agradecimentos a todos na Picador, em particular a Paul Baggaley, Kris Doyle e Sandra Taylor.

Agradeço a energia e a paixão de minha agente Cathryn Summerhayes, que, típico de sua dedicação, leu o manuscrito com seu bebê Ernest, num braço, e Ernest na página, na outra mão. Agradeço seu apoio consistente desde nosso primeiro encontro, com muitos daiquiris ao longo da jornada. Gostaria também de agradecer a WME: Annemarie Blumenhagen, Becky Thomas e Claudia Ballard.

Meus agradecimentos também para Tara Singh, por seu trabalho nos primeiros rascunhos, e para Patrick Nolan e Emily Baker, da Viking, pela paixão pela *Sra. H.*

Fui muito afortunada por receber um fundo que contribuiu grandemente para o estágio de pesquisa que precedeu a escrita de *Sra. Hemingway*. Gostaria de oferecer minha calorosa gratidão ao Eccles Centre, da British Library, por seu apoio durante meu tempo de escritora residente, em 2012. Não conseguiria escrever este livro sem a ajuda do Centro. Em particular, Philip Davies, por ser tão gentil e generoso, e Matthew Shaw e Carole Holden, por fornecerem uma bússola junto aos arquivos da British Library.

Meus agradecimentos ao Arts and Humanities Research Council, que patrocinou este projeto num estágio inicial com uma bolsa de doutorado de três anos. Agradecimentos especiais aos professores Giles Foden, Rebecca Stott e Andrew Cowan, da Universidade East Anglia, por suas palavras sábias e encorajamento. Carolyn Brown e Mary Lou Reker também ofereceram um apoio maravilhoso na Biblioteca do Congresso, em Washington, D.C., durante minha Bolsa Kluge, em 2010.

Escrever *Sra. Hemingway* me ofereceu um exótico itinerário de viagens. Minha gratidão ao pessoal dos Arquivos Hemingway da Biblioteca JFK, em Boston; da Biblioteca Beinecke, na Universidade de Yale; e do patrimônio das casas de Hemingway em Oak Park, Chicago; Key West, Flórida; e San Francisco de Paula, em Cuba.

Finalmente, mas com a mesma ênfase, gostaria de ofertar meus agradecimentos às seguintes pessoas, que me deram palavras de estímulo em tempos de dificuldade e que compartilharam as comemorações quando tudo ia bem. Minha família — Pamela, Michael e Katherine Wood. Amigos, primeiros leitores e colegas: Alaina Wong, Alastair Pamphilon, Alison Claxton, Ben Jackson, Bridget Dalton, Charlotte Faircloth, Edward Harkness, Eleni Lawrence, Eve Williams, Hannah Nixon, Jonathan Beckman, Jude Law, Julie Eisenstein, Lucy Organ, Maggie Hammond, Matthias Ruhlmann, Natalie Butlin, Nick Hayes, Nicky Blewett, Nicola Richmond, Rebecka Mustajarvi e Tori Flower. Muito obrigada!

Este livro foi composto na tipografia
ITC Giovanni Std, em corpo 11,5/16,
e impresso em papel
off-white no Sistema Cameron da
Divisão Gráfica da Distribuidora Record.